Jules Monnerot

1 9 0 8 — 1 9 9 5

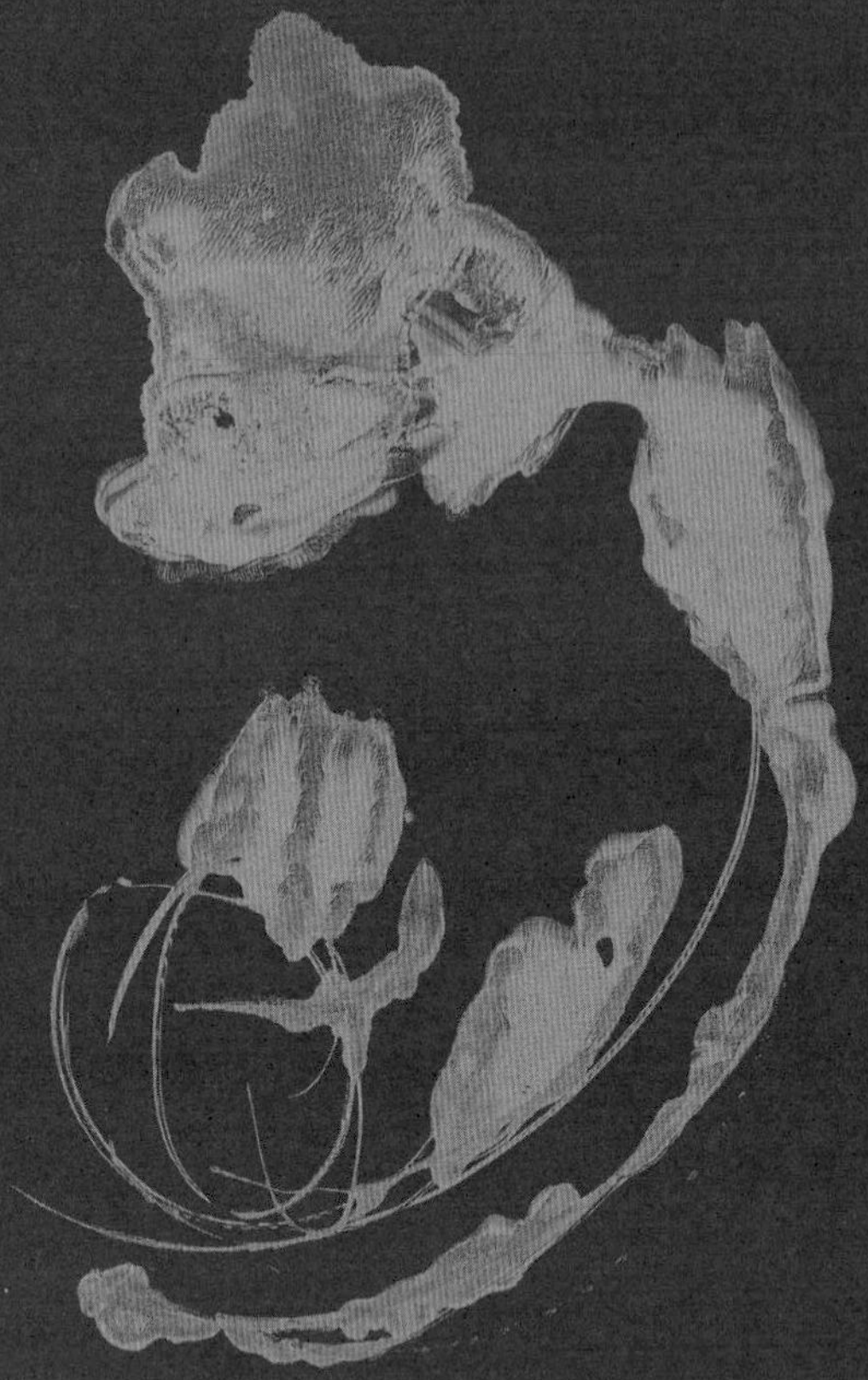

シュルレアリスムの25時

ジュール・モヌロ

ルサンチマンからの解放

永井敦子〔著〕
NAGAI Atsuko

水声社

目次

序章

モヌロとは誰か

シュルレアリスム運動と『現代詩と聖なるもの』

モヌロ（Jules Monnerot, 1908-1995）とは誰のことで、彼についてどのような言及がされてきたのか、はじめに少し説明しておかなくてはならない。実を言えば私自身、彼の著書『現代詩と聖なるもの』がシュルレアリスムに関する必読文献として知られているわりに、彼についての言及がほとんど見当たらないことに対する違和感自体が、彼について調べ、考えるきっかけのひとつになった。

シュルレアリスム運動に関する必読文献のうち、一九六六年に没したアンドレ・ブルトンの活動中に出版された書物には、研究者というよりは、運動の内部やその近くにいたことのある人々によって書かれたものが少なくない。モーリス・ナドーの『シュルレアリスムの歴史』、ジュリアン・グラックの『アンドレ・ブルトン作家の諸相』、フェルディナン・アルキエの『シュルレアリスムの哲学』、さらにジャン＝ルイ・ベドゥアンの『シュルレアリスムの20年――1939-1959』、パトリック・ワルドベルクの『シュルレアリスム』やフィリップ・

オードワンの『シュルレアリストたち』などがそれにあたる。[1] これらの書物にはもちろん運動の証言という面があるが、「シュルレアリスムとは何か」を客観的に論じようとする意思が感じられるものもある。運動自体と並行して、その歴史や意義を論じる書物が出版されたことを不思議に思う人もいるだろうが、そこにはこの運動が集合離散を繰り返したこと――こうした書物の背景には運動内部の対立関係があり、書物が特定の立場や人を間接的に支持もしくは非難する役目を果たした場合もあった――や、運動の終息時期をめぐる見解の相違、さらにブルトンという中心人物の活動が長期にわたったことも影響していよう。

モヌロが一九四五年に人文書の老舗出版社、ガリマール社から出版した『現代詩と聖なるもの』[2]も、シュルレアリスム運動の継続中に書かれた、こうした必読文献のひとつだ。とりわけ第二次世界大戦中や戦後のシュルレアリスムに関してしばしば指摘あるいは批判される、運動の「秘教化」や宗教団体的性格、さらに神話的思考との関わりなどを考察する上では、モヌロのこの書物は代表的な文献であり続けている。

この書物の出版の翌年、一九四六年五月にブルトンが亡命先のアメリカ合衆国から帰国した。当時のブルトンは、ドイツ占領下のフランスにとどまってレジスタンス運動に加わったアラゴンなどのかつての盟友や、ジャン＝ポール・サルトルのような当時のフランス知識人界の新興勢力に、難局からの逃避的態度を酷評されながらも、戦後のパリでのシュルレアリスム活動の再開を企てていた。『現代詩と聖なるもの』は、ちょうど戦後のシュルレアリスム運動の再開をめぐる、そうした攻防の時期に出版された。

モヌロとは誰か

ではモヌロとは誰か。彼は初の単行本となったこの著書のなかで、自分の履歴やシュルレアリスムとの関わりについて、何も書いていない。ただシュルレアリスム運動に関する当時の文献をあたれば、彼の名前はところどころに登場する。グラックは彼の著作や講演で、とりわけ『現代詩と聖なるもの』の直後に出版された著書『アンドレ・ブルトン』において、何度もモヌロのこの著作に言及している。またブルトンは、後に『対談集』(一九五二)に収録されることになる対談のいくつかでこの著作の重要性に言及しており、そのうちのひとつから、私たちはモヌロが「マルチニック島の著述家」であることを知る(3)。さらに一九四七年にパリで開催され、戦後のシュルレアリスム運動の事実上の再開を印づけた国際シュルレアリスム展のカタログに、モヌロは「想像することの恐さに逆らって(4)」という短い論考を寄せており、このことからモヌロが、ブルトン帰国後のシュルレアリスム運動と関わりを持っていたことがうかがえる。

ただそれ以外の彼の履歴やシュルレアリスム・グループにおける位置や活動に関する情報は、これらの著作からはまったく得られない。またその後のモヌロの著作には、シュルレアリスムに関する言及がほとんどない。そもそも『現代詩と聖なるもの』自体も、シュルレアリスム運動の特性や、一九四〇年代前半の文化史における運動の位置づけを理解する上での意義が認知され続けているにもかかわらず(5)、一九四九年に補遺を加えた増補版が出されただけで(6)、その後再版されていない。

ちなみに日本では有田忠郎(一九二八―二〇一二)訳が、『シュルレアリスムと聖なるもの』という題で一九七四年に牧神社から出版された。詩人でフランス文学者であった有田は、フランス文化や文学における秘教的思想の影響を長年関心分野のひとつとしていた。またシュルレアリスム運動やその周辺の作家たちの作品についても特にそうした面からの研究を続けていたので、研究の過程でモヌロのこの著作に出会ったのだろう。牧神社はすでに存在しないが、二〇〇〇年に吉夏社からその新版が出版された。こうした経緯で現在も、本書については原典より日本語訳のほうが、はるかに手に取りやすい。

『現代詩と聖なるもの』のシュルレアリスム関連文献としての認知度と、この書物自体の不在や、一時的であれシュルレアリスム運動の近くにいたはずの著者の「匿名性」とのギャップ。ただフランスの人文社会系の同時代の出版物のなかを探せば、モヌロの名前は意外なほど、色々なところに見つかる。詳細は後に回すとして、まずは書物や新聞・雑誌などに残されている彼の主たる痕跡を、ざっとたどっておこう。

彼の名前が登場するもっとも古い文献のひとつは、一九三二年刊の雑誌『正当防衛』の創刊号（創刊号のみの刊行）で、ここではまだ、「マルセル」というミドルネームが付されている。『正当防衛』は、当時マルチニックから政府給費生としてパリに勉学に来ていた若者らが、パリで創刊した雑誌だ。共産主義とシュルレアリスムへの共感を表明する若者たちによるこの雑誌で、モヌロは自分たちのような者を「有色ブルジョワの子どもたち」と称している。(7) そしてこれに続いて彼のテクストが見出されるのは『革命に奉仕するシュルレアリスム』や、これも創刊号だけで終わった雑誌『探究』など、シュルレアリスム関連の雑誌のなかだ。しかしその後彼の名前は、シュルレアリスム関連の文献から一時姿を消す。

次にモヌロの名前が見出されるのは、ジョルジュ・バタイユが中心となって一九三七年に創設された「社会学研究会（コレージュ・ド・ソシオロジー）」関連の文献や、雑誌『アセファル』のなかだ。ただ彼は社会学研究会からも早々に離脱し、第二次世界大戦期の空白の後、戦後の彼は処女作『現代詩と聖なるもの』を出版するなど、先述したように再びシュルレアリスム運動の周辺で執筆を行った。しかしこうした執筆活動も長くは続かなかった。また『正当防衛』には詩を、一九四六年には中編小説集も出版したモヌロであるが、その後は文学的な作品の出版は行わず、もっぱら社会学者として執筆活動を行うようになった。

シュルレアリスム運動周辺での執筆活動を止めた彼の名は、再びジョルジュ・バタイユの近辺に出てくる。一九四六年にバタイユが編集長となって創刊された月刊書評誌『クリティック』の創刊号には、モーリス・ブランショら五人の編集委員のひとりとしてモヌロの名が挙がっている。加えてこの雑誌の創刊号にバタイユ自身が掲載した最初の書評は、モヌロが一九四六年に創刊した『社会的事実は物ではない』の書評であった。またモヌロ自身もこの書評誌に、一九四七年から翌年にかけて三度寄稿している。[8] しかし後にモヌロの名前は編集委員の一覧から消え、その後バタイユやその仲間たちとともに出版活動を行うことはなかった。

こうしたなか、モヌロは『現代詩と聖なるもの』と並んで彼の主著と言える『共産主義の社会学』を、一九四九年にガリマール社から出版した。ここで彼は、同時代社会における共産主義のありかたやその意味を分析し、社会学者の視点から共産主義を批判している。後にこの書物は英語やドイツ語にも翻訳され、ドイツのアデナウアー首相も評価したと言う。[9] こうして社会学者として本格的な執筆活動に入ったモヌロだったが、後で見るように、本人の意思に反して常勤の研究・教育職に就くことは生涯なかった。ただ、(と言うべきかそれゆえと言うべきか、)この出版以降も彼は単行本だけでなく、雑誌などでも執筆活動を精力的に続けた。とりわけ共産主義、のちには同時代の高等教育やメディアに関して社会学的な分析を行い、それらのありかたを批判した。またアルジェリア独立運動に際しては複数の媒体で中心的な存在となり、「フランスのアルジェリア」側の論陣を張った。こうした戦後の執筆活動において文学作品が分析対象になることはほとんどなかったが、第二次世界大戦前からシュルレアリスム関連の出版を多く手がけていたジョゼ・コルティ社から一九七四年に出版されたエッセー集、『研究集』では、サルトルの『嘔吐』を批判的に論じてもいる。

こうしたモヌロの活動のなかでしばしば話題にのぼるのが、晩年の、ジャン=マリー・ルペン率いる国民戦線の科学評議会への参加である。しかし党への加入期間は一年余りで、一九九〇年の湾岸戦争時のイラクへの対処をめぐる意見の相違でルペンと対立し、モヌロは離党した。ただ右翼色の強い複数の雑誌への寄稿に加え、おそらくこの国民戦線への参加が決定的となって、晩年の彼には「極右」のイメージがついて回ることになった。

こうして彼の生涯を大まかにたどっただけでも、シュルレアリスム研究の必読文献の著者として、かろうじて研究者たちのあいだでその名前だけが認知されてきたモヌロが、実は一九三〇年代以降のフランスの思想や文学の流れのなかで、重要な局面のいくつかを身をもって生きた人であったことがわかる。

モヌロにまつわる謎

だからこそ、モヌロにまつわる謎、不可解な点が残る。

まず一九三〇年代以降、フランスの思想や文学に関わる重要な局面をいくつも生きながら、彼がその局面から生まれたどの流れにも定着せず、しばしばそれぞれの流れが形になる頃に、その場を離れているように見えること。そのため『正当防衛』でも「社会学研究会」においても、彼の名前やテクストは残っていても泡沫的な脇役として放置され、畢竟そのテクストも分析の対象にはほとんどならずに来た。

次に、『社会的事実は物ではない』をはじめとするデュルケーム論や、『共産主義の社会学』を中心とする共産党分析、さらにアルジェリア戦争をめぐる論考などが、それらを対象とする研究のなかで、とりわけフランス本国ではほとんど分析の対象とならずに、いわば黙殺されてきた点だ。

こうした黙殺の理由のひとつが、彼について繰り返し言われる晩年の国民戦線へのコミットにあるとしても、この傾向はコミット以前からある以上、それが完全な説明にはならない。

ただモヌロについての研究が、これまで全くなかったわけではない。フランスにはモヌロの存命中から、いくつかの学位論文も存在した。さらにまとまった論考を発表した者として、ジャン＝ミシェル・イモネがいる。彼は一九八四年に『エスプリ』誌に「社会学研究会、ある途方もない誤解」と題された論文を発表し[10]、後に博士論文をもとに『ジュール・モヌロもしくは批評の責任放棄、一九三二年から一九九〇年——ある知識人のフアシズムへの道程』[11]という単行本を出版した。この著書は端的に言えば、いっときにせよバタイユの近くでその謦咳に接し、知的活動を共にしたモヌロが、その思考の枠組みをバタイユに負っている面も多々ありながら、どのようにその思想を誤解もしくは曲解して、それを右翼思想に回収していったのかを論じた批判書である。

イモネは単なる印象論に陥らぬよう、具体的なテクストの検証によって論を裏づけることを心がけており、説得力のある面も多々ある。とりわけモヌロについて考えるなかで、それぞれの思想・文学的局面を共有した者たちと彼のテクストとを比較して解釈しながら、モヌロがなぜ同志から離れていったのか、彼らとの思想的分岐点がどこにあったのかを検討するのは、彼の知的営みを理解する上で有効であると思う。しかしながらイモネの論の、バタイユとモヌロのテクストのあいだの微妙な差異に、無反省に実利を重視する態度と、批判的な精神で言語使用の根本問題まで立ち戻り、その欲望や権力の表象不可能性に人間の意識の道徳性を見る態度とを指摘する二分法には[12]、「極右」のモヌロをともかくバタイユや自分の思想からなるべく遠くに放り出したいという意図が透けて見え、結論先にありきの議論も目立つ。

このような研究状況のなか、現在もフランスではモヌロのテクストに関する言及は非常に少ないが、アメリカで出版されている政治思想研究にはモヌロのテクスト、特に『共産主義の社会学』に関する言及が少なからず見られる。これらについても、後に紹介することになろう。

ではこれから、複雑な人生の道のりのさまざまな局面で、モヌロが自分の道を選んだ際の選択の背景と、その内実をたどってゆきたい。この作業に際しては彼の著作に加え、主としてその周辺の人々の出版物と、補助史料として書簡等を用い、客観的な視点から論じることを心がけたい。

『正当防衛』出版後に、なぜ彼は雑誌『トロピック』の同人となる同朋たちと行動を共にしなかったのか。なぜ彼はエメ・セゼールのように、自己のアイデンティティの支えを「ネグリチュード」のような外部性に見ようとしなかったのか。さらに彼はなぜ、シュルレアリスム・グループとバタイユの周辺を行き来したように見えるのか。シュルレアリスム運動に関わったなかで、彼はこの運動から何を学び、この運動に何を与えたのか。一九四〇年代のフランスで共産主義を批判的に分析したモヌロの考察と、たとえばレイモン・アロンのそれとの相違点は何か。彼の職業選択とその結果には、どのような要素が影響していたか。アルジェリア戦争に対する彼の態度は、どのような要因で決まっていったのか。彼が国民戦線に接近したのは、何を期待してのことだったのか。戦後の彼の高等教育批判、メディア批判は何を危惧してのことだったのか。モヌロの人生と著作に対する疑問は尽きない。

一筋縄ではゆかない彼の人生の道のりをたどりながら、こうした問いへの答えを探してゆくことにより、彼の生きた時代の影の部分にも、ささやかではあれ何らかの光があてられればと思う。

第1章
故郷離脱の選択

1　マルチニックのエリートとして

自分を語らない

はじめにモヌロの出生地マルチニックの歴史を、ごく簡単に確認しておこう。そこで彼がどのような家庭に生まれ、どのような教育を受けたのかについても、知りえたことをまとめておきたい。

ただモヌロ自身が家族について語った文章を、目にしたことはない。またパリに出てすぐの頃を除けば、彼は自分の出身地についてほとんど言及していない。そればかりでなく『正当防衛』以降、彼は自らの著作から自分に関する情報を、むしろ意識的に排除したように見える。つまり消そうとしても消せない跡を自分に残す家庭環境や個人的体験を極力話題にせず、執筆する「私」の存在を、自分の意識的選択に即して可能な限り透明化するような態度が、モヌロが終生取り続けた基本的な執筆姿勢だったのだ。しかしこのことが、後の彼のデュルケーム批判とのあいだである種の矛盾を呈し、それをバタイユが書評のなかで突くことにもなった。

この問題はとりあえず措くとして、彼の出自について第一に指摘すべきは、それが「母国」フランスとの関係において二重の意味でマイノリティに属していた点だ。彼は行政的にはフランスの一部になっていたが、地理的、文化的には内地から遠いカリブ海に浮かぶ旧植民地のマルチニックで生まれ育った。さらに彼はいわゆる「べケ」、すなわち初期入植者の子孫で、かつ有色人と白人の混血だった。つまり故郷マルチニックでは、人種的にも社会階層的にも現地人を管理する役目につく人が多い、特権的な少数派に属していた。しかしフランスの内地に来れば、外見からすぐに「よそ者」とみなされる、「どちらでもない」出自。レッテルとしては「フランス人」だが、故郷と上京先のどちらにいても自らのマイノリティ性を意識せざるをえない位置に、モヌロは生まれた。

このように、植民地主義の歴史を反映した二重のマイノリティ性を背負っていたモヌロが著書や活動のなかでそれに言及しなかったのは、共和国市民、共和国の公教育の成功例として「筋を通そう」とした結果と言える。パリに来れば肌の色で自分のマイノリティ性を意識するとしても、フランス国民である以上、平等を標語に掲げる共和国市民としての身分は原理的には白人のフランス人と同等であり、パリにおいても内地の地方出身の若者たちと同等の身分が保証されている。また実社会で不遇をかこちたくなる場面があったとしても、自らのルサンチマンに押しつぶされるよりは紙の上、すなわち試験の答案や著作において肌の色に関係なく、意志と力量で出自を問わない考察をすればよい、しかも内地からの移住者を祖先に持つ彼の氏名からは、出身は問われない。『正当防衛』後の彼が求めたのは、むしろそうした執筆環境であったと言えよう。したがって彼の著作からその出自が見えてこないとしたら、それは彼からすれば「成功」だったのだ。自らの複雑な出自に対するそうしたモヌロの選択が、国家への批判意識を欠いた「過剰同化」だという批判もじゅうぶん可能だ。しかし自らに課したこの選択が、結果的に行き場のない抑圧として、彼自身にのしかかった面もあっただろう。しかしそれが旧植民地に混血児として生まれた彼の、共和国たる母国に対する信頼の証であり、理想的な共和国市民たらんとした矜持の証であり、学業において優等生、知的エリートを自他共に認めていた彼が、その才能を発揮するために取った選択だった。

モヌロ誕生以前のマルチニック

とは言え、まずはモヌロ誕生以前のマルチニック、さらに彼が生まれてからパリに出るまでのマルチニックの状況を、フランスとの関わりを中心に確認しておこう。このために私たちが主に参照するのは、「マルチニック史」関連[1]を除けば「フランス史」ではなく、「ラテン・アメリカ史」関連の書籍[2]である。これは地理区分から言えば当然とも言えるが、このこと自体が、マルチニックという海外県の立場を象徴していよう。

マルチニックは西インド諸島の東部をなす小アンチル諸島の南東部に位置する島で、前述のように現在はフランスの海外県である。つまりフランスの一部であり、住民はフランス人だ。

十五世紀末以降のスペイン人の進出により、カリブ海諸島から先住民族が絶えたのち無人島として放置されていた島々は、十七世紀になると他のヨーロッパ勢力によって占拠されるようになり（六三一–六四）、彼らはそこにアフリカ人奴隷を連れて来た。十八世紀カリブ海地域では、イギリスとフランスとスペインのあいだの抗争やフランス革命の影響を被って、領有もめまぐるしく変わった（一五〇–一五二）。黒人の支持と協力を得たかったフランスは、フランス革命の影響の下、一七九三年にはサン＝ドマングの、また翌年にはすべてのフランス領における奴隷制の廃止を決定した（一六〇）。ナポレオンが実権を掌握してからは、サン＝ドマングを除くフランスの植民地で奴隷制が復活した（二四〇）ものの、一八二五年にはハイチの独立を承認、また一八四八年には第二共和制政府が奴隷制廃止を宣言した。それによって元奴隷にも法制上は白人と同等の権利が与えられ、混血や黒人の中間層も徐々に形成されていったが（二三七）、元奴隷たちの経済的自立は困難だった（二四一）。

その後フランス領植民地のマルチニックとグァドループでは、二十世紀に入っても政治体制に大きな変化はなかった。両島からは、一九一五年にも一九一九年にもフランスの県として本国と同等の扱いをすることが国会に求められた（二七九）。

先祖たちの来歴

ジュール・モヌロは一九〇八年十一月二十八日に、マルチニックの県都フォール＝ド＝フランスで生まれた[3]。モヌロの父方の祖先は前述のようにフランス内地からの移民で、サトウキビの大農園経営者という典型的な島のブルジョワだった（7）。また祖父と、おそらく父の婚姻により、彼にはアンチルの血も流れていた。

モヌロ家の祖先は革命期の総裁政府の時代から、マルチニックに住んでいた。モヌロの曾祖父にあたるフランソワ＝ジュール・モヌロは海軍中佐で、退官後、フランス中西部大西洋岸のシャラント県の故郷に住んでいた。ちなみに現在でもフランスの全県で、モヌロという名字を持つ人の割合がもっとも高いのがシャラント県である[4]。彼は革命政府に抗して宣誓拒否をした司祭をかくまって投獄され、テルミドール九日のクーデターのおかげで死刑は免れたものの、グアドループに親戚がいたこともあり危険を逃れるためマルチニックに移住し、大農園主となりサトウキビ生産で財をなした。

フランソワの子どもにはパリに戻る者もいた。娘のクレマンス（一八一六－一九一一）もそのひとりで、彼女は一八四五年に人類学者で小説家、外交官でもあったジョゼフ＝アルチュール・ゴビノー（一八一六－八二）と結婚した[5]（7）。ゴビノーは主著『人種不平等論』（一八五三－五五）で純粋な民族の優位性を唱えたことで知られる。クレマンスの兄弟のひとり、ジュール・モヌロの祖父もパリに戻っていたが、決闘のほとぼりを冷ますため、当時よく行われていたようにアンチル諸島のイギリス領に行き、そこで混血の女性と結婚した。彼は行政官となったが、モヌロの父が高校生のとき早逝した。

父の死によって祖父が手がけた大農園を手放し、モヌロの父のジュール・モヌロ（一八七四–一九四二）はパリで学業を終えて法律家になった。彼はパリで作家のシャルル・ペギー（一八七三–一九一四）や、フランス社会党（SFIO）の創設者で戦争反対を唱えて第一次世界大戦勃発直前に暗殺されたジャン・ジョレス（一八五九–一九一四）らと知り合い、ジョレスは彼を『自我礼賛』（一八八八–九一）などで知られる小説家、政治家のモーリス・バレスにも紹介した（7-8）。学業を終えた彼はマルチニックに戻り、フォール＝ド＝フランスで弁護士をするかたわら、シェルシェール高校の哲学教授もしていた[6]。母については特に記述が見当たらないが、モヌロに関する小さな、しかし唯一の紹介本の著者ジョルジュ・ラフリによる評伝に掲載されている写真から、混血の女性であったことが推測される（8）。モヌロにはふたりの兄弟がいたがいずれも学生として内地に行ってマルチニックには戻らず、内地で結婚し、亡くなった。兄弟のひとりは戦死している。モヌロは一九四六年の著作『社会的事実は物ではない』を、戦死した弟マルセル（一九一五–四〇）に捧げている。

父、ジュール・モヌロ

モヌロの父は、マルチニックの歴史にその名が刻まれ、現在でも評価されている人物だ。

彼はマルチニック社会党連盟から分離して、一九一九年十二月に同志たちとフォール＝ド＝フランスでジャン・ジョレス・グループを結成、一九二〇年五月には『正義』という週二回発行の新聞を発刊、その政治面の編集長となった。ジャン・ジョレスの名を掲げたグループは、はじめフランス社会党との連携を表明していたが、同年十二月のフランス社会党大会でフランス共産党が結成されたことと連動して、共産主義を標榜した。これをもってマルチニックに共産党系の政治団体が発足し、島の政治において徐々にその存在感を増し、マルチニック共産党は第二次世界大戦後にはそこで第一党となった。ジャン・ジョレス・グループは一九三〇年に作家のルネ・メニル（一九〇七－二〇〇四）らが結成した「共同戦線」と合併、一九三五年に「共産主義地域圏」が生まれるまで続き、(7) プロレタリア民主主義を掲げ、階級闘争、労働者階級の組織化、労働者の国際的な連帯などの必要を訴え、社会党系のグループから距離を置いた労働組合の結成を促進した。(8)

いくつもの文書が、モヌロの父が当時のマルチニック知識人たちの尊敬を集めた人物であったことを証している。

息子のジュール・モヌロらとともに雑誌『正当防衛』を発行し、一九四一年には作家、政治家のエメ・セゼール（一九一三－二〇〇八）とともに雑誌『トロピック』を創刊したルネ・メニルは、父モヌロの死去に際して一九四三年二月の『トロピック』六・七号の冒頭に「我々が師と呼んでいた人」と題した追悼文を寄せ、「この真の公民精神の教師、優れた弁護士、人間味溢れる政治家、我々が抱える植民地の悲惨の歴史家」(9) を讃えた。また後に白人によって用いられた「ニグロ」という差別語をあえて用いた「ネグリチュード」という造語のもとに、自分たちの黒人としてのアイデンティティに積極的な価値を見出してゆこうとしたエメ・セゼールも、(10)『トロピック』最終号となった一九四五年の十三・十四号の巻頭に掲載した同年七月の講演録「シェルシェールへの賛辞」のなかで、両大戦間に共和国の民主主義が病んでいたのと同様に病んでいたマルチニックの民主主義における「我々が尊敬する師」ジュール・モヌロの高潔な存在は、いくつかの例外のひとつとして今も認識されているという主旨のことを述べている。(11)

このようにモヌロの父は公共心の高さと知性、さらに勇気や行動力によって、後で見るようにメニルやセゼールなど、必ずしも息子ジュールとはマルチニック社会のありかたをめぐる考えを同じくしない著名人たちからも尊敬された。息子にとって、こうした父を持ったことは何を意味しただろうか。

モヌロは自分についてと同様に、父の思い出も語っていない。しかし若いモヌロが書いた文章には父に対する、あるいは父のような人に対する彼の思いを私たちに感じさせるものもある。それが『正当防衛』の冒頭、同人たちの連名による宣言文的な序文の直後にある、「フランス有色ブルジョワジーに関する覚書」だ。詳細の分析は後に回すが、ここで揶揄の対象となっているのは有色の大農園経営者や工場経営者ではなく、「弁護士、医者、教師」など、いわゆるブルジョワ知識人たちである。[12] またこのテクストはジュヴェナル・ランヴァルに捧げられているが、ランヴァルはモヌロの父とともにジャン・ジョレス・グループを立ち上げた同志のひとりで、他の同志が宝石商や家具職人や組合活動家や小商店主だったのに対し、彼は医師である。[13] したがってグループのなかではモヌロの父とランヴァルが、ここで息子が考察の対象とするカテゴリーに含まれていたことになる。

つまりモヌロの父は植民地の有色ブルジョワのなかでも労働者を雇用するブルジョワではなく、典型的な学識者タイプのブルジョワで、そのなかでも優秀かつ人望のある人物だったと言える。そして息子も優秀で、パリの高等師範学校への入学をめざしていたのだから、大きく言えば彼も父と同じ分野や立場での活動を志していたと言える。したがって当時のモヌロにとって父は自分と同様に、自らが属するブルジョワ階級に批判的な目を注ぎ、それをイデオロギー的に否定するというジレンマを抱えた左翼的な知的ブルジョワとして、モデル的な役割を果たしていたと考えられる。

また当時のマルチニック出身の知的エリートの立場を二分する論点、すなわちマルチニック出身者としてのアイデンティティを重視するか、フランス国民として、共和国市民として、内地の国民との同化をめざすかという論点については、父と子はともに同化主義の立場を取っていたと言える。

たとえば、一九二〇年九月一日の『正義』紙の一面冒頭に掲載された社説的記事のなかで父モヌロは、選挙時の寡頭政治や金権政治に対する無力感を表明しながら、あらゆる民間や公立の団体、事務所や作業場の職員、農業・漁業の労働者たちが結束して、協会や労働組合、国際的な協会や連合団体に参加すること、さらに彼らのグループも内地の諸組織や戦闘的プロレタリアの大きな連合に合併すべきだという持論を展開している[14]。この記事はフランス共産党設立前に書かれており、『正義』紙の社会党への協力が謳われている。「我々の党の普遍的なプロパガンダへの協力」を表明し、「国際的な《インターナショナル》」連帯のもとでの社会問題の解決を志向し、同時にフランスの国民であれば、内地の者もマルチニックの者も隔てなく共和主義市民であると考える父モヌロが同化主義を理想とするのは、ある意味理にかなったことであった。その論旨をたどると、彼が肉体労働者と直接接触しない類のブルジョワとして、彼らの生活や労働条件の過酷さに鈍感であるゆえに同化主義を唱えたとは言いづらい。彼はマルチニックの団体や労働組合の活動が奏功するには、個別の活動よりはフランス内地の、あるいは国際的な組織との連携が有効だと考えたのだ。これは、当時の共産主義的左翼によく見られる論調だ。ただ彼が、雇用者による被雇用者の人権軽視、白人の有色人種に対する偏見といった要素を相対的に軽視している印象を持つ人もあるだろうし、そこに、入植時より特権階級に居続けたベケの子孫の鈍感さを見ることも可能だろう。また、被雇用者の待遇改善のためにマルチニックの団体や組合と共闘する内地や他国の「同志」には、人種的偏見などあるはずがないといった楽観的思考を感じ取ることもできる。

いずれにせよこうした同化主義は、『正当防衛』の同人たちには快く受け止められなかった。『フランス人作家たちとアンチル諸島、初期の白人神父たちから黒人シュルレアリストたちまで』（一九七八）の著者レジス・アントワーヌが、『正当防衛』の同人でもあったルネ・メニルに宛てた質問への回答によれば、『正当防衛』の同人は、一九三三年三月二日に『正義』紙およびジャン・ジョレス・グループに共同書簡を送り、その同化主義を「マルクス主義の理論と完全に矛盾している」と糾弾した。しかし『正当防衛』側の主張の曖昧さと父モヌロの寛大な態度によって、断絶にはいたらなかったという[15]。『正当防衛』グループと父モヌロのあいだが険悪にはならなかった、言い換えれば同化主義への賛否の問題が突き詰められなかったおかげで、父モヌロは『トロピック』誌の同人たちの尊敬も失わず、一九四三年の逝去の折には、前述のような敬愛に満ちた追悼文がそこに掲載されたとも言えよう。

では『正当防衛』に参加した息子モヌロは、そこでどのような立場にいたのか。パリに出たモヌロの活動と、当時の彼のテクストをたどり、息子モヌロの学識者としての形成期の内実をさらに探ってゆこう。

2 同化主義の根拠

学生時代の挫折

モヌロは科学志望だったが、父の意向で文科を専攻した[16]。彼はパリでどのような学歴を積み、どのような状況で執筆を始め、何を論じたのか。

彼の公式発表のテクストのうち確認できた限りでもっとも古いのは、一九三二年に雑誌『正当防衛』に掲載された複数のテクストで、それ以前に彼が考えていたことがわかる文献はない。しかしまず、『正当防衛』にいたるまでの彼のパリでの学業生活について、確認しておこう。この時期はモヌロにとってフランス内地の実情に触れ、学業や国家試験においてフランス全土から来た若者たちと机を並べ、競いもした最初の機会だった。

一九二六年、彼はパリのルイ大王校の高等師範学校文科受験準備学級に進学した。ちなみにある統計は、一九二一年から一九四〇年のあいだの高等師範学校文科合格者五七五名のうち二三五名がルイ大王校から、一三

図1　アンリ四世校クラス写真（Jean-Yves Chevalier 氏提供）。モヌロは最前列左から3番目

一名が同じくパリのアンリ四世校からの受験者だったことを示している[17]。つまり高等師範学校文科在籍者の約四割が、ルイ大王校で学んでいたことになる。同時期には、後に大統領となるジョルジュ・ポンピドゥー（一九一一－七四）も在学、またセネガルの詩人で政治家のレオポルド＝セダール・サンゴール（一九〇六－二〇〇一）も一九二八年にパリに来て、同校の準備学級に入学した。その後サンゴールは帰化申請し、三五年にアフリカ人としてはじめて上級教員資格試験に合格している。エメ・セゼールも三一年に給費を得てパリに来て、ルイ大王校の準備学級に入り、三五年に高等師範学校に進学、在学中に『帰郷ノート』を執筆した。彼はサンゴールの友人となり、後にふたりともネグリチュードの提唱者となった。このようにモヌロがパリで学生生活を送っていた一九二〇年代後半から三〇年代初頭は、アフリカやカリブ海のフランス支配地域から、第二次世界大戦後にそれぞれの地域でフランスからの独立や、内地と同等の権利を求める運動を先導した者たちがパリに進学し、エリート教育を受け、持論を発表しだした頃と言える。

しかしモヌロのルイ大王校での学生生活は、順風満帆ではなかった。彼は胸膜炎を発症し、マルチニックに戻って療養、一九二八年にパリに戻ってアンリ四世校に入学する。ここで彼は、哲学者アランの生徒となる[18]（**図1**）。また同学年だった作家のジュリアン・グラック（一九一〇－二〇〇七）と知り合い、彼との友情は、時期により濃淡はあったようだがモヌロの死まで続いた。この友情関係の持続は、モヌロの人生において例外的なことのように見える。

アンリ四世校で勉学を続けたモヌロは、一九三〇年に同期の学生たちと同様に高等師範学校を受験し、不合格となる。ラフリはその失敗の理由を、モヌロが社会学の口頭試問でフランス社会学の創始者エミール・デュルケームの「社会的事実は物である」という理論に反駁したために、四十点分の八点という低評価を得たためと説明している[19]。実際彼は一九四六年に刊行した書物を『社会的事実は物ではない』と題し、そこでデュルケーム批判を行っている。この批判の概要は後で検討するが、そこで展開された考察の動機や基礎は、彼が執筆活動を始める以前のこの時期に、すでにできていたと言える。

高等師範学校への入学がかなわなかった彼は、ポール・リヴェの文化人類学やマルセル・モースの民族学などの講義を、もっぱら自分の関心に応じて受講した[20]。そのため免状としては、哲学分野の高等研究免状の取得にとどまった。これは学士以上だが、これをもって博士号取得や上級教員資格の取得はめざせない免状だ[21]。つまり準備学級の段階までは病気による遅れと転校は経ながらも最高学府で学んだ彼の学歴は、同時期にルイ大王校に進学したセゼールやサンゴールに比べても見劣りするレベルにとどまり、彼は研究・教育職をめざす上での明らかなハンディを背負ったことになる。しかし学閥や、資格取得のための受験勉強の縛りの外に出た彼の自立的学習態度は、学問や教育のありかた自体を外側から批判的に見る目を養ったとも言える。そうした批判的態度が、実際に学問や教育の世界で生きようとしたとき、一層の困難をもたらすことになったにせよ。

『正当防衛』とその同人

では雑誌『正当防衛』とそれへのモヌロの参加状況を、具体的に見てゆこう。この雑誌はどのような状況で、どのような読者に向けて出されたのか[22]。

『正当防衛』は一九三二年六月に刊行された。中心的な寄稿者はモヌロのほか、ルネ・メニル、雑誌の事務局長となったエチエンヌ・レロ（一九一〇－三九）の三名だった。レロは一九三九年に早逝したが、この雑誌にマルチニックの詩人の社会階層の高さや、彼らのフランス的な伝統への傾倒ぶりをめぐる鋭い考察を遺している。(23)レロ以外の寄稿者は皆白人と黒人の混血で、自分たちが批判の標的としたブルジョワ階級の出身か、裕福な公務員の子弟か、または学業優秀者として政府の給費を受けてパリに来ていた。(24)彼らのなかにはその後、モヌロのようにパリに残る者もあったが、ほとんどがマルチニックに戻ったようだ。ちなみにモヌロは、ここに発表した詩の一部に「S・Yに」という献辞を付している（20）。このイニシャルは、ここに詩を掲載しているシモーヌ・ヨヨットを指していたのだろう（22）。シモーヌはやはり『正当防衛』の同人だったピエール・ヨヨットの姉妹だったと思われる。モヌロが二番目の妻とのあいだにもうけた子どもたちが運営するサイトの情報によれば、(25)彼女はモヌロの従姉妹で一九三二年にモヌロと結婚し、レナという娘が生まれたが、その後間もなく死亡している。(26)なおモヌロは一九三七年にマルセル・ブノワと再婚し、イヴリーヌとティエリーというふたりの子どもをもうけた。(27)モヌロの良き理解者として彼を支え続けたマルセルは、二〇一二年に没した。

『正当防衛』の話題は、マルチニック関連の事象のみを扱っていたわけではない。そこにはジャマイカ出身でアメリカに帰化したクロード・マッケイ（一八八九－一九四八）の小説『バンジョー』（一九二九）の、一九三一年に出版されたフランス語訳の抜粋も掲載されている（13-14）。マッケイは共産主義に共鳴した作家で、カリブ海地域やヨーロッパの作家たちにも影響を与えた。彼はソ連滞在ののち、一九二〇年代半ばから三〇年代初めまでパリと南仏に滞在した。『バンジョー』にはマルセイユに住む有色人種たちが描かれ、植民地主義や帝国主義への問いかけがなされている。

また「e.l.」というイニシャルからエチエンヌ・レロのものと思われる「文明」という短いテクストは、アメリカで黒人の若者たちが白人の娼婦を強姦した科で死刑宣告を受けているが、有色人種を保護する協会などもこの冤罪から被告の若者たちを守れていないなか、労働者階級のみが会合でこの判決への不服を表明していることを記している（9）。『正当防衛』の同人たちは、このようにマルチニックの問題だけに終始せず、他の地域に住む黒人への関心や、労働者たちとの連帯も示そうとしている。ただマルチニックの労働者をテーマにし、その待遇改善の必要を説く論考はあるものの[28]、彼らに向けてわかりやすい言葉で呼びかけるような類のテクストではない。『正当防衛』はカリブでの知的孤立ゆえ、影響が限定的であったというレジス・アントワーヌの指摘は否定できない[29]。

『正当防衛』は創刊号しか刊行されなかった。廃刊の理由には援助金の不足、政府による威嚇、何カ月もの就学給付金の中断などが挙げられている[30]。しかし一号のみの刊行でありながら、本誌のアンチル文学やシュルレアリスムの歴史における重要性は比較的認知されており、シュルレアリスム関連の雑誌の復刻を多く手がけるジャン＝ミシェル・プラス社より、一九七八年にメニルの序文つきで復刻版も出版された。

表紙を見てまず感じるのは、全体として直線的、幾何学的で簡潔であるように計算された、装丁のきわめてモダンな意匠だ（図2）。表裏同一の表紙の濃い赤色と、長細いゴシック体の活字が力強い印象を与えている。地の赤色には熱帯の暑さや共産主義への共感の暗示を、活字の黒色と、表紙左側中央部の黒い四角形には黒人への暗示が読み取られるが、それらが同時代的

図2 『正当防衛』（1932年）

でモダンな意匠を通して、象徴的に表現されている点に注意したい。ただたとえば前節で紹介した、モヌロの父が編集した一九二〇年創刊のマルチニックの新聞『正義』も、きわめて簡潔かつ洗練された体裁を取っている。この新聞を見れば、この時代にカリブ海の植民地でも、パリと比べても遜色のない意匠と技術による印刷物が見られたことがわかる。モヌロの父のような、パリ帰りの者の影響もあっただろう。したがって『正当防衛』についても、雑誌の創刊者たちがマルチニックからパリに来て、首都で最新の文化に触れたおかげで装丁がモダンに洗練されたとは言い切れない。指摘したいのはマルチニック出身の若者たちが、内地の人たちが抱きがちな異国趣味を先回りして、それを全面に出すようなことをしていないということだ。この雑誌が発行される前年にパリで植民地博覧会が行われたこと、記録的な来場者数を誇ったこの博覧会の開催に反対を表明した例外的な集団が、共産党とシュルレアリスムグループであったことが思い出されるが[31]、『正当防衛』において寄稿者が共感を示したのがまさにこの二集団であったことは、この面でも納得がゆく。

また『正当防衛』という法律用語は、ブルトンが一九二六年九月に発表し、同年十二月の『シュルレアリスム革命』八号にも掲載した、シュルレアリスムの共産党からの自立を主張する文書（一九三四年に『黎明』に再録）の題名でもあった[32]。共産党とシュルレアリスムの両方への共感を示す雑誌『正当防衛』がこの文書の名を取ることで、究極的にはシュルレアリスムに優先順位を与える意向を示そうとしたのかどうかは判断できないものの、この名の継承をもって、寄稿者たちがシュルレアリスムやブルトンへの共感を示したとは言ってよいだろう。ただ予算面の制約ゆえか意識的選択の結果かは断定できないが、本誌の頁構成は完全に文字情報のみで、『シュルレアリスム革命』などとは異なり、絵画や写真と文章との組み合わせから生まれる効果は狙われていない。

『正当防衛』の主張

全体が二十頁超に過ぎない本誌は、はじめの三分の二ほどがアンチルの社会や文化に関する論考、残りの三分の一が創作詩という二部構成で、複数の寄稿者が両方に書いている。構成には一貫性の欠如が感じられるが、当時のシュルレアリスム関係の雑誌などでは珍しくない構成だ。冒頭には八人の寄稿者が名を連ねた宣言的な無題のテクストがあり、ブルジョワ的偽善に対する嫌悪、共産党やマルクス主義、さらにシュルレアリスムや「ブルジョワ家庭を崩壊させる大きな機械」であるフロイトへの共感や関心が示されている。また、今後は他にも多様な問題を扱いたいが、創刊号は特にアンチル諸島の問題に特化すること、またこの雑誌が黒人ブルジョワの子弟に向けられていることが示されている(1-2)。そしてこのテクストは、次のように締めくくられている。

有色フランス人のブルジョワ出身であることは、地球上でもっとも悲しいことのひとつだが、その私たちは宣言する——そしてこの宣言はもう繰り返すまい——、行政や、政府や、議会や、工業や、商業などのあらゆる亡骸を前にして、この階級の裏切り者である私たちは、裏切りの道を可能な限り遠くまで押し進めるつもりであることを。私たちは、彼らが愛し崇めるすべてのものの上に、彼らの糧と喜びのもととなっているすべてのものの上に、唾を吐きかける。

そして私たちと同じ態度を取るすべての人々を、彼らがどこから来ようと、私たちのなかに迎え入れよう。(2)

最後の文には註があり、ここでは自分たちの評論がもっぱら否定的であるとしても、次号からは自分たちの反抗のイデオロギーを展開してゆく所存であることが付記されている。

この宣言的なテクストに続いて、それに呼応するように掲載されているのがモヌロの「フランス有色ブルジョワジーに関する覚書」だ。モヌロはここで、成り上がった、あるいは成り上がろうとしているブルジョワ有色有識者たちの滑稽さや悲劇性を徹底的に揶揄している。生まれてすぐ自分に提示された選択肢がこれだったと書くことで、彼は揶揄の対象がまさに自分の家族のような者たちであることを示す。さらに有色ブルジョワの子弟は不正行為が蔓延するなかで育ち、弁護士や医者や教授になって成り上がろうとし、学業のためにパリに出ればスーツと山高帽で気取った格好をして、生粋のフランスブルジョワの子弟である学友に憧れもし、それを嫌いもし、権威を好み、周囲に順応して目立たないようにするが、そうした同化の希望は、彼らの出自が外から見てわかるだけに悲劇的である。またアフリカでキャリアを積もうとする者は、フランスの大学出という保証を獲得して、ヨーロッパ人と同様に黒人をいじめるほうに回ると論じる。彼は上昇志向の強い有色ブルジョワを、完膚なきまでにこき下ろしているのだ。

モヌロはどのような気持ちでこのテクストを書いたのか。先に述べたように彼の批判の矛先が、自身が属する有色ブルジョワ階級、それも地元にとどまる大農園の経営者タイプよりも、内地に来て高学歴を積み、弁護士、医者、教授になるタイプに向けられていることは明らかだ。

モヌロによる揶揄は、自分がそうした例を間近で見聞し、自身も同様の道をたどっているだけに細部まで現実味がある。一九三二年の時点ですでに高等師範学校への入学試験で挫折を経験していた彼が、エリート街道を外れたことを自覚し、そこへの進学を果たした有色ブルジョワの子弟に嫉妬心を抱いて、それをこの痛烈な揶揄に忍びこませたのかどうかはわからない。確かなのは、自分のような境遇の者が滑稽かつ悲劇的な状況に陥らないための方策を、西洋の伝統的文化を否定し、西洋にいながらにして心理的、知的にはその外に立とうとしたシュルレアリスムや共産主義が提供するものに期待していたことだ。冒頭の共同署名によるテクストの註で断っているように、この号は純粋に否定的な段階にとどまるが、次号からは自分たちの反抗のイデオロギーを提示しようと目論んでいただけに、ここではまず弁証法のテーゼにあたる内容を示そうとしたというのが、実情に近いのではないか。

モヌロはその後、この同人グループから孤立してゆく。ケストロートは一九六〇年のサンゴールによる証言を紹介しつつ、その経緯を説明している。つまり『正当防衛』のグループは、サンゴールの言葉を借りれば「共産主義のなかにしか、その結果反植民地主義闘争のなかにしか救済を見ない」、そして「アフリカの独立や、いわんやアンチル諸島の独立など主張せず」、「ひたすら共産主義のスローガンを繰り返すことで満足していた」「奇妙な革命家たちである」「モヌロと彼の友人たち」[33]と、「政治的なことは文化の一側面に過ぎない」とし、「文化的なことを優先させていた」レロたちのグループに分岐してゆく。そして後者はセゼールやサンゴール、それにギアナのレオン・ダマスらの下に集い、セゼールを中心に、『マルチニック学生』紙の後身として、一九三五年三月に月刊紙『黒人学生』を発行し始めたのだった。そしてセゼールが「ネグリチュード」の概念を最初に発表した記念碑的記事が、一九三五年五・六月の第三号に掲載した「人種的意識と社会革命」だった[34]。彼はここで、真の革命にいたる前提条件は「人種の機械的な区別を断ち切り、諸々の表面的な価値を引き裂き、自分たちのなかの無媒介のニグロをとらえ、自分たちのネグリチュードを一番本物の果実が実るまで、美しい樹木のように植えつけること」だと説いている[35]。さらにサンゴール自身も、「モヌロとその友人たちが西洋の同時代的諸価値、すなわち共産主義とシュルレアリスムの名において西洋の伝統的な諸価値を拒絶していたのに対し、自分たちは最初の運動において、あらゆる西洋の諸価値を拒絶していた」と述べている[36]。しかしケストロートが「おそらくより正確に言えば、『黒人学生』のグループは西洋の諸価値を選択的に用い、そこから黒人の民衆の尊厳を高めうるものだけを選んだ[37]」と書いているように、ネグリチュードの尊重を説かなかったモヌロのグループが留保なき同化主義を唱えたわけではないし、ネグリチュードを説いたグループが西洋のすべてを拒絶したわけでもない。またそのネグリチュードが偏狭な地域性重視の方向に進んだわけでもない。したがってネグリチュードと同化主義を二項対立的に捉えるのは短絡的で、二項対立によって取り落とす論点や、当事者たちのジレンマもあろう。ここで特に認識しておきたいのは、『正当防衛』ではモヌロ自身がヨーロッパのブルジョワインテリの猿真似、つまり表面的な過剰同化をめざすマルチニック人の悲劇性を、もっとも辛辣に批判していた点だ[38]。

とは言え、モヌロがマルチニック出身の若者たちだけで公に活動するのは、この『正当防衛』が最初で最後になった。この『正当防衛』グループの分裂とモヌロ自身の方向性の選択は、彼のその後の人生で繰り返し見られた身の処しかたの、最初の現れでもあった。つまりモヌロはその後、二十世紀後半のフランス文化、特に社会思想や哲学分野で重要な意味を持つことになった運動やグループのキーパーソンたちと活動しながら、それらの活動が軌道に乗り、のちにその意義が評価されるような果実を生む前に運動やグループから離脱したり、距離を取ったりを繰り返し、結果的に忘却されるか「呪われた」存在とみなされるかで、表舞台における自分の居場所をどんどん狭めてゆくことになったのだ。以後のケースはいずれも白人中心のグループで起きているが、最初の活動ではいみじくも白人との限定的同化主義を主張することで、彼は有色人種の盟友たちから離れることになった。

『正当防衛』グループの解体後しばらくのあいだ、彼の論考はシュルレアリスム関連の出版物のなかに見られるようになる。では「マルチニック出身」というアイデンティティを前提にしない論調を取るようになった彼は、何を主張したのか。次に、彼の第二次世界大戦前のシュルレアリスム・グループとの関わりを見てゆこう。

3　シュルレアリスムへの共感

戦前と戦後の運動参加

モヌロのシュルレアリスム・グループとの交流には、中断がある。グラックとの友人関係のような個人的交流はその限りではないが、グループが発表した呼びかけや抗議文書や、シュルレアリスム関連の出版物に参加した痕跡は、『正当防衛』後の一九三〇年代前半から半ば過ぎまでと、『現代詩と聖なるもの』出版後の一九四〇年代半ばから後半の二期に分かれている。

そのあいだには第二次世界大戦があり、戦時下や終戦直後にはグループの活動も停滞したので、空白は当然とも言える。しかし一九三九年の開戦を待たずに、モヌロのグループ内での活動は一端途絶えている。一九三〇年代後半にモヌロがなぜシュルレアリスム・グループを避け、その周縁で批判的距離を保っていた人々と行動を共にしたのか。その明確な理由を示す資料は見出せないが、そのこと自体が、彼の離脱が何らかの騒動と関わるものではなかったことや、グループにおける彼の存在感が限定的であったことを証明していよう。

そもそもブルトンは、学業後もパリに残り、シュルレアリスム関連の雑誌にも参加していたマルチニック出身の若者たちとどのようなつきあいをしていたのか。ブルトンの目には、彼らがどのような存在として映っていたのか。この問いを持ちつつ、まずは『正当防衛』期のモヌロの、シュルレアリスムとの関わりから見てゆこう。

ただその前に、フランスにおけるシュルレアリスム活動の中断期にあった、ブルトンのマルチニック滞在について見ておきたい(39)。

ドイツ占領下の一九四一年にアメリカに亡命した際、後に自身が詳述したように、妻子とともに乗っていた船がマルチニックに寄港し、下船したブルトンは偶然手にした雑誌『トロピック』に衝撃を受け、その中心人物のセゼールとメニルに面会し、四三年にはセゼールの『帰郷ノート』論、「偉大なる黒人詩人」を発表した。[40]本テクストは四三‐四四年にニューヨークの『エミスフェール』誌（第二・三号）や、四四年五月の『トロピック』誌（十一号）等に掲載された後、四七年一月にニューヨークで英訳つきの『帰郷ノート』が、さらに同年三月にボルダスから出版された際の序文にもなった。[41]彼はこうして寄港地フォール＝ド＝フランスにおいて、フランスが植民地化したマルチニックの忌まわしい社会的実態と野性的な自然の魅力の両方に触れると同時に、かつての『正当防衛』の同人の一部やセゼールらとの親交を深めた。

ここで疑問が生じる。すでに一九三二年に『正当防衛』でシュルレアリスムと共産主義への共感を表明していたマルチニックの青年たちを、当時のブルトンはどのように受け止めていたのか。彼らとブルトンはマルチニックで「出会った」のではなく、「再会」したのではなかったのか。

実際は、たとえばメニルは戦前のパリで、すでにブルトンとつきあいがあったようだ。メニルの二人目の妻であるジュヌヴィエーヴ・セジーユ＝メニルは、メニルの著作選集の冒頭で夫の人生を詳しく紹介しているが、[42]それによれば一九二八年にパリに出たメニルは三二年に、ブルトンらシュルレアリストたちがカフェで行っていた会合に何度も参加した。またそうした会合にも来ていたトリスタン・ツァラとは、共産党の同じ細胞で政治活動もしていた。そして彼女は、メニルはその後も修正を加えつつ、『正当防衛』で掲げられた目標にそって一生行動したのだと、この雑誌の重要性を強調している。[43]しかも彼女によれば彼はブルトンの友人で、ブルトンのアパルトマンにも行っていたし、建物の一階にあったキューバ風クラブにもよく一緒に行っていたという。[44]ところが彼女も書いているように、[45]ブルトンは「偉大なる黒人詩人」のなかで、フォール＝ド＝フランスへの寄港中に娘のリボンを買うために入ってこの雑誌を見つけた小間物屋が偶然メニルの姉妹の店で、彼女の仲介によってメニル、次いでセゼール夫妻との面会が実現した経緯を説明した際に、メニルについて「奥ゆかしさに秘められた深い教養、非の打ちどころのない節度ある物腰、にもかかわらず、溢れんばかりの活力が沸き立つような波動となって伝わってくる[46]」と記している。これはメニルに対する賛辞には違いないが、ここからは、彼らの戦前のパリでの交流の事実はうかがえない。

極めて劣悪な環境での辛い船旅と、寄港地での理不尽な留置とを経たブルトンが、ようやく少しの自由を得て町に出て、娘のリボンという清純で抒情的で慎ましい買い物をしたときに、非ヨーロッパ世界の偉大な詩人とその作品を偶然「発見」するというエピソードがあまりにも「出来過ぎ」ていたから、自分がメニルや『正当防衛』の同志たちと戦前につきあいがあったことを、ブルトンは失念したのか故意に言い落としたのか。パリで出会ったマルチニック出身の青年とマルチニックで出会った青年の同一視を妨げる何かがブルトンのなかにあったのか。

マルチニックの青年たちに対する戦前と戦中、パリとフォール＝ド＝フランスでの何となくちぐはぐなブルトンの態度は何に由来し、また当の若者たちの目には、そのようなブルトンがどう映っただろう。そこには植民地博覧会の異国趣味を公式に批判したブルトンすら逃れられなかった、ヨーロッパ中心主義的な異国趣味に由来する、無神経な言い落としが認められないだろうか。

交流のはじまり

モヌロをはじめとするマルチニックの学生たちと、ブルトンらシュルレアリスム・グループのメンバーたちとの出会いは、『正当防衛』以前か以後か。つまり『正当防衛』で学生たちがシュルレアリスムと共産主義への賛同を示したのは、特定のシュルレアリストとの出会いに導かれてのことだったのか、シュルレアリスム運動に対する共感の、自発的な発信だったのか。一九三二年と言えば六月の『正当防衛』刊行に先立つ時期に、ルイ・アラゴン（一八九七－一九八二）の長詩「赤色戦線」が共産党の批判を受け、彼を擁護しようとしたブルトンとの関係が逆に悪化したいわゆる「アラゴン事件」がおき、シュルレアリスム・グループと共産党との関係が目に見えて緊張した時期だ。[47] 三月にはブルトンが三百名を超える賛同者の署名を付した抗議文書《パンフレ》「詩の悲惨」を発表しているが、これを含めてモヌロらの署名があるビラやパンフレは見当たらない。ただラフリによれば、モヌロのシュルレアリスム・グループへの参加は次のような経緯で始まった。[48] モヌロは以前から詩が好きで、シュルレアリスム作品に親しんでいた。そこでソルボンヌ大学でアンリ・パストゥロー[49]がモヌロに、アラゴンの訴追に抗議する嘆願書への署名を依頼した。しかし「文学的表現の自由」に基づく嘆願の論理はモヌロには脆弱に思え、その意見に共感したブルトンがモヌロに面会を求める葉書を送った。ラフリの本には、一九三二年三月にブルトンがモヌロに書き送った葉書が掲載されている。[50] この誘いを受けてモヌロはブルトンと初めて面会し、その後彼はシュルレアリストが会合を行ったブランシュ広場のカフェに出かけるようになり、そこでルネ・シャール、ダリ、ルネ・クルヴェルらと、さらにブルトンの住まいでカイヨワとも知り合ったという。[51] したがって、それ以前のモヌロのシュルレアリストたちとの交流の実態は不明だが、少なくともモヌロとブルトンとの交流は、『正当防衛』刊行前に始まっていたと考えられる。

政治的宣言や抗議文書《パンフレ》への参加

マルチニック出身の若者たちとシュルレアリストたちとの協力関係を実証する比較的古い例として、「殺人的人道主義」と題された文書がある。[52] これはサミュエル・ベケットにより英訳され、イギリスの上流階級出身の詩人で社会運動家のナンシー・キュナード（一八九六－一九六五）によって『ネグロ・アンソロジー　一九三一―一九三三』に掲載された。シュルレアリスム・グループのなかでも共産党に近かったルネ・クルヴェルの影響が大きいなか、この声明はモヌロやヨヨットとブルトンらが協力して起草されたということで[53]、起草の時期は一九三二年の五、六月頃と推測されている。この声明には、ほかにカイヨワ、シャール、エリュアール、ペレ、タンギー、ティリオン、ユニクが署名している。

ここでは奴隷制度の影響を引きずる植民地の労使関係と、ヨーロッパの労働問題が並行的に論じられ、ブルジョワに属する有色インテリも西洋の伝統的な哲学や異国情緒の牧歌的郷愁に埋没するばかりで、労働者の生活改善の力にはなっていないことが批判されている。また文化面においては、伝統的な作品に色濃い有色人種の身体を労働的、性的に搾取する態度だけでなく、現代的な事象にも肯定的評価は与えられていない。たとえばジャズも、黒人たちは「西洋人たちが自発的に身を引いた世界との合一を感じるときの自分たちの喜びの自然な表現を、流行のジャズによる表現に無理矢理歪めさせられた」と批判されている[54]。マルチニックの若者と当時のシュルレアリスムを代表するメンバーが起草した宣言の英訳が発表されたことの意義は大きいが、内容自体にシュルレアリストとしての独自性は感じられない。

そのほかモヌロの署名は、一九三三年に発表されたシュルレアリストたちによる工場労働者擁護や反戦を訴える複数のビラに見出される[55]。他のメンバーのグループへの参加状況に関する詳細は不明だが、翌三四年二月にファシストの暴動に抗議し、党派を超えた労働者の集結を呼びかけたビラ「闘争への呼びかけ」には、モヌロと弟のマルセルや、レロ、ピエール・ヨヨットの名も記されている。また同年四月の「査証なき惑星」と題された、トロツキーを国外追放し、労働者を締めつける政府への反発を表明したビラには、モヌロのほかピエール・ヨヨットの名前もある。

ただこれらの政治的文書にも、シュルレアリスム運動としての独自性は特に感じられない。マルチニック出身の青年たちが初めて間近で接したシュルレアリスム運動は、緊張関係にありつつも、共産党との距離をもっとも縮めて政治的発言を繰り返した時期のそれだった。シュルレアリストたちが台頭するファシズム勢力への抵抗を急務と考え、人民戦線につながる左翼の大同団結に賛同した点は、シュルレアリストと共産主義者を他のヨーロッパ人から切り離すことで、彼らに共感を示した『正当防衛』の同人たちを大いに納得させたはずだ。しかし彼らがシュルレアリスム運動に対して、その政治的立場以外に魅力を感じた点があったかどうかは、ここからは不明だ。ただ言えるのは、同郷人だけで発行した『正当防衛』とは異なり、エリートの有色ブルジョワジーを批判するパンフレやビラの発行に白人シュルレアリストたちと同列で参加することによって、彼らの故郷との関係は新たな局面に入り、彼らにとってマルチニックがより遠い存在になったかもしれないということだ。マルチニックは彼らにとって、「向こう」になっていったのではないか。

『革命に奉仕するシュルレアリスム』

マルチニック出身の若者たちのシュルレアリスム・グループへの参加は、『革命に奉仕するシュルレアリスム』において新しい展開を見せる。『革命に奉仕するシュルレアリスム』誌の一九三三年五月十五日刊行の五・六合併号には、モヌロとその仲間たちが個人名で寄稿している。(56)

シモーヌ・ヨヨットは、ここではシモーヌ・モヌロとして二編の自由詩を発表している。ここでも一編は「J・M」というイニシャル表記で、モヌロに捧げられている。レロも二編の短い自由詩を発表している。ふたりの詩にはいずれも自動記述的なイメージの飛躍がありながら、部分的な脚韻や、頭韻的な音の反復もあり、古典的な詩法の残滓が意味の脈絡のなさを包みこんでいるような作品だ。ピエール・ヨヨットの「泉の理論」は泉をめぐる詩的かつ妄想的考察で、現実の液体の物質性の、フランシス・ポンジュの『物の味方』的な執拗で緩慢な視線の流れによる観察から始まり、やや残酷な血なまぐさい夢幻的風景を描き出して終わる。

これらマルチニック出身の青年たちによる詩的創作は政治色が薄く、彼らのシュルレアリスム運動への関心が、その政治的側面に限定されてはいなかったことがわかる。ただモヌロだけは詩的創作ではなく、「文明化された心性特有の諸特徴から」と題した論考を掲載している。

ここでモヌロは「文明化された」社会や、それを優性と評価する態度、特にブルジョワイデオロギーや資本主義が支配する現代社会を批判している。この論の特徴は、それを政治的文脈よりは芸術や文学とも関わらせながら文化論的に論じようとしている点と、現代社会における詩の意義や役割への期待が示されている点にある。

この論は三つの部分からなる。はじめにブルジョワイデオロギーと、実証主義や現実主義にある現実容認の態度との連続性や、資本主義が利潤追求を至上目的とし、労働をその意味での効用性からしか許らない態度や、所有に拘泥して他者との境界画定をする個人主義と、国家主義、帝国主義、植民地主義との連続性が示されている。

次にレヴィ＝ブリュルの論も引き合いに出され、宗教など、文明化された資本主義社会にあるもっとも効力のある強い非－合理的思考の形態も、未開原住民の社会のそれよりは劣ると論じるなか、モヌロは十八世紀以降のフランスにおいて、詩《ポエジー》だけが唯一例外的に効用性からの解放や源泉回帰を促す力を持っており、特にブルトンをはじめとするシュルレアリスムは自動記述の名において、詩のこうした力を追求していると評価している。

この論考の重要性は、特にレヴィ＝ブリュルの論が引き合いに出されている点や、詩、特にシュルレアリスム詩の重要性が、社会的な側面において強調されている点にある。レヴィ＝ブリュルの研究は、モヌロがパリで自らの関心に応じて学んだもののひとつであり、のちの『現代詩と聖なるもの』でも繰り返し言及されている。

内地のフランス人に向けて執筆するモヌロには、マルチニック出身者として、「文明化された」フランス内地の対立項としてマルチニックの「未開」を論じる可能性もあっただろう。しかし『正当防衛』以来、彼は自らの考察を「有色ブルジョワジー」という自分が属する社会階層を批判するところからはじめていたから、モヌロにとって「未開心性」は自らのアイデンティティの一部ではなく、客体として論ずべき対象だったのだ。これは彼の自己認識における、誠実さのあらわれだったのではないか。そして、そのため彼は「未開心性」を、自分が学んで得た知識であるレヴィ＝ブリュルの研究を仲介させて論じる。つまり白人と有色人という人種的対立、また植民者と被植民地という対立における自らの中間的な出自は不問にして、未開心性も文明化された心性もともに客観的な研究対象として論じるモヌロの執筆姿勢が、ここではすでに確立していたと言える。

また詩は、以後モヌロがシュルレアリスムの意義について論じるときに、必ず出て来る主要概念であることにも注意したい。彼は政治的色彩の強い宣言や抗議文書では表現する機会のなかったシュルレアリスム詩の評価理由を、ここでは社会的な位相から、ブルジョワジー、資本主義批判にからめて論じたと言える。

文化の擁護のための国際作家会議

『革命に奉仕するシュルレアリスム』への寄稿後、モヌロは一九三五年六月にパリで開かれた「文化の擁護のための国際作家会議」において、フランス領アンチル諸島代表としての宣言を行っている(57)。この会議には反ファシズムを掲げて三十八カ国から二百五十名の作家、知識人が一同に会し、個別発表や討論を行った。彼はアンドレ・マルローが主宰した「思想の創造と尊厳に関する諸問題」というセッションで発言している。モヌロは冒頭から「黒人奴隷と、ときには白人冒険家の孫でもあり、その身体的側面さえもがしばしば人種の神話に対する純粋な挑戦である私たち」が、この会議に加わる光栄を表明している。また彼はこの短い宣言で、文化を、未開と言われる地の者である「私たち」を短期間で変えたものと捉え、特に自由と幻想の重要性を強調している。またソ連がアジアの奥地まで専門家を派遣し、文明人が彼らと搾取以外の関係を持つために、その地の口承伝統や言語を調査させたことを評価している。また自分たちが受けたブルジョワ的な教育が評価するものよりも、ファシズムに対する戦いの勝利を重視していることを表明している。終始一人称複数で語られるこの宣言をするにあたって、彼がアンチル代表となった経緯や、この宣言文の作成への協力者の有無などについてはさらに関連資料や証言を探る必要があるが、この宣言で彼はソ連の方針や活動を評価している。また「文化」を「未開」の対立項と捉え、未開自体のなかに文化の豊かさを見る視点や発想はない。

シュルレアリスムと共産党との関係で言えば、この会議は両者を取り持ち、共産党から取りやめの圧力がかかったブルトンの登壇を実現させるために奔走したルネ・クルヴェルがそれを果たせずに自殺し、両者の協調の不可能性が浮き彫りになった機会でもあった。クルヴェルはシュルレアリストのなかでも人種的偏見などに強い問題意識を持っていたため、三五年のクルヴェルの他界は、パリに残った『正当防衛』同人たちが三〇年代後半以降、シュルレアリスム・グループにおいて存在感を持つにいたらなかった理由のひとつでもあっただろう。

4　シュルレアリスムの周縁で

人間現象学研究グループと『探求』誌

しかしモヌロ自身はその後もさらに、シュルレアリスムの周縁部に位置した雑誌の編集メンバーに加わっている。それが翌一九三六年六月に刊行され、創刊号のみに終わった雑誌『探求』だ。

三六年六月と言えば、四、五月の総選挙で人民戦線派が大勝し、社会党が第一党となり、共産党も大躍進した直後である。同月には社会党のレオン・ブルム内閣が成立、労働者のストライキがピークに達した時期でもあった。不安や混乱が高まるフランス社会で、新しい時代の始まりが予感されるなかで生まれたこの雑誌は、「人間現象学研究グループ」の活動報告でもあった。ルイ・アラゴン、ロジェ・カイヨワ、モヌロ、トリスタン・ツァラという四人の雑誌編集人のうち、アラゴンを除く三名は研究グループの中心的なメンバーでもあり、研究会の管理者はモヌロだった。モヌロを除く三人の編集人はいずれも一九三〇年代前半にブルトンと決裂し、シュルレアリスム・グループ活動から距離を置くようになっていた。ただこの雑誌の複製版に序文を付したアンリ・ベアールによれば、十五名ほどの研究グループ参加者の約半数は、その時点でシュルレアリスム運動のメンバーだった[58]。そのなかにはギリシャ出身のシュルレアリストで、詩人のカラマリス（一九〇七−八八）もいた（66）。彼はニコラス・カラスの筆名で一九三八年にシュルレアリスムに関する評論『発火点』を出版、四十年にアメリカに亡命し、そこで美術批評などを行った[59]。その他は『ＮＲＦ』誌や『カイエ・ド・シュッド』誌等の寄稿者たちのなかの、シュルレアリスムに物足りなさを感じていた者たちだった。また『正当防衛』誌の同人でもあったレロも参加していたが、彼のロシア映画評はマルセル・アルランとの間で問題が生じ、雑誌には掲載されなかった（126-127）。

この研究会自体は一九三五年十月からツァラとカイヨワによって構想されていたが、初会合は翌三六年一月八日に開かれた（11）。想像力に関心を示し、同時に博学で知性に富んだ若い友人と、ツァラはクルヴェルとの交流のなかで知り合ったという[60]。その頃ブルトンを中心にしたシュルレアリストたちは『社会批評』の同人、ボリス・スヴァーリンを中心にした民主的共産主義サークルに接近したが、このグループにはバタイユを筆頭にレリス、クノーなどシュルレアリスム・グループから排斥された人々も含まれていた。しかし彼らはブルトンらシュルレアリストたちともに、十月には反ファシズムを掲げて闘争連合「コントル＝アタック」を結成し、翌三六年春までの約半年間活動した[61]。一方「人間現象学研究グループ」も三六年一月から三月初頭まで、二週間に一回講演者を決めて、ツァラの自宅に集まった。その第一回会合は一月八日で、コントル＝アタックの初の公開集会のわずか三日後だった[62]。つまりこの二集団の活動は、ほぼ同時期に行われていた。その後バタイユのグループは秘密結社「アセファル」の活動を経て、一九三七年十一月に「社会学研究会」を立ち上げ、カイヨワとモヌロはツァラを残してこれに参加した。モヌロは後に『共産主義の社会学』第三版（一九七九）の「補遺」のひとつとして「社会学研究会もしくは中絶された課題」を掲載し、そのなかでこの会の名づけ親を自称してもいる[63]。いずれにせよ「人間現象学研究グループ」が「社会学研究会」の着想源のひとつであったことは、間違いないだろう。

『探求』の執筆者たち

さて、その『探求』誌と研究会であるが、中心人物はカイヨワとツァラ、とりわけツァラであった。カイヨワは雑誌の命名者を自認している（13）。ただ四人の雑誌編集人以外の雑誌執筆者は、すでに死亡していたクルヴェルを除いても、ガストン・バシュラール[64]やアンドレ・シャステルをはじめとして合計十一名に及び、中心メンバーたちがこの試みに、社会的なインパクトを持たせようとしていたことが感じられる。

雑誌の原題は「アンキジシオン」で、この名詞は単数形で「厳しい取り調べ」や「異端審問」を意味するが、ここでは複数形で、この語本来の「研究」、「探求」の意味で用いられている。また、たとえこの雑誌や研究会の意図が、人民戦線政府の文化政策に間接的に貢献すべく現実の社会問題に向き合い、それへの対処法を模索し、自分たちの革命的芸術家としての立場を明らかに示すことにあったとしても、そこではメンバー間の党派やイデオロギーの違いが鮮明になって組織の存続が危うくなるような政治的な主題は取り上げられず、もっぱら文学的主題が扱われていた。ただそこで文学は個人の趣味ではなく、社会現象や社会活動や新たな世界の認識方法として捉えられていた。そしてこの点にアラゴンとツァラの方向性の違いがあり、それがこの雑誌と研究会が短命に終わった主たる原因であったことはベアールも指摘している（21）。つまり編集人のなかでも「大物」のアラゴンは「我々のあいだで」という論考を発表し、参加者間に教義的な不統一感があるなか彼自身はマルクス主義に立脚し、抽象的批評ではなく、具体的な社会行動に基づく考察が重要なのだと、この雑誌の編集に対する違和感を明らかにしている。アラゴンは、本誌が意図していた社会事象と文学や人間の情緒面との関連性の追求を受け入れず、逆にツァラは、こうした方針を明確に打ち出していたのである。ツァラはここに「社会のなかの詩人」、「ポエジーにおける必然性について」という二論考を発表している。また『探求』の関連資料として、一九三六年一月八日の人間現象学研究会の会合で読まれた開会宣言的なテクストや、未刊に終わった「社会のなかの詩人」の続きが残っているが、こうしたテクストでツァラが主に論じているのは、ポエジーを探求することの必要性である。彼は十九世紀のロマン主義以降、ポエジーは文学的なジャンルや形式から独立したものとして、また何かを表現するための隷属的手段というよりはそれ自体が行為として、精神活動としての役割の部分が次第に大きくなっていると指摘している（31）。また彼はポエジーを統御された思考（pensée-dirigée）ではなく、夢や白昼夢や神話と同様に、統御を受けていない思考（pensée-non dirigée）と位置づけている（136-138）。そしてツァラは、人間を扱う科学は遅れをとっており、文学だけでなく諸分野を通じて、人の心を駆り立てる情緒的な力を本質的な性質とするような、諸思想の流れが明確にされることが急務だと主張する（65）。

ツァラの主張が示すように「探求」と人間現象学研究会の活動では、社会におけるポエジーの問題が重要な論点のひとつになっていた。「社会のなかの詩人」の冒頭でツァラは、「中心的な部分で機能低下が起き出したあらゆるなじみの概念を、洗いざらい見直すことが求められている現在、人間の諸価値の分類においてポエジーが享受している特権に、いくつもの批評が疑義を呈するようになったのは喜ばしい兆し」であり、ポエジーは「信仰や特権といった考えとは関係なく、思考の構造に親密に結びついたものと見られるべきだろう」と述べ、註として「カイヨワ、モヌロ参照」と付記し、彼らのあいだで問題が共有されていることを示している（29）。

またカイヨワは、論考「戦闘的正統教義のために――現代的思考の喫緊の義務」において、その知的態度が人々を惹きつけ、またその道徳的立場が例外的な価値を有するにいたったボードレール、ランボー、ロートレアモンに倣いつつ、現代では、人間存在の何にも代え難い要請を取りこんだ秩序が打ち立てられる世界観の構想が求められていること、ただし今日にあっては社会に対する反抗の形でそれを追求するよりも、人間存在の本質的一体性や連帯性が求められるべきだろうという主旨のことを述べている（6-14）。

モヌロの主張

では、モヌロは彼の論考「ジャンルとしてのポエジーの、機能としてのポエジーとの関係をめぐる考察」で何を主張しているか[65]。

ここでは、ポエジーとは何かが検討されている。本論ではまず、ポエジーが何らかの意図の表現手段や模倣や、ジャンルの問題ではないことが前提とされている。冒頭では、それが自己陶酔的な存在による純粋な表現であることはほとんどなく、「むしろ官能や死や疲労に見舞われた動物から発散する液」に喩えられている。ただこの論の特徴は、ポエジーを一般的な表現手段から完全に分離せず、言語用法の過程のなかで捉えているところにある。つまりポエジーによって一般的な表現手段に抗する戦いを始めても、そうして生まれた表現は、ひとたび書かれるとすぐに人をだましたり、煙に巻いたりする絶対的な力を持ってしまう（15）。またポエジーは、不安定な条件下で引き起こされる不安定な化学的組成にも喩えられ（17）、機能としてのポエジーは、詩的ジャンルにジャンルとして欠落があるからこそ鍛えられるのであり、それが極められればその否定になってしまうとされている（18）。だからこそ「ポエジーに対する欲求はすべての人に生のままに存在」しており、それを満足させる必要がある、あるいはそう努める必要があるものの、「文学的ジャンルのポエジーの行使によって、それを満足させる人はほとんどいない」とモヌロは考える（18）。モヌロのこの論考は、ポエジーが問題になっている点で後の『現代詩と聖なるもの』と共通しているだけでなく、そこでの「同盟《ブンド》」（Bund）（ブンドがゲゼルシャフト（契約社会）ともゲマインシャフト（血族社会）とも対立する意味で）」（PMS, 73／七三）というカテゴリーを用いた集団論にも通じるところがある。

このようにモヌロは『探求』に、彼の出自など問題にされない、ツァラやカイヨワと同種同等のありかたで参加している。また彼は『正統防衛』や『革命に奉仕するシュルレアリスム』への参加時からポエジーの問題に関心を持っていたが、ここではその問題が彼だけでなく、ツァラやカイヨワという中心メンバーにも意識的に共有されていた。自分の以前からの関心事が、シュルレアリスム運動の草創期からの中心的人物たちとも共有されたことに、モヌロは自負心を抱いたかもしれない。ただ彼らと比べるとモヌロの論が、ポエジーの社会とのつながりの示唆は一番弱い。

一九三六年六月の『探求』への寄稿のあと、私たちがシュルレアリスム・グループの周辺でモヌロの名前を見ることはしばらくなくなり、彼はバタイユたちが構想した雑誌『アセファル』や「社会学研究会」設立にまつわる活動に居場所を移す。モヌロにおいてこの『探求』への参加は、シュルレアリスム・グループからバタイユ・グループへの移行期の活動と位置づけられる。

第2章

「聖なるもの」をめぐって

1　バタイユへの接近

『探求』の解散

政治状況が目まぐるしく変化した一九三〇年代後半、モヌロがシュルレアリスム運動から離れてバタイユ・グループやその周辺で活動した時期は、彼の思索の道程上ではどのような時期だったのか。

カイヨワは『探求』の母体となった研究会に政治的な問題が入りこむことを嫌った。彼は一九七四年に出版した『想像的なものへの接近』のなかで『探求』の時期を回想し、共産党で指導的位置にいたふたりのメンバー（アラゴンとツァラ）と、「どのような政治的立場からも独立して」、「「人間現象学」の研究のために創られた組織に、この領域の存在感を高めるような問いを導入することだけを望んでいた他のふたりとのあいだの亀裂は不可避だったし、結局そうなった」と書いている。後者のふたりとはカイヨワとバシュラールを指す(1)。ただ共産党に近かったアラゴンとツァラが、協調していたわけでもなかった。この雑誌は短命に終わる要因としてのメンバーの結束の脆さを、構想時からはらんでいたと言えよう。そして実際、三六年六月の創刊時にグループは解体、カイヨワは同じ回想で、「『探求』の素早い消滅が、私をジョルジュ・バタイユに接近させた」と続けている。(2) この回想で、カイヨワはこの雑誌を彼のほかアラゴン、モヌロ、ツァラという三人の責任者で始めたことは明記しているが、上で述べた分裂のなかにモヌロの名前は含まれていない。さらにカイヨワがバタイユに接近したとき、実際にはそれにモヌロも同伴していた。こうした経緯の説明のなかで、なぜモヌロの名前が抜けたのか。グループ内の分裂においてモヌロがどっちつかずの態度を取ったからか、バシュラールを加えた他の四人に比べ、彼の知名度が格段に低かったからか、一九七〇年代前半において、モヌロが自分の仲間だったことをできるだけ言いたくないという意識がカイヨワに働いていたからか、本当のところはわからない。しかしこうした「言い落とし」の類は、モヌロに関して稀ではなかったように思う。こうした「言い落とし」は、した本人は特に心理的抵抗を感じなくとも、された者の多くは軽視されたと感じるだろう。いくつものグループに接近しては離れたモヌロの意識のなかには、そうした感情が個人的な対象というよりフランスの知識人全般に対して、澱のように溜まっていったのではないか。いずれにせよその後第二次世界大戦前夜までのモヌロの活動は、主としてバタイユの周辺で行われた。

モヌロとカイヨワはどのようにしてバタイユと知り合ったのか。確実なことはわからないが、関連資料はいくつかある。

カイヨワとバタイユが出会ったのは、おそらくアレクサンドル・コジェーヴのセミナーが開かれていたジャック・ラカンの住まいで、一九三四年秋より前だとバタイユなどを研究するフランシス・マルマンドは指摘する。(3) また少なくとも三五年八月にはすでに、バタイユはカイヨワに手紙を書き送っている。(4) またバタイユのカイヨワ宛の手紙には、雑誌『アセファル』に参加する以前のモヌロに関する、冷めた調子の言及がある。三五年九月二十六日、すなわちコントル＝アタックの十月七日の結成集会の直前に、バタイユがカイヨワに活動への参加を呼びかけた手紙で――カイヨワはこの誘いを受けなかった――、彼は「実際私はモヌロとは遠いつながりしかない。ただここへ来て、彼に再会することになった（ある日自宅に彼からの短いメッセージが来ていて、会う約束をした）。彼は私たちがしようとしていることに関心を持つだろうが、おそらく、それができてからのことだ」[5]と書いている。カイヨワに向けて自分とモヌロとの関係の薄さや、モヌロに対する期待の低さを強調するような文面だ。

その後もバタイユは、総じてモヌロよりカイヨワに強い同士的感情や期待を示している。それに対してモヌロは、先に言及した回想「社会学研究会もしくは中絶された課題」で、雑誌『社会批評』に掲載されたバタイユの論文「消費の概念」（一九三三）を刊行時より後に読んで著者と知り合いになりたいと思い、それは複数の共通の友人がいたおかげで容易に実現できたと説明している。さらにブルトンの住まいで知り合ったカイヨワを自分がバタイユに引き合わせたと書いて、バタイユや彼の周辺における自分の存在感を強調している。[6]

雑誌『アセファル』

モヌロのバタイユ・グループへの参加をもっとも端的に証しているのが、雑誌『アセファル』への参加だ（図3）。『アセファル』は一九三六年から三九年の三年間に、計四回発行された。[7]この雑誌には毎号副題があった。第一号「聖なる陰謀」は三六年六月に刊行された。わずか八頁の創刊号の執筆者は、バタイユ、クロソフスキー、それにデッサンを発表したマッソンのみ。またその発行人や、次号予告にもカイヨワやモヌロの名はない。しかしバタイユの伝記を書いたミシェル・シュリヤは七月末にバタイユが開催した第二号準備会には、どちらも出席していたと推測する。[8]そして第二号「ニーチェとファシストたち、名誉回復」は三七年一月に刊行された。

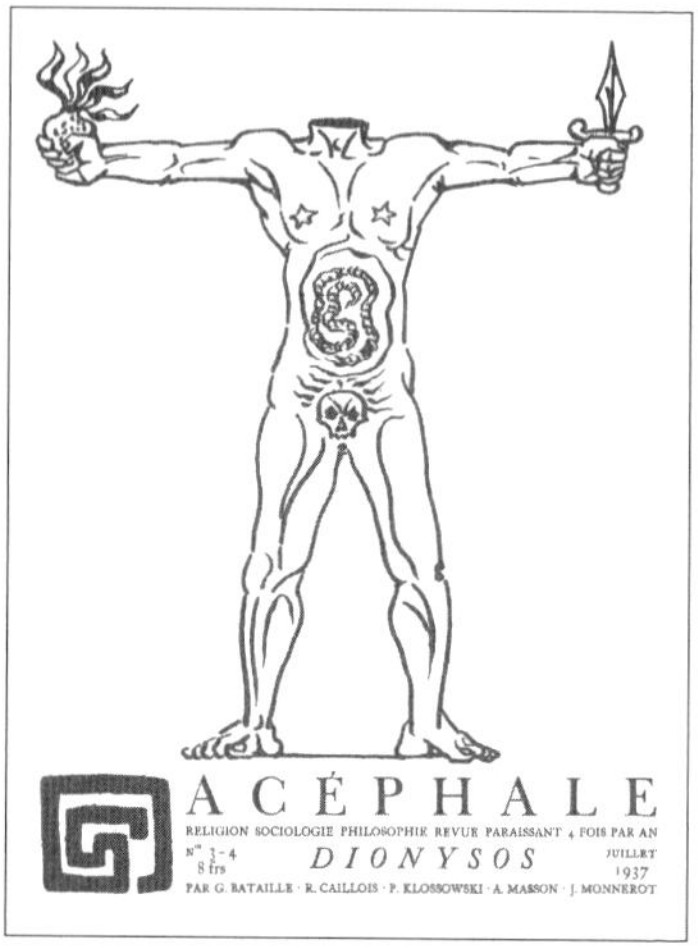

図3『アセファル』第3・4合併号（1937年7月）

この号は、シュリヤの言葉を借りれば「ニーチェを巧みに利用し悪用していたファシズムの手から、この哲学者を救い出そうとするものだった(9)」。しかしここにもカイヨワやモヌロの名はなく、彼らの同誌への寄稿はそれから半年後、三七年七月刊行の「ディオニュソス」と題された第三・四号においてのみだった。ただこの号には「社会学研究会設立に関する覚書」と題された宣言も掲載されており、その六名の署名者にはバタイユのほか、カイヨワやモヌロの名もある。雑誌『アセファル』は、その後約二年の空白を経た第二次世界大戦前夜の三九年六月に、バタイユが無署名単独で執筆し、それまでとはかなり体裁も異なり、縮小された第五号「ニーチェの狂気」が発行された。このように四号ある『アセファル』では中間の二号が、雑誌としての体裁を最もなしていた。

「アセファル」とは「無頭人」の意で、表紙に使われたマッソンのデッサンがそれを表象している。この「無頭人」にこめられた意味には、少なくともふたつの次元が指摘できる。ひとつは、バタイユが「聖なる陰謀」と題して創刊号の巻頭に掲載した宣言的な文にある、「人間の生は、宇宙に対して頭と理性の役割を果たすことに疲れはてている。生がそうした頭や理性となる限り、生が宇宙に必要なものとして仕える限り、生は奴隷の身分を受け入れるのだ。〔……〕ちょうど囚人が牢獄から脱出するように、人間は自分の頭から脱出した(10)」という箇所が端的に示す態度、すなわち思考に特権的な役割を見る態度や理性偏重主義、さらに人間の行動原理を有用性にばかり見る態度への批判的姿勢である。ふたつめは三七年二月にバタイユが起草した「内部日誌」で、彼の求めに応じてマッソンが「頭の無い人」のデッサンをしたときのことを回想したなかにある、「当初のバタイユの考えでは、「無頭人《アセファル》」の表象は、《首長なき群衆》、そして明らかに無頭《アセファル》である世界、神が死んだ宇宙を表す生存という、まだ図式的な関心に応えているだけだった」という件《くだり》が示す[11]、共同体や社会のありようや世界観に関わる意味である。この問題意識は最終号の「戦争の脅威」で、バタイユがファシズムも民主主義も否定して「真の〈教会〉を設立しなければならない。『霊的な権力』を標榜し、発展し影響を与えられるひとつの勢力を組織せねばならない[12]」と書いたところまで発展的に継続している。つまり群衆を抑圧的に束ねる権威的存在や、社会で長く信仰されてきた超越的対象に代わって何が共同体を束ねうるのかという、新たな共同体の可能性やそのありかたに関する問いである。

秘密結社アセファル

ところで第二号の刊行から第三・四号の刊行にいたる一九三七年前半期に、バタイユの周辺では雑誌『アセファル』の刊行と並行して、重要な活動が行われていた。それは秘密結社アセファルの結成と、社会学研究会の創設である。ただその頃モヌロはバタイユのカイヨワへの期待が大きかっただけに、困難な立場にあったことが推測される。

『アセファル』関連の資料や、関係者の書簡や後の証言からわかるのは、自発的にバタイユのもとに集ったカイヨワとモヌロが、秘密結社アセファルへの参加の形跡はない一方で、社会学研究会の設立には積極的であったこと、さらにバタイユは明らかにカイヨワのほうに大きな期待を寄せていたものの[13]、この時点でカイヨワとモヌロは、バタイユに対する態度を一にしていたということだ。ただモヌロは研究会の命名者を自称するなど、設立との深い関わりを示唆しているにもかかわらず、活動開始以前に会を去っている。まるで「彼は私たちがしようとしていることに関心を持つだろうが、おそらく、それができてからのことだ」というバタイユの予言を意識的に裏切るような離脱方法だった。なぜモヌロは、バタイユと活動を共にしなかったのか。

カイヨワもモヌロも、もともと直接的な政治行動的性格の強かった「コントル＝アタック」には加わっていなかった。またふたりとも、ファシズム的集団に代わる集団のありかたを示すため、既存の宗教的存在に代わる新たな宗教的共同体を創ろうとした、秘密結社的な集団としての「アセファル」にも賛同していない。カイヨワは後の論考でこの時期のバタイユの活動を想起し、知的な活動と、コンコルド広場でのルイ十六世の処刑の再現といった反知性的な行動とをつなげることに反対している。[14] 一方モヌロは秘密結社的な活動には特に言及せず、先に言及したバタイユに関する論考では、命名者でありながら活動開始を待たずに社会学研究会を離れた理由として、バタイユとカイヨワがすぐに講演やコミュニケなどの公の活動に向かおうとしていたのに対して、自分はまず方法を練り上げるまでは言わないまでも、まず自分たちのあいだで真の議論をするべきではないかと考えたと述懐している。また文学者であり、かつ社会学者であることはできても、同一のテクストのなかで文学者と社会学者の両方であることはできないと考え、社会学研究会が自分の理想とは異なるものになりそうなので、バタイユに不参加を告げたと説明している。[15] これがすべてではないとしても、少なくともこうした理由もあってモヌロはバタイユのみならず、カイヨワとも距離を置くようになったようだ。また文学者と社会学者を二律背反的に考えるモヌロの主張は、『現代詩と聖なるもの』の時期以降一貫して社会学者たらんとした彼自身の活動の方向性を、裏づけてもいよう。[16]

2　ディオニュソスに見たもの
オットー、レーヴィット、ヤスパース

雑誌『アセファル』は、ニーチェを重要な参照対象としていた。またバタイユはこの思想家について指摘されることのあったファシズムとの親近性を否定し、むしろその反ファシズム的な力を示すことを意図していた。カイヨワとモヌロが参加した三・四合併号の題「ディオニュソス」も、ギリシャ神話におけるその位置や役割をアポロンのそれと対比した『悲劇の誕生』を想起させるニーチェ的な題で、前号「ニーチェとファシストたち」との継続性を示している。(17)

本号は「ディオニュソス」と名づけられた引用集に始まり、続いてモヌロの論考、その後にバタイユの「ニーチェ風時評」という号内最長の論考が続く。次にカイヨワの「ディオニュソスの美徳」、さらに「「社会学研究会」設立に関する覚書」が置かれ、ピエール・クロソフスキーの「キルケゴールによるドン・ジョヴァンニ」で閉じられている。共同署名の「覚書」が個人の論考に挟まれていることには違和感を覚えるが、そこには「覚書」の起草にカイヨワが果たした役割の重要性を証する意図や、個人の精神の陶酔の問題で始まり、共同社会の連帯という社会的次元の考察で終わるカイヨワの思考のベクトルの延長に、研究会の活動を置こうとする編集者の意図が感じられる。またクロソフスキーの論考は一見異質に見えるが、ドン・ジョヴァンニは神話的人物としてすでに『探求』でも扱われており、本号のモヌロの論考にも、ドン・ジョヴァンニが追い求めているのは「ディオニュソス的状態」であるとの指摘がある。(18)またここではモーツアルトの『ドン・ジョヴァンニ』を扱いつつ、ニーチェにおけるディオニュソスとキルケゴールにおけるドン・ジョヴァンニが並行関係に置かれているため、この号が持つ主題的統一感が保たれている。本号が神話的人物ディオニュソスと時事性

を孕んだ社会学研究会を中心に、計算された構成を取っていることが感じられる。

そこでモヌロの考察の内容と、『アセファル』誌におけるその位置を理解するために、バタイユによる編集と思われる冒頭の引用集とバタイユの論考の内容を確認した上で、このふたつに挟まれたモヌロの論考の役割を確認しておきたい。この構成に注目するのは、そこにあるバタイユとモヌロの主張の微妙なずれが、彼らのあいだの根本的な不一致や、彼らに対する評価のずれにも関わっているように思えるからだ。

まず冒頭の引用集、「ディオニュソス」について。

その前半は「ディオニュソス神」と題され、ヴァルター・オットーの『ディオニュソス』（一九三三）からの七つの引用が列挙されている。後半の「ニーチェ、ディオニュソス」も、同じくオットーの『ディオニュソス』からの引用に始まり、ニーチェの『力への意志』、レーヴィットの『ニーチェの哲学』（一九三五）、ヤスパースの『ニーチェ』（一九三六）という、ほぼ同時期に発表された複数のニーチェ論からの引用がそれに続く。最後のヤスパースからの断章には、ディオニュソスは「人が祈り、祭式を捧げる神では決してあり得ない。要するに『哲学する神』なのだ」[19]というニーチェの文が引用されており、それが次のモヌロの論考「哲学者ディオニュソス」への導入となっている。

この引用集には、どのような意図で断章が集められているのか。

半分弱を占める引用の出典『ディオニュソス』の著者オットー（一八七四－一九五八）はドイツの古典文献学者、宗教学者で、主著に『ギリシャの神々』（一九二九）がある。『ディオニュソス』の第一部で、彼は同時代の神話研究を代表する二つの流れ、すなわち民族学や民族心理学に基づく理論と歴史的客観主義に基づく文献学的手法のいずれにも疑義を呈する。それらが結局「血の気の失せた図式以外、何も残さない」と思えるからである。それに対して彼の研究姿勢は、「本質的なもの、生ける全体こそが信仰のそもそもの内実」であるのなら、研究者も「信仰が生けるものとして否応もなく帯びたに違いない性格」の様々な現れを神話に見て、何がいけないかというものだ。[20] 彼がギリシャ神話に対して抱くこうした関心は、ニーチェのそれともつながっている。またディオニュソスについてオットーが強調するのは、この神が二面性と悲劇的矛盾とを備えている、つまり陽気な陶酔の神でありながら、苦悩と死も宿命的に持っている点だ。彼はその理由を生と死の共存、すなわち「死とは生の終りにではなく、生の根源にこそ探し求められるべきもの、あらゆる生の創造に立ち会うものだという思想[21]」があるからだと論じている。

オットーの論を『アセファル』の引用集における断章と比較すると、ディオニュソスにおける生と死の二重性が問題になっている点に変わりはないものの、引用ではまず「生」を論じ、その後で「しかし」として「死」を論じる箇所が選択されることで、死は再生とともにあるというオットー自身の理解は強調されず、「死」に重きを置く読みかたが示されている。

オットーの『ディオニュソス』からの引用の後には、ニーチェの『力への意志』からの引用があり、その後、いずれもドイツの哲学者であるレーヴィット（一八九七―一九七三）の『ニーチェの哲学』からの引用と、ヤスパース（一八八三―一九六九）の『ニーチェ』からの引用がふたつ続いて終わる。この二冊については『アセファル』前号でピエール・クロソフスキーが書評を掲載しており、前号とのテーマの継続性も担保されている。そしてこれらの引用をたどると、まず『力への意志』からの引用では、永遠に創造と破壊を繰り返す宇宙を直視して我がものとし、過去の再来を見つめ、将来あるはずのことも欲する意志を持つことが求められている。レーヴィットのニーチェ論では、ニーチェが〈神〉の死から「われ神ならんと欲す」という原理を経て、「神々と同一」の原理という生きがたい生の意識にいたったことが指摘される。そしてヤスパースからの引用では、ニーチェが真理は死なりという究極の秘密を示そうとするごとに自分自身が出口のない迷路となるが、その迷路自体が究極の目的でも宿命でもある、そしてニーチェが選択した象徴としてのディオニュソスは、もっとも耐え難い苦しみさえ肯定する悲劇的人間であるが、それは一定の形を取るものではなく常に生成するものであり、それこそが「未来の哲学者の特質」を具えていると説明されている。このように引用集の後半では、自分に対して終わりなく問い続けるという、哲学的なディオニュソス像が描き出されている。

バタイユとモヌロのディオニュソス論

この引用集の後に来るのが、すでに述べたようにモヌロの論考「哲学者ディオニュソス」とバタイユの「ニーチェ風時評」である。この記事が「時評《クロニツク》」である理由は、第一に「ファシズムの解決法」という小項目名[22]が端的に示すように、この考察が喫緊の社会的課題を扱っているからだろうが、同時に一九三七年春にパリで上演された演劇『ヌマンティア』への言及が示すように、身近な事象に触発された思考を展開した、思考の同時代性ゆえでもあろう。これに対してモヌロの論考にはファシズムへの対抗といった、同時代の具体的な社会問題への言及はない。

とは言えこのふたつの論考は、先の引用集におけるディオニュソス神にまつわる実存的考察が個人の意識や意志の問題にほぼ終始していたのに比べ、共同体のありかたや、その価値の起源が問題になっている点に共通性がある。またそれだからこそ、ふたりの考えの相違が浮き彫りになってもいる。この点を中心に、掲載順とは反対だがバタイユの論考から見てゆこう。

この、「様々な人間のいる生きた共同体全体」をめぐる思索においてバタイユは、「それが究極の目的として要請するものは、生を疎外することなく、生を無気力な行為や押しつけの道徳律の繰り返しに導くことなく、いやおうなしに人々を結びつける何かである[23]」としている。また、その「何か」は「王権的な独裁体制」ではありえない、なぜなら「全員の動力が――血族や人種といった――堅苦しい伝統にがんじがらめに縛られて」いれば、「活力は超え難き堰に阻まれて沈滞する」からだ。そうではなく、「人々が血筋とは必ずしも関係のない同胞の絆で結ばれていて、必要な決定は全員で下す、彼らの結束の目的はある特定の行動ではなく、実存そのものだ。実存すなわち悲劇である」と、バタイユはまさにアセファル的なイメージをもって、悲劇的実存の意味を説明する。[24] またディオニュソスとの関連で言えば、「悲劇の破壊的な価値を所有する者にニーチェが要求したのは、支配者となることであって、決して懲罰欲求を抱いた天の支配を受けることではな[25]」く、こうして「はちきれんばかりの意志の力で大地に夢の荘厳なる正確さを回復させること[26]」だという。ここからは、人間の生活における共同体の必然性と同時に、共同体とその結束は、血族や人種による集合体や首長による統率といった旧来の様態以外のどのようなやりかたで実現しうるかという問題に、バタイユが強い関心を持っていたことがわかる。またバタイユは共同体の存立に関して、カリスマ的な個人や支配的な体制に依存しない「結びつけかた」に、より重点を置いている。ただバタイユとモヌロのもっとも大きな違いは、その結論部にあろう。バタイユはセルバンテスの劇『ヌマンティア』にも触発され、次のように書く。

生は人間が集団として生きることを要請するが、人間を集結させるのは一人の首長か一つの悲劇なのだ。人間による、頭なき共同体を求めることは悲劇を求めることなのだ。つまり首長を死なしめること自体が悲劇なのである。それは依然として悲劇の要請なのである。人間的事象の様相を変える一つの真理がここに始まる。すなわち共同の実存に不可分な価値を与える情動的要素は死である、という真理が[27]。

バタイユは共同体の構成員の問題には踏みこまず、ニーチェのディオニュソス像の分析の帰結として、共同の実存に不可分な価値を与える情動的要素が死だということを、「真理」として示す。しかし「今こそディオニュソスが神話を身にまとったまま、眩しい陽光のもとへ、社会の真っただ中に踊り出るべき時なのだ[28]」と述べるモヌロには、こうした認識はなかった。

　ではモヌロが「哲学者ディオニュソス」で示したニーチェ理解では、ニーチェのどういう面に重きが置かれていたか。

　モヌロはその論を、権力の問題から始める。彼は『ツァラトゥストラ』のポエジーが「不在感」にあることを指摘したのち、不在の「神」に代わりつつも、限りない自由を持ち続けられる者が待たれているが、そういう者自体が権力であり、その権力とは人の情動を動かしうる、有用性や倦怠や機械化を超えた聖なる力[29]であると説く。つまりモヌロはバタイユに比べ、カリスマ的な人物の存在を共同体成立の前提とする考えに近いが、「その権力は人が所有するものではなく人がまさにそれであるところのものである[30]」とし、そうした人の存在自体を「権力」の内実と捉えている。また「哲学者ディオニュソス」とは、「ニーチェによれば権力と秩序の仲介者でもある[31]」と説明しているように、彼の関心は現実の社会を念頭におきつつも、人々に聖なる力のありようを語ることにある。そして彼は、ニーチェにとってディオニュソスを内に宿した思想家は、ドン・ファンと呼べるような誘惑者なのだとして、人間が欲望のうちでこそ交感を果たすことができることを示す。しかし同時にモヌロは、ニーチェがめざしていたのは単に個人的な恍惚感や束の間の感情の横溢にとどまるのではなく、「神話が現実に働きかけ、その中になだれこみ、それを浸食し、それを変容させるものであらねばならない[32]」と、現実を変え、破壊する神話の役割を意識している。またモヌロの主張にそえば、哲学の本性たるべき「哲学者ディオニュソス」は、「自分の力を凌ぐ者」、「誘惑者」である。そして「誘惑者」の使命は「過去を屈服させること」にもある。そして「既成の価値観を体のいい形にして言い表す」、「なにも危険を冒したがらない」、「哲学的労働者のみならず一般に科学者と呼ばれる者」とは異なり、「誘惑者」たる哲学的ディオニュソスは、ニーチェによれば「危険を冒すことを望」み、「問題が多かろうが、ぞっとしようが、すべてのものに『ウイ』という人々」であるとする[33]。

さらにモヌロは、ニーチェはねたみのすべて、彼がルサンチマンと呼ぶ「抑圧されて内に籠り、幾度となく反芻するうちに根深くなっていき、人の性格をとげとげしく悪意のあるものにするような感情」を徹底的に軽蔑しつつ、同時に誘惑者はもうひとつのルサンチマン、すなわち「創造をうながす高貴なルサンチマン、聖なる怒り無くしては存在し得ない[34]」点も強調している。

ニーチェは『道徳の系譜学』（一八八七）の「第一論文」と「第二論文」で、ルサンチマンについて論じている。ニーチェのルサンチマン批判については、「哲学者ディオニュソス」の最後の部分で言及されているだけに、これがモヌロのニーチェ評価において重要な位置にあったことがわかる。ただモヌロがルサンチマンを批判するとき、彼がこの感情に対してその宗教・思想的起源など、どの程度の文化や社会の深層を見ていたかを判断するのは難しい。しかしいずれにせよ、モヌロによる言及から判断する限り、『道徳の系譜学』の次のような箇所から、モヌロが「創造をうながす高貴なルサンチマン、聖なる怒り」と表現したものを読み取ったことは確かだ。

〔被害を受けたことに反応して行動する〕反動的な人間と比較すると、能動的で、攻撃的で、侵略的な人間のほうがつねに百歩も正義に近いところにいるのである。反動的な人間は、つねに対象を先入見にしたがって誤って評価するし、評価せざるをえないものだが、能動的な人間にはそのようなことはまったく不要なのである。だから実際にいつの時代でも、攻撃的な人間こそがより強いもの、より勇敢な者、より高貴な者として、自由なるまなざしと、より良き良心をそなえた者だったのである。反対に「疚しい良心」などを発明して、良心に疚しさを感じているのが誰かは、すぐに分かることだろう――ルサンチマンの人間なのだ![35]

「危険を冒すことを望」み、「問題が多かろうが、ぞっとしようが、すべてのものに『ウイ』という」、「哲学的ディオニュソス」像が示すような肯定意識への共感や、反対にそうした意識を裏返したような反動的姿勢がもたらすルサンチマンへの反感は、この後に出版された『現代詩と聖なるもの』におけるシュルレアリスム擁護や、戦後に彼が繰り返し行ったサルトル批判においても繰り返しなされ、彼がほぼ生涯にわたって論じた主題のひとつになった。つまり『アセファル』と社会学研究会の立ち上げを通じたバタイユやカイヨワらとの知的交流において、モヌロが居心地のよさや達成感を得たことはなかったとしても、モヌロ自身の知的営みの過程という面から言えば、彼はそこでのバタイユらとの知的交流やニーチェの読解を通して彼なりに得た理想的人間像の追求を、一九四〇年代にはシュルレアリスム・グループの周辺に戻って継続させたと言える。またここで論じられている「反動的人間」像は、彼の批判対象であると同時に、彼自身もそうなってしまう余地がじゅうぶんあっただけに、いっそうなりたくなかった人間像だったのではないか、彼の人生の営みは、この人間像に自分が重なってしまわないための、必死の努力だったのではないかとも思えてくる。

フレイザー『金枝篇』をめぐって

バタイユとモヌロとの差異に、彼ら自身はどの程度自覚的だったのか。それを示唆する書簡などは見つからないが、モヌロの論のなかに、間接的にそれを感じさせる箇所がある。それは冒頭近くの、権力について述べているところだ。

こうした権力の観念とフレイザーがいみじくも『王権の呪術的起源』でとりあげた「マナ」との類似点を探ってみるのも、いささか大胆ながら興味をそそる問題だ。[36]

『王権の呪術的起源』は、フレイザー（一八五四－一九四一）の『金枝篇』（一八九〇）の第一部の題名だ。高等師範学校への入学が果たせず、モースの講義をはじめ、自らの関心に応じて講義を受講していたモヌロが社会学や民族学に強い関心を持っていたことは、『現代詩と聖なるもの』や、『社会的事実は物ではない』からも明らかである。したがってここで彼がフレイザーに言及したのも、それなりの知識や考えがあってのことだろう。

一方当時のバタイユにとっても、フレイザーの『金枝篇』は重要な参照対象だった。『アセファル』掲載の論考には『金枝篇』への言及はないが、そもそもマッソンによるアセファルのデッサン自体が、『金枝篇』冒頭近くに出て来るミトラに喉を掻き切られる雄牛のイメージに端を発している。[37] またパリ郊外、サンジェルマン＝アン＝レイの森の一本の木の前での夜の集合など、秘密結社アセファルのために構想された活動の多くは、その細部にいたるまで、『金枝篇』冒頭のネミ湖畔のディアナの聖なる木立と聖所、[38] とりわけその一本の聖なる木の周囲で執り行われる決闘による枝の奪い合いという、まさに「金枝」の語源に関わる話や、そこで行われる火祭りの伝承、さらにヨーロッパ各地に見られる同種の祭りに関する記述がその着想源にあることは明らかだ。ただ重要なのは、バタイユにとってはそうした儀式の目的として指摘されている安産や、[39] 病の治癒に対する祈願や感謝（四二）が問題なのではないということだ。つまり彼は、聖域や聖なるものの選択に関する人間の感性や非日常的な祭儀のありかたに関心を持ち、それらを実践しつつも、それらを経済的な有用性や共同体の繁栄を希求する行為とはみなさず、そうした価値観を転倒させ、先に記したように死という情動的要素によって結びつく共同体の成立を、そこに見ている。経済的な有用性や共同体の繁栄の希求は蓄財への欲求などを生み、それが近現代社会の悪しき闘争や他者への抑圧や支配につながると考えていたからだ。[40]

それに対してモヌロはどうだろう。

権力の問題に関して「『マナ』との類似点を探ってみるのも、いささか大胆ながら興味をそそる問題だ」と書くモヌロには、自分の考えが読者にすんなり受け入れられるかはわからないという意識が働いていよう。フレイザーは呪術と宗教、呪術師と「聖なる主を畏敬し、神の御前に謙虚にひれ伏す祭司」とが、初期段階ではしばしば不可分だったことを説明するなかで、メラネシア人におけるその混同に関するR・H・コリンドンの説明を引用している。その一部を紹介する。

> 規則正しい自然の道筋という概念を越えたあらゆる結果を引き起こし、生きている人間の霊的部分にしろ、死者の霊魂にしろ、霊的存在の中に宿って、その名前や彼らに属する各種の事物、例えば石、蛇、その他のありとあらゆる物体に分与されていると、メラネシアの先住民達が信じる目に見えない力は、一般にマナとして知られている。〔……〕そしてこのマナはまた、彼ら先住民の行うあらゆることの活力であり、白魔術あるいは黒魔術においてこの力が発揮されると信じられている。（一六二）

マナとはマオリ語では「権威」を意味し、特に「超自然的力」、「聖なる権威」、「普通の人間や事物が所有しない特性をもっているもの」を意味するというが（三二四）、コリンドンの指摘によれば、それは人間の霊的力とも、動植物や鉱物などに宿るものともみなされ、さらに目には見えないが人々によって信じられている、活動のもととなる活力でもあるというように、広く、特定しづらいものである。さらにその力は人間の力を超えており、それを信じる共同体の人々からは、幸運や繁栄をもたらすような作用をすると思われてもいる。

マナについてはモースも『社会学と人類学』(一九五〇)に収められた論考のなかで詳しく論じており、そこでも「単に一つの力、存在であるのみならず、一つの作用、資質および状態である」と、この観念が特定の存在や存在様態にあてはめられるものではないことが指摘されている。[41]さらにモースはマナの概念が「聖なるもの〈sacré〉の概念と同じ範疇に属」していて、[42]その価値は社会的であって経験的なものではなく、究極的には「集合的思惟に属する範疇でしかない[43]」とし、その効験の真実性ではなく、それに対する集合的確信を問題にしている。

ここでモヌロがモースのマナ論に言及しているわけではないが、フレイザーが引用する箇所で、コリンドンが「名称は何であろうとも、宗教と称すべき儀礼や慣習の基礎となるものは、この超自然的力や、精霊や亡霊を人類の幸福のために働かせる各種の方法の効力に対する信仰である」(一六三)と記していることを思えば、マナをめぐるモヌロの関心も、人々に繁栄や幸福をもたらす超自然的な効力や、そうした効力の所持者自体というよりは、その効力「に対する信仰」、すなわち効力への確信が共有される集合体、すなわち共同体のありように向けられているとは言えよう。

このように『金枝篇』に対するバタイユとモヌロの関心は、いずれも人々をまとめる力、共同体の成立につながっている点には共通性がある。しかし異なっているのは、バタイユが古代からヨーロッパに見られる聖なるものや祭儀の様態を踏襲しつつ、その原理を豊穣の祈りから、人間を支配せずに集結させる死へと読み替えているのに対して、モヌロは生や豊穣がもたらされることを信じたいと思う、欲求の共有に関心を向けている点にある。この相違は前節で見た、ニーチェが示すディオニュソス像を論じる際の、ふたりの力点の置きかたの相違とも一致している。

両者のこうした相違は、本書の冒頭で触れたジャン＝ミシェル・イモネが指摘するような、「社会学研究会」のバタイユを誤解した者としてのモヌロ批判の論拠と、ひいてはモヌロに対して作られてゆくことになる否定的なイメージとも無関係ではないだろう。

この批判の内実についてここではこれ以上踏みこまないが、確認しておきたいのは、バタイユは死と再生の不可分性を強調するオットーのディオニュソス論から死を強調する読みを展開し、『金枝篇』のネミ湖の聖域の祭儀伝説から豊穣祈念の要素を除いて、死という聖なるものを中心とする集合体という共同体論を描き出し、「生」を切り離した「死」を肯定する思考を展開し、「共同の実存に不可分な価値を与える情動的要素は死である」という「真理」を引き出したのだが、それは、「死」自体を肯定するひとつの思考様式とも言えるのではないかということだ。他方、生や豊穣への欲求の共有というモヌロの共同体論には、ファシズムへの抵抗を意識し、ファシズムの主張にも通底する「生や豊穣」を求めない共同体論を展開したバタイユの思考に対する無理解として、あるいはそうした反ファシズム論に対抗する「危険」思想とみなされる可能性がある。しかし同時に考慮すべきは、モヌロが「権威」、すなわち集合体をまとめる力とマナとの類似点を指摘しているのは、「権威」を特定のカリスマの属性ではなく、複数の人間間に共有される社会的範疇とみなしていることの証左であり、そこに、ファシズム的権力に対する予防線を読み取ることもできるということだ。また哲学の本性を「すべてを肯定する」態度に見て、悪しきルサンチマンを否定したモヌロの態度には、容認しがたい生の不条理を経験しながらも生き続けようとする人がたどりついた態度を見ることもできる。したがって、そうした生の肯定を展開するモヌロがバタイユ的な「死」の肯定にある種の感性の欠如を見せたとしても、そこにはむしろ相互的な感性の欠如を指摘でき、これをもってバタイユとモヌロを反ファシズムとファシズムという二傾向に分類することには、強引な判断が働いていることが感じられないだろうか。そしてそうした結論は、死への憧憬に現実に対抗するための手段を見る、ロマン主義の一面である逃避的感性と、変わらなくなるのではないだろうか。

3 『ヴォロンテ』誌

教導者の有無

一九三〇年代末、第二次世界大戦前のモヌロの特筆すべき活動としては、一九三九年六月刊の月刊誌『ヴォロンテ』特別号の編集がある。(44) 同誌は一九三七年十二月から四十年四月まで二十一号を数えた思想、文芸、芸術誌で、執筆者にはそれらの領域の当時の著名人が名を連ねている。

なぜモヌロが特別号の編集責任者になったのか。その経緯を探るためにも、あらかじめ当時のモヌロの状況を確認しておこう。

ラフリによれば、フランスの参戦に先立つ時期、モヌロは国立図書館の文献整理の仕事をしていたが、常勤の話が出たおりに退職した。ラフリは退職の理由を、パリを離れる可能性の回避に見ている。(45)

国立図書館を退職したモヌロはルイ大王校時代の学友ジョルジュ・プロルソン(ペンネームはジョルジュ・ベルモン)が運営していた日刊紙『パリ＝ミディ』に入った。(46) またモヌロは三八年から三九年にかけて『ヴォロンテ』誌に複数回寄稿し、同誌は『アセファル』後の彼の主たる発表媒体となっていた。『ヴォロンテ』は編集長を置かず、共同編集人にはレイモン・クノーやヘンリー・ミラーのほかプロルソンもいたので、このこともモヌロと同誌との関わりに関係していたことが推測される。また一九三九年十一月一三日のバタイユのカイヨワ宛の手紙には、クノーやバタイユ、レリスらと親交があり、『エスプリ』誌の編集委員でもあったマルセル・モレ（一八八七－一九六九）が社会学研究会や『ヴォロンテ』の残党と『エスプリ』グループの一部と定期的に集まり、そこにモヌロも来ているはずだとあるので、そうした人間関係から発生した役割だった可能性もある(47)。

さて、『ヴォロンテ』特集号はアンケートへの回答からなっている。モヌロは自ら作成した質問状を同誌二月号に掲載すると同時に約百五十名に送り、約半分から回答を得た。そして六月刊行の特集号で、回答について分類と註釈を行った。特集号の表紙には回答者の名前が並んでいるが、そのなかに団体名として唯一「社会学研究会」があるのが目を引く。回答者にはクロソフスキーの名はあるがバタイユ、カイヨワ、レリスの名はない。「社会学研究会」からの回答は、「質問には答えなかったが反応を返した人たち」に分類されている。それが示すように、「社会学研究会」からの回答は直接質問事項には答えておらず、ここで問われていることはまさに「社会学研究会」が問い続けてきたことであって、完全な要約は無理だし意味がないとだけ書いている。ただこの回答は、このアンケートを行っている人、すなわちモヌロが社会学研究会の命名者であったことを認めている(48)。

アンケートの質問は、大きくふたつに分かれていた。

要約すると、一点目は、西洋につねに存在した教導者はキリスト教の聖職者だったが、その影響力が弱まった現在、社会はその代理を必要としないほど成熟しているか、あるいはその代理者が求められているかという問いである。そして、もしも代理者が存在するとしたら、それは政治家、学者や作家、編集・出版者、医師とりわけ精神分析学者、あるいは他の人たちの誰で、どの程度その役割を担っているかという問いである。二点目は、マルクス主義や戦後の大規模な国家規模の運動（ロシアの共産主義、イタリアのファシズム、ドイツの国家社会主義）は、「特に経済的原因の結果か、現代的生活によって抑圧された（宗教的？）無意識のあらわれか、その両方」か、またそれらの運動はローマ帝国や、勝者たるキリスト教によって清算された部族宗教の攻撃的な回帰なのか、そしてもしそうであれば、それを回避または超克するために、西洋史には新たな普遍主義を導入する必要があると思うかという問いである。そしてもしもそうした普遍主義を生み出す必要があるとすれば、どうすればそれが教義的、神話的、秘教的なものにならないか、また何かの社会階級や人種、国家、帝国、人間の種類には何らかの使命があると思うか、またもっとも現代的で差し迫った忠告を与えてくれる過去の人々や政体があるか、というものだ(49)。

アンケートを集約したモヌロの結論は短く、彼はアンケートに対する自身の回答を表明してもいない。ただ彼は、議会制や当時の第三共和制のありかたを肯定する回答の不在と同時に、特定の人種、政党・団体やイデオロギーなどへの期待を公然と表明した者もいなかったことを確認している。また力を喪失した神話にすがることや、新しい宗教を仕立てることではなく、こうした問題の解明と、まっとうな行動が求められていると指摘している(50)。

同時代の文化人へのアンケートは、両大戦間の雑誌が好んで行った企画であるが、雑誌冒頭の『ヴォロンテ』からのメッセージの最初の一文が示すように、「われわれにとって多大な労力を要し」てまで、これだけ大規模なアンケートを実行した動機とエネルギーはどこから来たのだろう。時間を遡ることができる私たちは、無論そこに社会に対する危機意識の高まりを見るが、「危機意識」などと簡単に結論づけられない異様さが、このアンケートの規模の大きさにはある。またモヌロについて言えば、質問事項に、四〇年代以降の彼が展開してゆく宗教論、さらに共産主義や知識人やメディアの社会的役割に対する批判の論点が兆している、つまりこうした問題をめぐる考察を発表する前の大戦前夜に彼が文化人たちの考えを聴取していたという点においても、このアンケートは意味深い。

第3章

社会学者として

1　第二次世界大戦期の活動

主要著作の出版

第二次世界大戦後の一九四〇年代後半、モヌロは彼の主著となる本を相次いで出版した。それまでもアラゴン、ツァラ、バタイユなどそれぞれの分野や立場の「大物」の背中を追いながら、同時に彼らとの活動では対等に渡り合うことを旨とし、それだけに摩擦もあったモヌロが独り立ちして単著を発表し、自らの思索を世に問う段階に入ったのだ。

モヌロは一九四五年に『現代詩と聖なるもの』と中編小説集『目を開けたまま死ぬ』を出版した。さらに翌年には同時代の社会学のありかたを批判した『社会的事実は物ではない』を、そして四九年には『共産主義の社会学』をいずれもガリマール社から出版している。このうち文学作品を除く三冊は、いずれも同時代の社会状況を意識しつつも、考察の普遍性をめざした社会学的研究である。

『目を開けたまま死ぬ』は三編の中編からなる小説集だ。[1]「ファランドラの時代」には第二次世界大戦の占領下から解放を経た時期のフランスで、カリスマ的な師を取り巻いていた知的エリートの若者たちが時代の変化にとまどう様子と、彼らの葛藤や無力感が描かれている。「目を開けたまま死ぬ」は病院で死を間近にしているパートナーを女性が見舞うところから始まり、心身ともにぎくしゃくした彼らの関係が回想を交えて綴られる。「夜は終わらない」は、このなかではもっとも幻想的で無機質な雰囲気が漂う、多少実験的な印象を与える作品で、そこではコンサートホールやホテルのような空間のなかにいる人々の行き来や追跡、邂逅、過去の想起が描かれている。特に最初の作品など、作者自身の実体験と重なる部分も多そうだ。また話法の工夫なども見られ、作者が文学の技法に関心を持って書いていることが伝わってくる。しかしモヌロは以後、文学的な作品を出版することはなかった。

パリに出てからこの時期まで、見てきたようにモヌロはいくつかのグループと関わったが、いずれのグループでも中心的な位置を継続的には占めなかった。グループのメンバーたちが、モヌロに強い期待を寄せた様子もない。とは言え彼のそうした一匹狼的なイメージも、戦前は限定的な範囲で持たれていたに過ぎない。しかし四〇年代後半からは様相が変わったはずだ。彼自身名門出版社から単著を矢継ぎ早に出版し、寄稿する媒体も特定のグループの同人誌、機関誌的なものから、より一般的な文化誌になっていった。特に一九四一年から五〇年まで発行された人文系月刊誌『コンフリュアンス』では、終戦にともないリヨンからパリに発行地を移した四五年から四八年までの同誌の第二期において、カイヨワのほか、エッセイスト、美術評論家でアンドレ・マルローとも親交の深かったガエタン・ピコン（一九一五‐七六）らとともに編集委員となり、自身も四五年夏から翌年春にかけて盛んに寄稿した。本誌の編集長は占領下でレジスタンス活動をしていた詩人、哲学者、ジャーナリストのルネ・タヴェルニエ（一九一五‐八九）で、[2]彼は占領下の四一年にリヨンでジャック・

オバンクが創刊したこの雑誌の編集長を、同年の第四号から引き継いだ。レジスタンス精神を掲げながらも多様な背景を持つ哲学者、作家、芸術家を受け入れ、外国の哲学や文学の紹介も行った本誌は、一九四〇年代フランスの重要な人文誌のひとつと言ってよいだろう。

モヌロの周囲の人々の動向に戻れば、バタイユらも、パリの文化人のあいだで影響力を拡げていった。それだけに第二次世界大戦後のモヌロは、その言動が、パリの文壇や知識人界に論敵や批判者を生みうる環境にいたと言える。

そこで社会学研究の三冊の著書を中心に、四〇年代のモヌロの思索の内容とその反響をたどろうと思うが、その前に、戦時下の彼の行動を確認しておこう。

レジスタンス活動

ラフリによれば、モヌロは肺疾患により兵役免除になったが、フランスの参戦後に志願、アルジェリア狙撃兵第二連隊の教練教官となった。ドイツ軍のフランス侵攻の際、兄弟のマルセルは戦死。動員解除後、彼は占領期の大部分を妻の家族が所有するパリ盆地南部、シャルトルに近いボース地方の農家で暮らしたが、四〇年の秋から義理の兄弟らとレジスタンス活動に参加する。その後モヌロが加わっていた地下組織は発見され、逮捕者も出たなか、彼はパリで身を隠した(3)。

モヌロは一九三九年八月から四五年八月まで、雑誌などへの寄稿を断った。ただ、この時期に彼が以前の仲間と完全に交わりを断っていたわけではない。四三年九月のレイモン・クノー宛のバタイユの手紙には、すでにバタイユがモヌロと和解していること、モヌロがバタイユを訪ねてヴェズレーに来たことが書かれている(4)。これは同年七月後半のことで、ラフリの記述と総合すればそれがレジスタンス関連の用務で、シュルレアリスム運動に参加していた頃からの知り合いだったルネ・シャールに会うために南仏へ向かった折に、立ち寄ったものだったことがわかる[5]。また同年三月にバタイユはモヌロから、『内的経験』の熱のこもった読後感を受け取っていた[6]。さらに同じ手紙からは、バタイユがモヌロから一冊の本の原稿を受け取り、それを評価したこともわかる。さらに同日、作家のジャン・レスキュールに送った手紙にも、バタイユはモヌロの「一冊のエッセーの原稿を持っているのだが、とても良いと思う——本当に良い」と書いている[7]。書簡集の編者シュリヤは、註のなかでこれは『社会的事実は物ではない』か『現代詩と聖なるもの』についてだとしているが、後で見るようにバタイユは前者には書簡でも書評でも留保を示しているので、これは『現代詩と聖なるもの』についてだろう。

以上から『現代詩と聖なるもの』は、四三年にはその大半が書き上がっていたと思われる。しかしこの本には、初版だけ見ても「この箇所は一九四〇年十二月に書かれた」という註もあれば（PMS, 188-189／二〇九）、四五年七月に刊行された『エスプリ』誌からの引用もある（PMS, 208／二三三）。したがってこの著作は、彼が出版を控え、レジスタンス活動をしていた占領下から戦後まで、数年にわたって書かれたと考えられる。また本には献辞があり、初版では頭文字だけでぼかされていたが、一九四九年の増補版には「一九四四年一月にパリでゲシュタポにより殺害されたロジェ・ココワン（ルノルマン）の思い出に、一九四五年四月二十九日にブーヒェンバルトから生還したエチエンヌ・ブノワに」と記されている。モヌロは同時代の社会状況とは無縁にも見えるこの著作に、終わったばかりの第二次世界大戦の悲劇と占領下での体験の痕跡を刻みつけておきたかったのだろう。モヌロ自身先に言及した回想「社会学研究会もしくは中絶された課題」で、ナチスの諜報部《アプヴェーア》の特殊機関の追手から逃れるために、バタイユが一九四四年一月にバルチュスのアトリエにかくまってくれたと書いている[8]。モヌロには、レジスタンス活動からの生還者という自覚があったのだろう。

2 『現代詩と聖なるもの』

『現代詩と聖なるもの』（図4）は、全面的な賛同ではないが、シュルレアリスムに共感する者の立場から書かれている。しかしモヌロは雑誌『探求』への参加後、シュルレアリスム・グループから距離を置いた活動をしていた。モヌロは一九四〇年代の戦時下に再びシュルレアリスム運動について何を書き、何を擁護しようとしたのか。

本書は十章と、「ランボー」と題された補遺から構成されている。雑誌連載でもなかったのに全体の分量に比して細かく章立てされているのは、執筆期間中に小刻みに書きためたからかもしれないが、著者は最初から順に書き上げたのではなく、後で全体に手を入れたのだろう。本書にはシュルレアリスム作品からのテクストの引用は少ないが、古典的な社会思想や民族学誌関連の書物からの引用は多数あり、詳細なレフェランスも註に記されている。こうした作業はおそらく戦後の仕事だろう。

再びのシュルレアリスム

運動の終息をいつに見るかについては見解が分かれるものの、シュルレアリスムは芸術運動のなかでも異例の長さと空間的広がりを持った運動だった。しかし本書が中心的に扱う材料は、『磁場』が抱懐された時期から、アンドレ・ブルトンが（控え目にだが）共産主義への接近をはじめた時期までの間」のものと著者

図4　『現代詩と聖なるもの』（1945）

が述べているように（PMS, 71／七二）、一九一〇年代末から二〇年代前半のシュルレアリスムである。運動の歴史全体から見れば草創期にあたり、ブルトンやアラゴンを中心に、運動を立ち上げたメンバーたちがエネルギッシュに創作し、活動した時期だ。メンバー間の確執による分裂の危機が最初に表面化、深刻化したのはこのあとだった。

一方モヌロは本書で、一九三九年までシュルレアリスムは「選択親和力に基づく」一種の「仲間（セット）」を作っていたとも述べている（PMS, 72／七二－七三）。一九三九年はフランスの宣戦布告とほぼ同時にブルトンが共産党を脱党、共産党の近くに残ったアラゴンやエリュアールらと決定的に分裂した年だ。つまり本書は、ブルトンが共産党の影響下から離れ、グループ自体も解体の危機を迎えたシュルレアリスム運動が今後どのような意味を持ち続けうるのかを、主として共産主義への接近以前に遡って問うという歴史的視座を取っていたと言える。

モヌロ自身について言えば、「文化の擁護のための国際作家会議」でもマルチニック代表として発言していることから、彼の共産主義や共産党への共感は、『正当防衛』後もしばらくは続いていたと思われる。しかし以後のテクストからはそうした期待や共感は感じられず、さらに『現代詩と聖なるもの』では、共産主義はむしろシュルレアリスムに対立するものとみなされている。したがって共産主義から離れた後のシュルレアリスムにどのような可能性があるのかという問題は、モヌロにとって、自分自身の問題とも重なっていたと言えよう。

「現代詩」とシュルレアリスム

それなのになぜ『現代詩と聖なるもの』という、シュルレアリスム論であることを明示しないタイトルが選ばれたのだろう。

モヌロは戦前にシュルレアリスム・グループの近くにいた時期から、「詩《ポエジー》」に関心をもっていた。彼はそれを、一般的な表現手段に接しつつそれに抗する言語行為とみなし、ブルジョワ階級からは疎んじられる異質な要素であるだけに、自身のようにブルジョワ階級出身で、かつそれに批判的な立場を取る者たちの重要な表現手段として、その社会的価値を認識していた。また本書には、「シュルレアリスムはあらゆる現代詩の一傾向であり、その特殊性でさえある」(PMS, 175／一七七)とも書かれている。つまりモヌロはシュルレアリスムを同時代の社会と文化に関わる一芸術現象とみなし、読者にもそうした視点を持つことを期待したのだろう。このことはモヌロが序文に、「この書物の中で」、「問題になっているのは詩人でも詩篇でも作品でも個人でもなく」、「位置と日付を持ったこの詩が人間の条件に対して担っている意味である」(PMS, 9／七)と書いていることとも符号していよう。この「位置と日付を持った」という表現は、彼が本書の翌年に出版した社会学論『社会的事実は物ではない』で繰り返し使った表現でもある。つまりこの序文からは、モヌロが「詩」を特定の時代と場所で、その社会的影響から生まれ、かつ人間の普遍的な側面に作用するもの、つまり個別性や時代性と普遍性とのつなぎ目に生まれるものと考えていたことがわかる。

　またここで言う「詩」については、「広義の詩は単なる言語活動《ランガージュ》ではない。詩は言語の枠内にとどまるものではないのである。詩は、本来他のあらゆる芸術を、そのあらゆる変種を包含する」、ただし「諸芸術の非技術的な要素で」、「ただそこに投射され、映し出され、多少とも異常なまでに自己を認識したり見失ったりする感受性との関連のもとに見なければならない」(PMS, 14／一四)と説明されている。すなわち本書は、特定の芸術ジャンルや文学の一形式としての詩を問題にしているわけではない。「詩」は広く創作全般にわたって存在しうるもので、その有無は作品を通して伝えられる情動に関わるとされている。モヌロは「情的機能が、人間の表現に一つの意味を与え、しかもこの意味が、何の剰余も残さずに有用性という俗な観念に帰結するのでない時――そこに詩がある」（PMS, 15／一六）と説明している。「詩」や「詩情」を文学ジャンルとしての「詩」、つまり本来は形式を持つ韻文であったが、十九世紀後半には「自由詩」や「散文詩」にも拡大していったジャンルとしての「詩」から独立させ、それを音楽や絵画など他の芸術ジャンル、ひいては風景や人のありようなど創作物以外のものにまで見出してゆくこと自体は新しいことではなかったし、十九世紀になるとそれぞれのジャンルの表現形式や、作品を語る言語の刷新への期待もこめて、それが意識的に行われるようになった[9]。では、ここではどのような情動が問題になっているのか。これについてモヌロは、詩を「代償充足」とみなし、詩の現象自体よりその原因の特定を重視する精神分析学ではなく、「詩的なものの現象学」のほうに重点を置き、「現実原則がおよぼす抑圧的な支配権《ヘゲモニー》に対する代償と抗議の行為を、詩と呼ぶこともできる」（PMS, 16／一七〔訳語変更〕）としている。そして実際本書では、こうした視点から「やがてシュルレアリストとなるはずの人々は、第一次世界大戦が終わると、その所属階級たるフランス・ブルジョワジーの種々相が差し出す生活様式から手をひいた」（PMS, 70／七〇）と述べ、彼らによる自らの所属階級とその生活に対する抵抗や反抗が、「シュルレアリストの攻撃態度」（PMS, 70／七一）につながっていると説明している。このように考えるモヌロは、文学的創作を止めて社会学研究に専念してからも、自らの著述に、「詩」に似た側面を認めていたのかもしれない。

社会や特権階級の人々に対する、その階級内外の人たちの攻撃性を「詩」に見る考えは、モヌロにあっては『正当防衛』や『探求』など、パリでの活動初期のシュルレアリスムの影響下で執筆された論考に、すでに見ることができた。表現の方向性や強度に相違はあれ、モヌロに限らずシュルレアリストやその共感者のあいだには、「詩」にこうした社会的衝撃力を見る考えが一般に共有されている。たとえばトリスタン・ツァラはその詩論において、そうした「詩」の社会的力を認めた上で、階級差が解消した後の社会における詩のありかたを問うている。[10] またすでに指摘したように、シュルレアリスムによって「発見」されたランボーとロートレアモンは、「詩」に社会への反逆や抵抗を見るシュルレアリストのアイコン的存在であった。ただちょうどモヌロが本書を執筆していた第二次世界大戦期にニューヨークに亡命したブルトンにあっては、その時期の代表作『秘法十七番』（一九四五）を見ても、「詩」の社会的意味は変わらず社会に対する反抗力に見られていたとはいえ、反抗の様態としては、破壊的な攻撃性とは異なるものが追求されるようになってきていることが見て取れる。

『現代詩と聖なるもの』に戻れば、モヌロが「詩」に与える社会批判的機能は、タイトル後半の「聖なるもの」に深く関係している。「聖なるもの」が、社会学研究会が社会におけるその顕現のしかたや、社会構造上の役割や意味を追求した主要概念のひとつであったことは、すでに見た通りである。つまりモヌロが本書において、ブルトンらのそばで得た詩についての考えと、バタイユのそばで得た社会批判の枠組みとの総合的な接続を試み、その上でシュルレアリスムを論じようとしたことが、タイトルからも伝わってくるのだ。

「聖なるもの」の射程

では本書において、モヌロは「聖なるもの」にどのような意味と役割を見たのか。本書の全体に散見される考えをまとめてみよう。

モヌロは「聖なるもの」の考察にあたり、「聖なるもの」の一属性として「超自然の驚異」が「社会化」し、「一集団の中で最高決定力を持つ組織体の所有物となる」場合と、同じ「超自然の驚異」が「単独化」し、それが「呪術的となり、叛逆者に奉仕する」場合とがあり、このふたつの傾向は「時代に従って、そのいずれか一方がより明らかに、またより決定的になる」と言う（PMS, 26／二六－二七）。聖と俗の対立に関しては、その対比を「課す特定の集団」、そうした「社会的な力を持った組織体」があり（PMS, 156／一五七〔訳語変更〕）、「聖」とはそうした組織体が「俗」、すなわち日常的なもの、習慣的なものに対立するものとして求める状態である。

またモヌロは民族誌学者たちに導かれて、「聖」の特権的経験の属性として「驚異的なもの（le merveilleux）」と同様に「異常なもの（l'insolite）」を挙げている。その理由は、それが「感情的衝撃の資源に位置し」、通常のものに対して「予見されたものとの断絶」、「急激な断層」、「まずもって習慣のメカニズムを一挙に廃棄する地盤の変化」（PMS, 124／一二四）をもたらすからだ。そしてモヌロは、たとえばシュルレアリスムにおいて「異常なもの」は、「窮屈な社会的同意」に対する「反抗の企てであることから、自己の価値を引き出す」、すなわち「シュルレアリスムの反抗」は、「型通りの感情やイデオロギーが抵抗によって粉々に砕けたことを示す、数々の兆候の一つ」であると説明する（PMS, 134-135／一三五－一三六）。モヌロはこうしてシュルレアリスムに呪術的性質を認め、シュルレアリストは「近代的かつ意識的未開人」（PMS, 119／一一八）になりたがっていると言い、レヴィ＝ブリュルが未開人をさして言う「彼ら」を「われわれ」に置き換えて読めば、そのままブルトンの考えかたになるとまで言う（PMS, 139／一四〇）。ただしモヌロは、「レヴィ＝ブリュルにならって、『超現実の感情的カテゴリーは、異常なものが出現する時に働き始める』と言うならば、この言葉は、『文明人』の間における神話の主体たる『未開人』のみならず、シュルレアリスト－現代世界そのものがその体内でいがらっぽい煙を上げて燃えつきつつあるこの近代的未開人にも当てはまるものである」（PMS, 121／一二一）と書いているように、「未開人」が多分に「文明人」が作り出した虚構のカテゴリーであることをやや皮肉をこめて断った上で、シュルレアリストをそれになぞらえているものの、シュルレアリスムと未開人の心性を単純に同一視するわけではない。主観的かつ個人的な限界を持つように見える現代の詩的創作が共同的、社会的衝撃を持ちうる理由を、モヌロはここでもフッサールの現象学を媒介させて説明し、「この現代詩（＝シュルレアリスム）は、はじめ主観的に見えるが実は間主観的な存在である『驚異的なもの』、一見個人的だがやがて超個人的存在となる『異常なもの』の領域に、われわれを導いていく」（PMS, 135／一三六）として、現象学と民族誌学を接続させようとする。

モヌロ自身の知の形成との関連で言えば、こうした接続の試みには『探求』を媒体とした人間現象学研究グループでの現象学的研究からの知的刺激と、自らの関心に応じて受講した社会学、人類学などの講義から得られた知見とをつき合わせて、現代の文化事象を論じようとした姿勢を見ることができる。バタイユやカイヨワたちによる「聖なるもの」の探求とシュルレアリスムの接続の試みと同様に、モヌロはこの面でも自らの知的形成の過程で得られた知見を余さず活かして、同時代の問題に応える方法を引き出そうとしている。またこうした実践は、それ自体が彼においては自分の今までの生きかたを、ひいては自己自身を肯定する役割も果たしたのだろう。

「彼ら」としての「未開人」

さらに「未開人」とシュルレアリスムとを重ねる見方には、彼の自己認識に関する問いも含まれていただろう。ブルジョワ家庭の子弟でエリート校出身者という特権階級者であり、同時にベケとして高等学校までをマルチニックで過ごしたという「異国的」な出自を持つモヌロ。すでに『正当防衛』の時期から、モヌロは自分がマルチニック出身であることを前提として執筆する場合でも、フランス内地の人から見れば「異国的な」存在であることに自分のアイデンティティの一部を認めるよりは、ともに特権的な出身階級に批判的な存在として自分をシュルレアリストたちに同化させる立場から論じていた。またすでに指摘したように、モヌロは本書で著者のプロフィールを明示しない書きかたをしている。したがって「未開人」は「彼ら」という三人称の対象として論じられ、その「彼ら」とシュルレアリスト、ひいては自分との共通性は、レヴィ＝ブリュルによる未開人の心性研究や現象学という知的なディスクールを媒介として、知的でアカデミックな次元で説明されている。

未開人の心性とシュルレアリスムとの共通性の指摘に関連してもう一点無視できないのは、モヌロが「未開人」の章の直前に「グノーシス派とシュルレアリスム」という章をもうけ、議会主義的社会主義者をグノーシス派と比較したジョルジュ・ソレルから着想を得つつ（PMS, 78／七九）、「シュルレアリストと社会革命家との関係は、グノーシス教徒とキリスト教との関係にやや近く、またシュルレアリストと西欧文化との関係は、グノーシス派とヘレニズム、とりわけギリシア哲学との関係にやや近い」（PMS, 86／八六）と、霊的解放や感情の充足を求め、放縦で異端的な面のあるグノーシス派とシュルレアリスムの詩のありかたを重ねて見ている点だ。つまりモヌロは、西欧社会におけるシュルレアリスムの詩の衝撃力、破壊力と同じ役割を持つ文化事象を、西洋文化の内にも外にも見出している。

こうした視点は彼の関心や知識の幅の広さ、思考の柔軟さを示してもいよう。時間や空間を縦横無尽に飛び越えて複数の文化事象をつき合わせ、そこに文化相対主義的な価値だけでなく共通性をも見出そうとする態度は、ちょうど同時期に『芸術の心理学』（一九四七－四九）に取り組みつつあったアンドレ・マルロー（一九〇一－七六）にも見られるが、それにはふたりがそうであったような、知識欲旺盛な「独学者」の強みという面もあっただろう。またシュルレアリスムとその時代を語るに際し、特定の事象との二項対立的構図に落としこんで論じることで意味と役割が矮小化することや、生成途上の現代詩が与えるイメージが固定化されることを避けようとする、戦略的な狙いもあっただろう。

モヌロが自己の出自に重なる事象を客観的に対象化して語るスタイルを取る理由のすべてを、植民地博覧会と同時期にエリートとしてパリで学んでいたマルチニック出身の青年だった時代に遡って解釈する必要はあるまい。ただ彼としては多くの研究者と同様に、語る対象を客観視し、どのような背景の者でも取りうる視点から、どのような背景の者でも納得できる考察を展開して、科学者としての評価を受けたかったのだろう。ただこのことは、瀆聖的なものの衝撃を経て聖なるものが顕現するところに、原始心性における異端的で呪術的な要素との共通性を指摘するこの論が、分析対象に対して客観的な距離を置く冷めた調子に徹して論じられているることを意味するわけではない。この点には、あとであらためて触れたい。

シュルレアリスム批判

本書において、モヌロは抵抗すべき対象として「支配階級」、「ブルジョワ」を挙げているが、具体的には彼らの何が一番問題なのか。「詩」をめぐる考察においてそれはネガ的に示されているが、たとえばシュルレアリストたちが生み出したもののひとつとして、モヌロは「不十分な制御しか受けることなくやたらに支配者面をするメカニズムにくわえこまれた人々相互の関係で作られた体制の抑圧的働きによって、侮辱され押しつぶされつつあるあらゆるものの中に、生来の同盟を見出だそうとする決意」(PMS, 153／一五四〔訳語変更〕)を挙げているが、ここにはシュルレアリスムの抵抗対象が端的に示されていよう。ただ本書が、シュルレアリスムの共産主義との連携の試みとその挫折を経て、共産主義に依存しないシュルレアリスム運動のありようが模索されていたなかで書かれているわりには、そこで示されているシュルレアリスムのイメージも、抵抗対象としての社会のイメージもともに紋切り型で、新鮮な問題意識に欠けている点は否めない。現象学と民族誌学、ブルトンのグループとバタイユのグループの接続と総合という野心的な考察も含まれているものの、彼が念頭に置くシュルレアリスムが第一次世界大戦直後の草創期のそれであったことが示すように、成立後二十年余の時を経た社会とシュルレアリスムが被った状況の変化は考察に反映され尽くされてはおらず、具体的な作品への踏みこみが浅い面も否めない。この年月の経過がもたらしたのは、共産党との関係の変化だけではない。一九一〇年代末から二〇年代初頭に若者として親世代を批判した草創期のメンバーの問題意識と行動、すなわちシュルレアリスムによる破壊が、三〇年代の社会的危機と戦争による破壊的状況という現実を経てその意味を失ったというシュルレアリスム批判を生み、それが戦後にサルトルがシュルレアリスムは終わったと断ずる際の理由のひとつにもなっていたのだ[11]。しかしモヌロの論では、こうした現状に対する意識は希薄だ。

それでも本書のシュルレアリスム観には、独創的な面もある。モヌロのシュルレアリスム観の基本は、アルベール・ベガン（一九〇一－五七）などの考えにも近いが[12]、それを「ロマン主義の極限状態」（PMS, 164／一六六。他に50-55／五〇－五四）とみなすところにある。したがって先駆的存在としてノヴァーリス、ヘルダーリン、ネルヴァル、ボードレール、ポー、ランボー、ロートレアモンらの名が繰り返し言及される。なかでもボードレールについての肯定的言及は多い。そこで彼はシュルレアリスムの長所も短所も、ロマン主義の特徴の延長上に見ている。また社会的問題へのコミットには、言及や批判を行っていない。

そうしたなかモヌロが繰り返し批判するのは、まず、シュルレアリスムが夢や無意識や狂気や犯罪を雑駁に捉え、それらを無差別に擁護した点だ（PMS, 43-46／四四－四六、145-149／一四六－一五〇）。そうしたものの権利を主張する傾向を、彼は「抽象的普遍主義」（PMS, 43／四四）と呼んで批判する。そうした態度は、ときに「趣味の悪いいたずら者」（PMS, 44／四四）という評判のみを与えるだけとなる。また「最悪なるものへの媚び」、「つまらぬものに大騒ぎ」（PMS, 52／五二）する傾向から生まれるのは、自己満足や、人を喜ばせ、自分も楽しもうとする気持ちから生まれる妥協や、「結局は楽観的なタイプに属する何らかの哲学的絵空ごとで悲劇をすりかえようとするブルジョワ的傾向」（PMS, 52／五二〔訳文変更〕）であり、ここにはロマン主義の弱点との共通性が指摘されている。またシュルレアリスムは詩の形式の欠如そのものを開いておき、「詩の存続の可能性を約束し」ようしているという指摘がある一方で（PMS, 175／一七七）、「情的機能の原料が優位にたち、一つのテクニックを自然に生み出したと見える」ものの、この「テクニックは速やかに不毛をもたら」すとして、そこにシュルレアリスムの限界を見ている（PMS, 54／五四）。これは夢の記述や自動記述が形式や論理的整合性に縛られない自由な創作をめざしているにもかかわらず、結果的には惰性や紋切り型に陥りやすいことを指していよう。

こうした批判は、シュルレアリスムの基本理念や成立時からの主たる創作方法に関わることであり、その意味でシュルレアリスムの全否定にもつながりうるものである。しかしそれが共感者から発せられているということには、一定の重みがあろう。モヌロは一九〇八年生まれだから、運動の成立当初からのメンバーからすれば弟的な、第二世代にあたる。そうした時間的な距離感に加え、彼がグループの中枢を占めた経験がなかったことや、バタイユやカイヨワなど、シュルレアリスムの近くに位置しつつも、すでにブルトンと一戦交えた人々と活動を共にした経験があったことが、こうした批判を可能にした面があろう。

現実と超現実の継続性

モヌロは「今日、最も一般に『正常』とみなされる人間」は、「実存の危うさ・不安定さに背を向け、自分にも他人にも、自己自身および世界を安全確実なものと見せるのである（事実はその逆のように見えるのだが、それを見ないためには眼をしっかり閉じなければならないのだ）」と、「現実経験が安全と安楽の色に染め上げられている」(PMS, 147／一四八〔訳文変更〕) 人の生きかたを批判する。このように考えるモヌロが、「異常なるもの」に魅力や積極的な価値を見出そうとするシュルレアリスムに敏感に反応するのは当然だろう。「シュルレアリストの『精神』」が「異常なるもの」に期待するのは、それが「解放への期待であり、充実への願望」(PMS, 127／一二七) だからだ、と彼は説明する。とは言え彼は、「シュルレアリストたちは思いこみによって、環境に適応できない人からの啓示を期待し」、「敗者として社会的に劣等の状態におかれているある種の精神分裂症患者を、他の人々よりもある種の光を奪われていなさそうだと、いつもみなしていた」(PMS, 148-149／一四九〔訳文変更〕) というように、単純な狂気礼賛からは距離を取る。

このようにシュルレアリストの「異常なもの」に対する評価に意味を見出しながらも、モヌロがそれに留保をつける主な理由のひとつは、そこに現実世界の否定を見ているところにある。モヌロはシュルレアリストたち、すなわち「近代的未開人」は、『異常なもの』の不在を感じ、それに郷愁を覚えるがゆえに、ただそれだけのゆえに、これに積極的価値を認めるのである。彼らは異常なものの積極性を復権せよと主張したが、それは、この現実世界に対する熾烈な憎悪の叫び、ルサンチマンの言葉そのものを吐きながらであった」(PMS, 123／一二三〔訳語変更〕) と説明している。すでに指摘したようにモヌロのシュルレアリスム批判は、この点で『アセファル』時代に彼が示した「すべてのものに『ウイ』という」、「哲学的ディオニュソス」像が帯びる肯定意識への共感や、反対にそうした意識を裏返したような反動的姿勢がもたらすルサンチマンを批判したこととつながっていよう。彼は『現代詩と聖なるもの』でも、シュルレアリスト的態度がうまくゆかなかった理由として、何にでも対立するという「もっとも嘆かわしい容易な道を選んだ」ことを挙げてもいる (PMS, 146／一四七)。つまり何にでも対立するシュルレアリスムの一傾向に、彼は創造的な「聖なるルサンチマン」とは対立的な不毛さを見たのだ。

「正常」な人間の実存に背を向けた生きかたにも、何にでも対立することにも反対する彼が、シュルレアリスムによる「異常なもの」の評価に留保を示す主たるふたつめの理由は、こうした「正常なもの」と「異常なもの」の安易で単純な二分法自体にあろう。たとえばバタイユは雑誌『クリティック』に掲載した一九四七年の「国際シュルレアリスム展」のカタログ書評において、次のように書いている。

> 来るべき世界がどんなに変化していようと、「実利的合理的審美的道徳的な諸要請」から全面的に脱却することはあり得ないし、シュルレアリスム的行為は必然的にそれらの要請を忌避するものだ。その行為は、聖なるものとして（この語のあらゆる冒瀆的な意味において）実現されざるを得ない。すなわち、消去し得ない合理主義的な実利性の世界に対立するものとしてである。[13]

ここでバタイユは、「消去し得ない合理主義的な実利性の世界」とシュルレアリスムとを対立的に捉えている。別の言いかたをすれば、シュルレアリスム的行為がそれに対立する世界の存在を、将来にわたって是認していると考えていることになる。こうした矛盾はバタイユに限らず、一般にシュルレアリスムの社会的意味をめぐって問われうるジレンマであるが、モヌロはシュルレアリスムと現実社会とのあいだに、こうした対立を見ていないようだ。

彼は、「ある人々は、自分の中でひとたび社会生活のバネが切れると、もはや中毒患者として――実際そうであるか否かは別として――しか振舞わない」（PMS, 163／一六五）と、社会生活とのつながりに重要性を置き、「まだともかくも人々の間に暮らしている人間にとって到達可能な、目覚めと夢との混同の度合いは、好んで社会的退廃の形を取るのみならず、他のいろいろな責任放棄の形をも取る。こういう人間の‐状態は、およそ人間の条件なるもののいわば最小限度の受容を前提としていたある種の深さを、放棄してしまう」(PMS, 163-164／一六五－一六六〔訳語変更〕)と、夢や狂気をもって社会からの逃避を図る態度を警戒している。そうしたモヌロは、むしろ「現実性」の重要性を繰り返し主張する。ただ彼の言う「現実性」は、いつでも対象の実在を意味しているわけではない。彼は「見たもの《ヴィジョン》」が明らかに幻覚に由来していたとしても、その価値がすっかり失われるわけではないと考えている。「ある幻視《ヴィジョン》の『現実性』が疑わしく、疑問視されていて、それを見た幻視者が時には人に伝達しかねることがあるとしても、それはやはり強烈な現実体験でありえ、その一徹な存在を阻むことができるものは何もない」(PMS, 139／一四〇〔訳語変更〕)と彼は述べる。ただ「幻視」について、それが「あった」ことに特権的経験としての価値を見るとしても、それは幻視対象の実在や、幻視者の能力の例外性に賭けるというような信仰の問題として理解されているわけではない。「現実的なものと想像的なものとは、二つながら、ありうべき中間項としての体験されたもの(le vécu)に接している」(PMS, 161／一六三〔訳語変更〕)と書くように、モヌロが重視するのは幻視対象の実在性の観念的な立証ではなく、「たとえ間接的にもせよ、みずからの生きた経験に鑑み」(PMS, 155／一五六)、それを伝えることだ。こうした彼の考えかたは、一種の現象学的発想とも言えよう。また、『アセファル』に掲載した論考において彼が示した「マナ」への関心とも、つながりが指摘できよう。「生きられた状況・出来事・状態は、その特権的性格を聖なる存在から得てくるのではない。〔……〕実際は逆で、聖なる存在が特権的な心理状況の中に出現し、それが聖なるもの自体に対する讃仰(apothéose)とひとつになるのである」(PMS, 155-156／一五六－一五七〔訳語変更〕)とモヌロは説明する。「聖なるものの可能性を保証する」のは、「ある種の体験的状態に特別な意味を賦与する行為」だけである。そのため「聖なるものは、個人の中に根をおろすのをやめた瞬間から、単なる公式的なものにすぎなくなりがちである」(PMS, 158／一五九〔訳語変更〕)。したがってモヌロにとって、対立があるとすればそれは聖と俗のあいだでも、現実と超現実とのあいだでもなく、「もろもろの宗教現象の発生状態により近い場所で、超現実－つまり、〔……〕抗し難いものに関する強烈な経験－と、どうしようもなく飼い馴らされた日常性」とのあいだに「はっきり現れる」のである（PMS, 156-157／一五八）。そして、なぜ「想像と厳密さとが二律背反であることをやめる」ことをめざす人々がいるかというと、それは、たとえ一瞬でもこうした状態にたどりつけた人々は、そうした経験を枠外に押し出そうとするような「経済的要素と集団的要素を同時にくいとめることのできる人々がいなければ、人間生活は次第に堕落して、一層画一的で機械的なタイプの組織体、何か別の世界に落ちこんでしまう」ことに気づいているからだ（PMS, 162／一六四）。それで、真の未開人においては、「超現実と通常生活との間には、分裂ではなく連続がある」のに対して、「シュルレアリストの方は、大体において、日常生活と、それを包含し決定し、その外には何ものをも許容しない社会的枠組みとに反するものとしてのみ、超現実のありうべき体験を呼び起こす」（PMS, 119／一一八－一一九〔訳語変更〕）。つまり先のバタイユの指摘のように、一般にシュルレアリスムは「超現実」と「合理主義的な実利性の世界」である「現実」を対立させる、あるいは対立を認めた上でそれらの一致点を追求する運動であると認識されているのに対して、モヌロは、「より包括的となった現実の中に超現実が再統合」されることに、シュルレアリスムの「認識論的願望」を見る（PMS, 120／一一九）。このようにモヌロは、未開人の生活と思考の様式を介して、「俗」と「聖」、「日常的なもの」・「習慣的なもの」と「超現実」とが対立しない思考様式を、究極的にはシュルレアリスムに見ようとしている。この点が、本書のシュルレアリスム観の要点のひとつと言えよう。

　このように本書においてシュルレアリスムは、最終的には客観的な観察対象というよりは、著者自身を含めた人間の実存的な生きかたの問題を含みこんだ形で語られるようになる。そしてシュルレアリスムの弱点を少なからず指摘しつつも、モヌロは「人間存在の重要問題を解決すべきもろもろの人間的手段に対する批評である」こと、つまり「それ自体がひとつの批評であるという事実に」(PMS, 174/一七六〔訳語変更〕)シュルレアリスムの値打ちがあるというように、最終章「悲劇的なものの戸口」の最後では、シュルレアリスムの批評的価値に対する強い信頼が表明されている。シュルレアリスムの本質に関わる側面に対する批判もなされてはいたものの、「われわれがこの詩《ポエジー》に惹かれる理由は、単に、特殊化された機能、隔離された分野、一種特別な『判断』として考えられた美学の範囲内に限られるものではない。この詩は、存在の、存在のための、存在に向かう証言なのである」(PMS, 175/一七七)という表現から伝わってくるのは、著者のシュルレアリスムに対する、全人格的な熱い信頼と期待だ。

モヌロとしてはそれまでの考察を通して、その理由を客観的に説明したつもりだろうが、シュルレアリスム批判も少なくない著者の論証をたどってきた読者としては、シュルレアリスムに対するモヌロのこうした熱い思いの吐露には、やや論理の飛躍や逸脱を感じる。ただ最後の文章を読むと、その妙に日常的で個人的な生活状況の持ち出しかたに、それまで複数のグループと関係を持ちつつも、自分が受け入れられ、能力を存分に発揮できるような場を見出さないまま占領下で孤独な環境にいた彼が、共産主義との関係や亡命に向けられた非難などで混迷するシュルレアリスム運動と自分とを同一視しているような印象も持つ。

自由業として考えられた、言いかえれば事務所で働く時間以外に営まれる絶望なるものほどつまらないものはない。だが、いわば無希望は、まさしく根柢を持たないというこの逆説的な、しかし否定できぬ事実から推進力を、抑制し得ない確信を、引き出してくるのである、さまざまな挫折が、人間存在の性質をあらわにする矛盾相剋を露呈するとき、その挫折の轟音の中で無希望が輝くのである。この無希望はまた

（奇怪な）希望――言葉の上だけの矛盾はここ、存在の前、存在の中では消え去ってしまう――でもある。恣意的な希望だが、その有効性――それは正当化できないけれども存在する――を已れの恣意性自体から引き出すのである。（PMS, 176／一七八－一七九）

たとえ希望のない状況にあっても、あるいは希望のない状況だからこそ、「『ルサンチマン』のとりことなりその権化となって、ためにもう『否《ノン》』しか認めることのできない」（PMS, 157／一五八）人にはなるまい、無希望のなかにあって、「言葉の上だけの矛盾」を消え去らせてしまうほどの存在であれば、たとえ希望も自己の存在も恣意的であろうと、ともかく機能するのだという「恣意的な」確信とでも言えそうなものが、彼のシュルレアリスム擁護の底にあることが感じられる。この「恣意性」は論理性に欠けているとはいえ、超越性や神秘性とは異種のものだ。「ルサンチマン」を拒絶するこの態度は、モヌロが本書でシュルレアリスムの失敗の原因として、何にでも対立する点を挙げたことだけでなく、彼が『アセファル』に掲載した論考において、ニーチェの考える、哲学の本性たるべきディオニュソスについて論じた箇所におけるルサンチマンの否定と、そこでの同じように現実感のある考察を思い出させる。そこでモヌロは、ニーチェによれば「哲学者ディオニュソス」は「すべてを肯定する」人々であり、ニーチェはねたみのすべて、ルサンチマンという「抑圧されて内に籠り、幾度となく反芻するうちに根深くなっていき、人の性格をとげとげしく悪意のあるものにするような感情」を徹底的に軽蔑し、同時に別の意味のルサンチマン、すなわち「聖なる怒り無くしては存在しえない」、「創造をうながす高貴なルサンチマン」について考えていることを指摘していた。そしてそうした「聖なる怒り」にこそ、有用性や倦怠や機械化を超えた「聖なる力」が宿っているということが主張されていた。

ルサンチマンの否定に導かれてふたつの時期のテクストを読むと、モヌロにとって「聖なるもの」は、神話的要素の現実への働きかけといった、人類学的な視点から社会構造を語る際の主要概念であると同時に、現実の生活に根ざしたモラル、個人が生きる上で行うべき生きかたの選択の問題にも密接に関わっているものであり、彼のシュルレアリスムへの共感やシュルレアリスムと「聖なるもの」のあいだに彼が見出す関係も、こうした面とつながっていることがわかる。

シュルレアリスム運動が存亡の危機にあった第二次世界大戦中に、モヌロが自らの人類学的な知見に照らし、未開人の心性との比較などを通じてこの運動を評価する書を出版したのは、共産党との協力の是非といった同時代社会との繋がりの政治的側面での議論とは距離を置いたところで、この運動の意義を論じようという意図があってのことだっただろう。そしてこの論考を通じてモヌロが見出したシュルレアリスム運動の意義は、未開社会に類似したその集団のありかたが、西洋の現代社会でアンチテーゼとして働いたという、構造的に明快だがそれだけに図式的な「外部」の追求という社会批判的な面だけでなく、ルサンチマンに原動力を置く行動の空しさに支配されないための個人の生きかたや、共同体が向かう方向に関する選択に関わる面にも、見出されていたと考えられる。したがって私たちには、モヌロによるその生きかたの選択が彼にもたらしたものが、自己の生に対する、また他者の生に対するどのような態度を導き出しえたのかを問うことが求められていよう。

ブルトンの反応

アンドレ・ブルトンは本書について、何度か言及している。いずれも短いコメントだが、否定的なものはない。そのもっとも早い言及は、一九四五年十二月の『ハイチ・ジュルナル』紙掲載のインタビューに見られる。これはすでに指摘したように、アメリカ亡命中のブルトンが講演のためにハイチを訪れた際のインタビューだ。ここでブルトンは、シュルレアリスムは白人の帝国主義と強盗行為に反対していつも有色民族と強く結ばれていたと述べ、その理由のひとつに「いわゆる《未開の》《プリミティヴ》思考とシュルレアリスム的思考とのあいだにはこれ以上なく深い親近性があり、どちらも、意識的なものや日常的なものの主導権を排して、啓示的感動を獲得することをめざす」ものであることが、「マルチニック島の著述家ジュール・モヌロの近著『現代詩と聖なるもの』で明らかにされている」ことが指摘されている。(14) このブルトンによる要約は誤りとは言えない。しかし先に見たように本書でモヌロが強調したのが、むしろ真の未開人においては、「超現実と通常生活との間には、分裂ではなく連続がある」ことだったこと、また、ハイチの新聞のためのインタビューであったことを考えれば「マルチニック島の著述家」という紹介も止むを得なかったのだろうが、本書を執筆したモヌロが自分の出自を問題にしない執筆姿勢を取っていたことを思えば、こうした言及には、モヌロを二重に失望させる面もあったかもしれない。

モヌロのこの著作をさかんに取り上げた人物としては、彼の友人で作家のジュリアン・グラック(一九一〇―二〇〇七)がいた。彼の著作内でブルトンの次に言及が多いのがモヌロであり、『アンドレ・ブルトン、作家の諸相』(15)だけでなく、のちの若者向けの講演「シュルレアリスムと現代文学」(16)(一九五〇)や「文学はなぜ呼吸困難に陥っているのか」(17)でも言及され、とりわけ本書が多く引用されている。こうしたグラックのモヌロに関する言及の多さを繰り返し指摘しているのが、モデルニテ研究で知られるアントワーヌ・コンパニョンで、彼は著書『アンチモダン』のグラックに関する章の中心でこの問題を取り上げているので、その要旨を確認しておきたい。(18)

コンパニョンは、グラックが一九四九年から六〇年にかけて『現代詩と聖なるもの』を「奇妙なまでに執拗に引用」(376/二九五)していることに注目している。グラックが、モヌロが詩に見る「肯定の感情」に共感を示すとき、彼はそれによって近代主義、すなわち戦後「ブランショによって見直され、強化されたマラルメ的伝統における否定や中性化としての文学という、次第に支配的になってゆく概念に抵抗」した(378/二九七)。そしてこうした「否定的存在論による文学の定義に対するグラックの苛立ち」(380/二九八)が、彼のサルトルやヌーヴォー・ロマンへの反発にも繋がっている。そうした意味でコンパニョンはモヌロとグラックを「アンチモダン」に位置づける。

さらにコンパニョンは、シュルレアリスムの進歩主義に対する両義的態度を指摘した上で、グラックもそうした面を継承しつつも、結局「十九世紀からシュルレアリスムに至る文学上の進歩を認めているような場合にも、彼はより長期的な衰退のサイクルにそれを位置づけ直している」(394/三〇八〔訳語変更〕)こと、そうしたなかで、「自身の活力が次第に衰退してゆく〈エントロピー〉の法則の漠然とした予感」(同)を強めるグラックが、「真に斬新」な作品が「言葉の正確の意味において反動的たりうる」(399/三一一)と認識していることこそが、グラックがアンチモダン的である所以だとコンパニョンは指摘する。ただコンパニョンはモヌロとグラックの違いとして、このエントロピーへの懸念は社会的考察においては「民主主義的平等や階級差別の撤廃」(395/三〇八)が惹起するアンチモダン的懸念を生むもので、モヌロの政治的立場にはそうした懸念が反映されていたのに対して、グラックは「エントロピーの用語もシュペングラーへの参照も決して否定しないが、文学への適用にとどめ、そこから社会的、政治的考察を引き出すことはしなかった」と述べている(395/三〇九)。

コンパニョンの指摘するモヌロとグラックの親近性と相違は、説得的である。さらに彼は論の最後で、彼がグラックのアンチモダンの最後の特徴として挙げる「楽観主義ならざる〈肯定〉、絶望のエネルギーの〈肯定〉」(402/三一四)をモヌロにも見ている点は、モヌロ理解としても説得力がある。ただ「シュルレアリストたちの『狂乱的な現在主義』の底流に、超現実的なるものと聖なるものとを結びつける『アンチモダン的伝統』という、より深い鉱脈を探しあてている」(378/二九六)とコンパニョンが指摘するモヌロのシュルレアリスム観は説得的だが、それに続く「倒錯や破壊を行う超現実的なるものは、〈世俗的なるもの〉よりもむしろ〈日常的なるもの〉に対置される。それは、斬新さと驚異によって聖なるものへの欲求に呼応するのである」という理解に見られる「超現実的なるもの」と「日常的なるもの」との対立構造については、すでに見たような観点から言えば、『現代詩と聖なるもの』でモヌロがシュルレアリスム観に与えようとした修正意識が汲み取られていないようには思える。

すでに見たようにグラックは、モヌロの人間関係のなかでも希有な存在で、アンリ四世校の準備学級の同級生だったふたりは、青年期から生涯にわたり、時期により濃淡はあるようだが友人関係を保ち続けた。また本書との関係において特筆すべきは、グラックが一九四七年、すなわちモヌロの著書の翌年に出版した『アンドレ・ブルトン、作家の諸相』を同年夏に執筆していた時期に、故郷のロワール川の下流地方を見せようとモヌロ夫妻を実家に招待し、何週間か一つ屋根の下で暮らしたということだ。このことも反映しているのか、『アンドレ・ブルトン』には『現代詩と聖なるもの』からの引用が多いだけでなく、シュルレアリスム運動の危機の時代にそれを擁護する立場から書かれた二冊の本の構成には、明らかな並行性が認められる。[19]

3　『社会的事実は物ではない』のデュルケーム批判

社会学との不幸な出会い

『現代詩と聖なるもの』の翌年、一九四六年に出版された『社会的事実は物ではない』[20]は、社会学の学問的方法論と社会集団論、イデオロギー論からなる書物であった。これを皮切りにモヌロは、もっぱら同時代の事象を扱う社会学的な著作を出版するようになった。

『社会的事実は物ではない』という長い題名は、フランス社会学の草分けエミール・デュルケーム（一八五八

―一九一七）が、その学問活動の初期の一八九五年に出版した『社会学的方法の規準』において、社会学研究の第一の規準とした「社会的事実を物として考察すること」を否定した、それだけで痛烈なデュルケーム批判とわかる挑発的な表現である。つまりモヌロは自らの社会学研究の初期段階で、デュルケーム学派という当時のフランス社会学の王道に叛旗を翻したことになる。

ただすでに触れたように、モヌロのデュルケーム批判はこの時期に始まったことではなく、一九三〇年に高等師範学校入学試験の社会学に関する口頭諮問において、デュルケームによる社会学研究の公準に反駁し、四十点満点で八点を取り、入学がかなわなかったという負の経験があった。この受験の失敗は彼の学歴やキャリア形成上の決定的な挫折だったが、その十六年後に出版された本書において、彼は自分なりの正攻法によって、このときのデュルケーム批判の論拠を示そうとしたことになる。また第二次世界大戦以前には命名者を自負していた社会学研究会の創設メンバーに加わっていたことからも、彼が社会学こそが同時代の社会問題を読み解くための有効な手段と方法を提供してくれる、自分が究めるべき学問であると考えていたことは明らかだ。さらにモヌロは一九三九年五月の『ヴォロンテ』誌に、「エミール・デュルケームのあるページに関する小論」と題した論考を掲載していた。[21]そこでモヌロは、一八九八年の『社会学年報』に掲載した「宗教的現象の定義についてて」のなかで、デュルケームが宗教的現象には政治的要素があるのと同時に、政治、社会的現象には宗教的要素があることを指摘し、宗教の教義を疑問視することが難しいのと同様に、国旗、祖国、ジャンヌ・ダルクなどには民衆が聖なるものと受け止めるような宗教的要素があることを指摘しておきながら、それがドグマ化し、社会のあるべき姿の実現の足枷になっていることなどまでには踏みこんでいない点、そしてそうした態度が、真理の追求よりは学閥の保持といった方向へ向かっていることを批判している。本論は小論であり、批判の内容に具体性が欠ける面はあるが、ここでもモヌロはデュルケームとその学派に対して厳しい批判を試みていた。

では『社会的事実は物ではない』において、モヌロはデュルケームにどのような反駁を加え、それは当時の社会学者たちによってどのように受け止められたのか。本書で展開されている反駁に、かつての不合格に対する私怨を超えた、社会学という学問の方法をめぐるより本質的な議論を読み取ることはできるのか。本書の構成と概略、さらにモヌロによるデュルケーム批判の要点を確認しよう。

「位置と日付を持った人間の条件」

『社会的事実は物ではない』は三部からなる。全体の半分弱を占める第一部は「今日社会学はどのような条件で可能か」と題され、主にデュルケームが説く社会学の方法が批判的に考察されている。ただここでは、この社会学者の書物から文章を忠実に引用して批判を加えるようなことは、ほとんどなされていない。一方、言及の対象はデュルケーム以外にもマルクス、フッサール、レーヴィット、フロイトなどドイツ系の哲学者、思想家、心理学者や、ソレル、カイヨワ、マルロー、アロンなどフランスの思想家、作家など多岐に渡っている。第二部は「社会学的カテゴリー小論」と題され、社会集団の様態に関する諸カテゴリーが解説されている。ここにはマックス・ウェーバーの「理解社会学」の影響が色濃く、人間の社会的行為の主観的意味を追体験しながら理解することに基礎をおく説明がなされている。また『現代詩と聖なるもの』におけるシュルレアリスム・グループの集団論からの、視点や関心の継続性も指摘できる。そして「あらゆるイデオロギーの実践的解明のための一般基準」と題された第三部と補遺では、主に史的唯物論関連のことがらが取り上げられている。マルチニックからパリに来た当初のモヌロは、共産主義に対して素朴な信頼を表明していた。しかし三〇年代半ば以降には人民戦線運動や、社会学研究会やコントル＝アタックの活動を間近に見るなかで、共産主義をどう捉え、それといかに対峙するかということをモヌロもつねに考えていたはずで、その結実が、本書の次に出版された『共産主義の社会学』だったと言えよう。その意味で本書の第三部と補遺には、次の著書の萌芽的要素が強い。そのため本節では、第一部を中心に検討したい。

そもそもデュルケームが社会学研究の第一の規準とした「社会的事実を物として考察すること」とは、どういうことか。モヌロが批判する側面を中心に、この第一規準とそれに付随する方法論を簡単にたどっておこう。まず「社会的事実」であるが、デュルケームはそれを「非常に特殊な性質を示す一群の事実が存在する。すなわち、それらは行為、思考および感覚の様式から成り、個人に外在して、自らを個人に課す強制力をそなえている。したがって、それらは表象と行為からなるがゆえに有機体の現象とは混同されえず、また個人意識の内部にだけ、個人意識によってのみ存在する心的現象とも混同されえない(22)」とし、その具体的な事例として法規制、道徳規範、宗教教義、金融システムを挙げている(23)。これらは「個人の出来事とは切り離される、つまり個人的事実とは明確に異なる一種独特の実在であり、それこそが〔……〕社会学固有の研究対象である社会的現象(社会学的現象)である(24)」と言える。また「物」については、たとえば第二版序文において、「精神が自らの内から脱し、観察と実験を通じて、その最も外面的で最も直接的に接近しやすい性質から、最も根底的で最も目につきづらい性質へと徐々に進んでいく、という条件の下でしか理解に達しえないもののすべてである(25)」と説明されている。したがって、たとえば自然諸科学においては可感的与件に対して観察者が個人的な偏りを生むことを避け、客観性を担保するために、漠然とした印象の代わりに計測機器による可視的な表示を用いるのと同様に、社会学者も「研究対象を定義する際に依拠する外的特徴は、できうるかぎり客観的なものでなければならない」し、「社会的事実は、それが見てとれる個人的事実からより完全に離されればそれだけ、より客観的に示されうるということを原則とみなせるはずだ(26)」。つまり「物としてみる」というのは、それがいかに自分の生活や考えかたに深く結びついているものであっても、心理的に距離をとってそれらを客観視し、分析対象として捉え直すことだと言えよう。また「法規則、道徳規範、世間で語り継がれる諺《ことわざ》、社会構造をなす諸々の事実といった確定的な形態」で表現されるものは、「永続的な様式で存在するものであり、さまざまに適用されても変化しないものであるから、固定的な対象、すなわち常に観察者の射程内にあって主観的な印象や個人的な所見に入り込む隙を与えない確固とした原器となる」[27]とされている。わかりやすく言えば、確定的形態で表現されている社会的事実は、観察者を含めた社会の個々人の生活状況や生活上の出来事を通して、また周囲の出来事を通して個々人が抱く感情や意見にいちいち反応して変化するものではなく、そうした個人を超えた恒久性を持つものであるため、たとえ結婚や自殺などある視点から言えばきわめて個人性の強い経験や出来事であったとしても、別の面から見れば社会のなかの集合的な現象であったり考えかたであったりするから、それらはそのままで、客観性の高い分析方法の適用や、それに基づく理解や考察が可能であるということだ。

「社会学的方法の規準」が読んで字の如く、「社会学」という学問が近接する歴史学や人類学から、さらに心理学や生物学からも独立しつつ存在するにはどのような論理と方法が求められるかという、社会学の学問的アイデンティティと必要性の保証という動機から求められていることを考えれば、「物」についても「社会的事実」についても、デュルケームがそれにこめる意味は理解しやすい。

ではなぜモヌロは、これらの公準を受け入れられないのか。彼のデュルケーム批判の要諦のみを、簡単にたどっておこう。

モヌロが「社会的事実は物ではない」としてデュルケームを批判する際の問題の中心は、社会的事実を論じる社会学者の態度にある。つまりモヌロの考えでは、観察者の立場は「空間と時間の上に位置づけられている」人間の条件を負っているため、物事は「同時には一方向からしか見られない」[28]。そして、「多様な社会集団が取る視点に応じて社会的事実は根本的に異なる意味を持ち、またそうした集団の敵対関係が、ある時には社会的均衡もしくは不均衡といった社会状態を作ることこそが、社会的事実は物ではないことの最良のあかしなのだ」(67)。そして、社会学的にはありのままに記述するのに最適な分野でありそうな諸々の「体制」ですら、説明だけでなく解釈が必要であり、それらは経験されて初めて意味をなすもので、捉えるべき意味は、「外から」見ようとしても現れないものだ(67)。したがって「社会学は現象学的な把握に始まり、色々な状況や関係や出来事や制度や行動の諸タイプが明るみにされ、過去からの一般的傾向に照らしてそれらの形態がリスト化される」。しかしそれに続いて社会学者自身も、そこに主観性が働いていることを認識する。社会学者であろうと、時間と空間の制約を受けた人間の条件が、「見る」ものに意味を与えることは避けられない(79)。つまり自分は、自分の位置と日付のある人間の条件の中でしか捉えることのできない、客観的ではないということを認識する以外にないのだとモヌロは考える(55)。そして彼はデュルケームの考えを「社会学的決定論」と批判する(71)。このことは個人に関わることだけでなく、集団や社会について考える際にも言えることで、彼は集団や社会について考える際にもその心理学的側面を考えるのが有効であり、その意味でデュルケームの言う集団意識は「教条主義的抽象」で、「個別性や歴史性が捨象されている」とモヌロは批判する(74)。彼に言わせれば「社会」などなく、「社会の一状態」しかない(75)。そこでもデュルケームの誤りの根源のひとつは、対象のみならず、分析主体である自分自身も「場所と日付を持った人間の条件」を持つということを認めない、自己批判の欠如にあることになる(80)。

デュルケーム批判の代償

ではこうしたモヌロのデュルケーム批判、日本の社会学者仲康の表現を借りれば「人間的実存に注目し、個の主体性を著しく強調しつつ、そこから社会学体系の再構成を企図している」、「社会学の現象学への接近、現象学的検知の社会学への導入を意味していることは論を俟たない」[29]批判は出版時、またその後に、どのように受け止められたか。

『社会学的方法の規準』を中心としたデュルケームの著作を扱う研究のなかで、モヌロのこの著書についての言及や、参考文献としての記載を見ることはほとんどない。ただ出版当時、後に紹介するバタイユ以外では、ソルボンヌ大学教授ジョルジュ・ダヴィ（一八八三－一九七六）が、まさにデュルケームが創刊した『社会学年報』一九四九年号の、社会学関係の近刊書の寸評集で言及している。高等師範学校で学び、哲学の教授資格者だったダヴィはデュルケームの甥でもあるマルセル・モースの下で学び、彼にはデュルケーム紹介の著書もあった。彼は大学や学会での地位の上昇にともない、デュルケーム学派の重鎮となった。モヌロのデュルケーム論は、当時のデュルケーム学派の有力者から負の烙印を押されたことになる。

ダヴィは三ページからなるモヌロのデュルケーム論の批判において、モヌロが考える社会的現象学では個人の情緒的状況に重きが置かれているが、個人の心は捉えられても、その明証性は本人以外の人には得られない以上、この考えかたは捉えどころがなく不確実であるし、その明証性が機能する場はあまりに狭く閉ざされていると批判する。[30]そして社会学は不動のものではなく、その方法にも改良が加えられてゆくものとしてあるが、もともとデュルケームも、人間的要素を単純化して科学的機械論に奉じているわけではなく、人間的なことがらの特殊性を重視しつつも主観性を免れ、科学的な明証性とバランスが得られるよう、それを社会的な次元で捉えている。[31]そして「社会学は科学でありつつも人間的であり続けるべき」であるからこそ、デュルケームは「集合意識」という、人間の意識の問題を社会的次元で捉えられる総合的領域を、研究の対象として重視していると説明する。[32]

もちろんモヌロ以降も、デュルケームの社会学的方法には疑問や批判は与え続けられ、社会学者たちはそれを改良することで、それぞれの社会学的理論や方法を練り上げていったと言える。たとえばソルボンヌ大学の社会学の教授で、社会学の理論、特にパーソンズ研究で知られるフランソワ・シャゼルが一九七五年にアティエ社から出版した入門書（とは言え、かなり高いレベルの）『デュルケーム、社会学的方法の規準』では、『社会学的方法の規準』を中心に、デュルケームの著作に示されている分析の視座や方法と、その社会学における史的、理論的位置づけがなされている。そこではデュルケームのテクスト自体も引用、分析され、デュルケーム自身およびデュルケーム研究者たちが、具体的な論拠を挙げて批判されている。ここではその詳細には立ち入らないが、巻末の、編年体をとった研究文献目録も目を引く。その冒頭にはこうある。

デュルケームは、ジュール・モヌロの著作（『社会的事実は物ではない』、パリ、ガリマール、一九四六）がはっきりと証明したように、しばしば曲解されてきた。また『社会学的思考の流れ』、パリ、ガリマール、一九六七、三一九-四〇五頁（デュルケームについての章）のなかで正直にそれを認めたレイモン・アロンの場合のように、おそらく知的な親近性の欠如ゆえ、必ずしも正当な評価を受けて来なかった。(33)

フランス語で書かれたデュルケーム研究のなかで、モヌロに関する言及を筆者が見出したのは、さしあたり先のダヴィによる書評と、このシャゼルによる言及だけだが、デュルケームの信奉者とは言えないシャゼルがここで、曲解者としてモヌロを、「知的な親近性の欠如」者としてアロン（一九〇五-八三）を挙げたのはなぜだろう。このふたりには知名度に大きな差があるが、同時代人であることと「在野」のイメージが強いこと、共産主義の批判者であるといった共通点もある。しかしこの言及と彼らの相違点と共通点との関係を示す資料はないので、この問いは開いておくしかない。

とは言えここでアロンのデュルケーム批判に触れておくことには、意味があろう。第二次世界大戦後のモヌロの人生や著作をたどると、しばしばその傍らに、この知識人の人生と著作が平行線のようにちらつき、にもかかわらず具体的な交流の面では、まさに平行線のように交わることがないように見えるからだ。

レイモン・アロンのデュルケーム批判

アロンと言えば保守系メディアでの活躍やコレージュ・ド・フランスでの教授職のイメージが強いが、コレージュ・ド・フランスの教授になったのは晩年の一九七七年で、一九五五年にはソルボンヌ大学の教授に就任している。アロンの着任は、デュルケーム由来の経験論学派が支配的だったソルボンヌ大学に伝統への回帰という大きな変革をもたらすものだった[34]。『社会学的思考の流れ』は、一九六〇年代前半までにソルボンヌ大学で使われた講義録がもとになっている。そのデュルケームに関する部分では初期から順に著書が紹介され、それぞれの問題点が指摘されている。なかでもこのアロンの本の性質上、『社会学的方法の規準』は重視されている。

アロンのデュルケーム批判の核心は、社会と個人の関係にある。とりわけ彼は、デュルケームが個人の情緒的側面など心理学の分析対象になるような要素を研究対象から外しつつも、社会的事実と人間の行動や心理との関係性を絶たないために分析対象として取りこんだ、社会的潮流や集合意識といったものの不確実性を批判している。

たとえばアロンは、次のように書いている。

デュルケーム的解釈とデュルケーム的用語の危険性は、個人的要因と集合的要因をすすんで結びつける実証的解釈に代えて、社会的要因の一種の神話的な実体化を行なっている点にあり、社会的要因は、いってみれば、諸個人のなかからその犠牲者をえらびだす一種の超人的な力に変貌をとげている。(35)

またデュルケームが「社会環境」という「抽象的概念」を実体化しがちであることの誤りは、以下のように説明されている。

たしかに自殺率は社会的諸条件や集団にしたがって高低を示し、したがって自殺率は集団のある種の特徴を反映している。だが、このことは、自分の命を断とうというそれら絶望にとらわれた者たちが「集合的潮流」に引きさらわれていくことを示すものではない。(36)

一方モヌロのデュルケーム批判の中心にも、見てきたように、社会と個人の関係の問題があった。モヌロは、デュルケームが個人の情緒に関わりながら、個人の外に出した「集合意識」という範疇の抽象性を指摘し、こうした範疇の社会学的分析における有効性を疑問視している。ここには、モヌロとアロンのデュルケーム批判の共通点が指摘できる。

デュルケームの集合意識は生きられた物から決定的に断絶された抽象であるのに対して、現実の歴史的な社会とは「社会」としては崇拝されえず、〈国家〉とか、〈人種〉とか〈人種＝国家〉として崇拝される。[……]社会は、何かについての意識ではないような、抽象的な「集合意識」として崇拝されることはありえない。(37)

論に反復が多い点や、デュルケームの具体的なテクストに依拠せずに感情に任せた批判をしていると受け取られそうな箇所が散見されるなど、明らかな欠点はあるものの、デュルケーム研究としてはほとんど黙殺された本書を精読し、その要所をおさえた上で、先に紹介したダヴィの書評も紹介しつつデュルケーム研究史に位置づけようとしているのは、先に言及した仲康（一九二五－二〇〇五）である。

仲康のモヌロ論

「デュルケーム社会学における個と全の問題――J・モヌロとG・ギュルヴィチのデュルケーム批判を通じて」という論文題目が示すように、仲がモヌロのデュルケーム批判を取り上げたのは、彼の中心的な研究対象のひとりだったロシア生まれのフランスの社会学者、ジョルジュ・ギュルヴィッチ（一八九四－一九六五）とモヌロのあいだに、デュルケームの個の主体性の軽視を批判していた点で共通性があったからだろう。ただ、たとえばギュルヴィッチが十九世紀以来の社会学の歴史的展開の紹介と分析を行い、一九五〇年に出版した『社会学の現代的課題』[38]という大部の書物にもモヌロへの言及はないので、仲がモヌロを論じたのは、必ずしもギュルヴィッチに導かれてのことではないと思われる。

仲はギュルヴィッチやモヌロのデュルケーム批判の根本理念には同意しているが、その極端な批判には賛成していない。仲は、デュルケームにしても「全く個の全に対する逆働きを無視していたかというと、必ずしもそうではない」[39]と、モヌロが考えるほどデュルケームが社会的事実と自然的事実を同一視しているわけではないとし（一七三）、デュルケームが人間としての役割を個人の代わりに「集合意識」に求めたことに理解を示している（一七九－一八〇）。しかしこの「集合意識」も、「独断的抽象としての『集合意識』であり、諸社会のもつあらゆる特殊性や歴史性を放逐してしまった」（一八三）と、モヌロによる批判も取りこんでいる。ただ仲は、『『視界の相互性』の媒介によって、『集合意識』と『個人意識』との関連を見出し、『集合意識』の内在性と多様性を指摘する段階にまで到達しえたギュルヴィッチの見解の独自性を評価し、ここにモヌロがデュルケーム的思考を極力排除して主張するに至った、『状況と時間の制約下にある体験された状態』の観念が内包されている点を看過することはできない」（一八四）と、モヌロの指摘した問題点はギュルヴィッチによって乗り越えられたという認識を示している。

とは言え仲は、モヌロのデュルケーム批判が「正当の判断に基づく学問的批判の領域に留らないで、聊か曲解されて、感情的領域にまで進出している点を見逃してはならない」（一七八）としつつも、「デュルケーム社会学そのものがもつ弱点を、鋭く衝いているものがある」（一七七‐一七八）とも述べている。このように仲は、モヌロが重視した個人性の問題が、第一に社会的事実を観察、分析する主体の立場に関わることであったことは特に問題にしていないが、モヌロが行おうとした批判には一定の理解を示している。特にモヌロの著書を内容に踏みこんで論じた上で、第二次世界大戦後の社会学の流れにそれを位置づけようとしている点は、特筆すべきだろう。

では、デュルケーム批判において社会的事実を観察、分析する主体の空間的、時間的制約を強調するモヌロは、自己の研究においてこの問題をどのように扱ったのか。このあと検討するバタイユの書評では、この問題も問われることになる。

バタイユによる批判

モヌロのデュルケーム批判とそれに対する社会学者たちからのわずかな反応を見たあとで、バタイユによる本書の批評にも触れないわけにはゆかない。

バタイユは社会学研究会の活動初期にモヌロと決裂したものの、すでに見たように第二次世界大戦中の困難な時期も彼と親交を結び、ナチスに脅かされていた彼を助け、非公式だが彼の著作を評価してもいた。

そしてバタイユが、戦後の彼の活動の柱のひとつとなった書評誌『クリティック』を一九四六年六月に創刊した際に、モヌロはその編集委員のひとりとなり、一九四九年九月の休刊前までその立場にあった。[40]しかも書評形式で持論を展開するこの月刊誌の創刊号でバタイユが扱ったのが、まさにモヌロの『社会的事実は物ではない』だった。

「社会学の倫理的意味」と題されたこの評論[41]を本書に対する他の批評とは別に論じるのは、第一にバタイユはそのことをむしろ肯定的に受け止めているのだが、この著書を「既定の科学の常道から外れたもの」(59／三二五)と位置づけているからだ。第二に彼が、デュルケーム社会学の方法論的規準に対する批判という本書の中心テーマのことは、ほとんど問題にしていないからだ。

バタイユが注目するのは、むしろ社会学的諸範疇を扱う本書の第二部である。ただ彼は、定義の科学的厳密さなどを問題にしてはいない。バタイユにとって重要なのは、一九三〇年代になってモヌロがカイヨワ、レリスといったシュルレアリスムから離れた若い作家たちと同様に社会学に向かい、モースの講義を聴講し、デュルケームが論じていたゲマインシャフト(所属関係)とゲゼルシャフト(契約社会)の別や、社会の様態の相違に基づく「聖なる」要素のありようと意義の相違といった社会形態論に関心を持ったのが、個人主義に解体された社会からの脱却という時代状況に抗する意志があってのことだった点だ(58-59／三一三-三一五)。だからこそバタイユは、モヌロの「この著作の意味と幅とは、もしその倫理的な源が強調されなければ、十分に会得されないだろうとも思う」(59／三一五)と、また「その成果たる社会形態の全般的な記述は、なんとしても両大戦間の状況から生まれた諸傾向の内実を照らし出すものである」（59／三一五）と書いている。論考のタイトルはこの点に由来していよう。またこのようにバタイユが本書の記述内容に戦前の社会状況の反映を見ている点は、一見繋がりが見えづらい戦前と戦後のモヌロの思索を横断的に捉えるための伏線にもなりえよう。さらに彼が本書の「倫理的な源」を重視している点からは、「聖なるもの」が社会構造を人類学的に語る際の主要概念であると同時に、現実の生活に根ざしたモラル、個人の生きかたの選択の問題にも密接に関わるものであったことを強調した『現代詩と聖なるもの』からの、問題の継続性も感じさせる。こうした意味でバタイユの批評の特殊性は、モヌロのこの論がデュルケーム批判という射程を超えたところで持っている、人々の社会的なありかたや生きかたという倫理的側面、特にその個人主義的な解体からの脱却という戦前からの問題に踏みこんだ著作であることを指摘しているところにある。

ではバタイユのモヌロの著書に対する批判は、どこに向けられていたのか。それは論考の最後に出てくる。長くなるが、批判はこのように始まる。

いまわたしは、遺憾の念を表明しなければならない……。モヌロの著作は、これらの問題を提起しながら、わたしがしてきたようにそれらの周辺部や関連事項に触れてはいないのだ。概して逃げ腰でそれらを扱っている。この態度は正当であるようにも思える。科学的な著述、正確に言って方法論の一著述が問題なのだから。しかし、表題が示しているように、著者は、社会的な諸事実が事物として考えられるものではなく、不可避的にそれらは、だれにとっても、とくに社会学者にとって、重大な意味を具えているものだと明示しようとしている。だから社会学者であるモヌロが、自分の生きてきた環境内で、ここに明示されている諸範疇がどのような意味をおびていたかを明確にさらけ出さなかったことは、いかにも残念であ

る。（64／三二二―三二三〔訳文変更〕）

こうしたバタイユのモヌロ批判は、ある意味もっともだ。確かにこの著書でモヌロは、いくら社会学者であろうと空間的にも時間的にも制限されたところからしか社会的事実を見られないのだから、自分がそうした制限を受けていることを認め、それを示すしかないと書いている。それなのに同書において、彼は自分がどう時代に、どのような状況下でデュルケームの理論に出会い、その理論や範疇が自分にとってどのような意味を持っていたのかを明らかにしていない。それだけでなくバタイユは、もしもモヌロが社会学が帯びた意味を明白にしていたら、「明晰さの点で効果を増していたことだろう。そして、その時には、デュルケームの長所を認めると同時に、デュルケームにむけた諸批判が極論の性質をおびることはなかったろう」（64／三二三〔訳語変更〕）と書いている。つまりモヌロは観察者としての自分が置かれている空間的、時間的制約を明らかにするような方法を取らなかったがために、「社会的事実を物として扱う」者が追求するはずの科学性や客観性すらも失っていると批判しているのだ。さらにバタイユは、「彼の社会学的な諸原理は、科学的な探究の次元でも、その探究のやむにやまれない意味の見地からも、根源的な部分を欠く結果になっているのである」（65／三二四）とも書いている。これはモヌロの研究に対する、ほぼ全否定ではないか。

自分自身との確執を含め、モヌロのそれまでの活動を知った上でこう書くバタイユは、モヌロが『正当防衛』を経た頃から自分の出自を問題にすることを止め、出自や人種で人を差別しない共和国の理念に則った同化主義の立場を選ぶことで、西洋社会のエリート層に属しつつもその層に批判的な目を向け、意識としてはその外に立つ共和国市民として執筆することに徹していたことを知っていたはずだ。したがって『社会的事実は物ではない』において、モヌロが彼自身は自分自身の来し方の「日付と場所」は脇に措きながら、「私は、人が私の位置と日付のある状況の中で捉えられるものしかわからない、公平にはなれないということを知ることこそが、公平なこと」と書く矛盾をバタイユに指摘されたとき、彼はそれまでの自分がルサンチマンの不毛さに陥らないために構築してきた研究主体としての「私」像の、一番痛いところを突かれたのではないか。しかしこの批評のせいでモヌロがバタイユに表立って嚙み付いた形跡はなく、彼は『クリティック』の編集委員会に残る。また書簡などからは、彼が『クリティック』に自分の記事が掲載されることを強く望んでいたこともわかる。[42] 彼はいみじくもバタイユが暴いたこうした矛盾を抱えこんだまま、執筆活動を続けてゆくのだ。

第4章

共産主義批判の根拠

1　『共産主義の社会学』

歴史的背景

一九四九年、モヌロは彼の主著となった『共産主義の社会学』を出版した[1]。本書は六三年に序文を付して再版され[2]、さらに七九年には作家のジャン＝エデルン・アリエ（一九三六－九七）が営んでいたアリエ社から、補遺を加えた新版が出された[3]。またモヌロの没後、二〇〇四年から〇五年にはトリダン社という小出版社から三巻本として出版された[4]。後のふたつの新版には、「二十世紀における宗教的企ての挫折」という副題が付されていた。本書は英語[5]（一九五三年）やドイツ語[6]（一九五二年）をはじめ複数の言語に訳され、モヌロの著作のうちで、もっとも反響の大きかったものと言える。

第四共和制下、本書の出版当時のフランスでは、植民地の自治・独立の動きが起きていた。また世界的には東西冷戦構造が顕在化するなかで、四八年にはチェコスロバキアで政変が起き、共産党の指導下で人民民主主義共和国が成立した。国内では四六年の第四共和制最初の総選挙で共産党が第一党の地位を占めたものの、結局第三党だった社会党の単独内閣が組織され、四七年のラマディエ内閣で共産党は野党となった。他方フランス共産党は、同年九月にソ連圏のイデオロギー統一のためヨーロッパに発足したコミンフォルムに参加、ソ連との結びつきの強さを示した。またサルトルのように党員にはならないもののマルクス主義への信頼を強め、ソ連擁護の姿勢を示す有力知識人もいた。そうしたなか、モヌロはなぜ共産主義についてこの時期に大部の本を書き、そこで何を主張しようとしたのか。

すでに見たように同郷の学生たちと出版した雑誌『正当防衛』では、モヌロは共産主義への信頼と期待を表明していた。彼が共産党に加入した記録はないが、一九三五年の「文化の擁護のための国際作家会議」でもマルチニック代表として発言していたので、党とは融和関係にあったと思われる。しかしその後、自らの出自を問題にしない民族学的、社会学的な理論的考察が仕事の中心になってからは、彼は折々の政治状況をめぐる所感や、共産主義や共産党についての表立った意見を表明していなかった。ただ一九四七年、亡命先のアメリカから帰国したブルトンが開催した国際シュルレアリスム展のカタログにテクストを寄せていることから、独ソ不可侵条約の締結をもって共産党と決定的に断絶し、ナチズムにもスターリニズムにも批判的だった当時のブルトンに共感を覚えていたことが推測できる。そうであればモヌロは一九三五年から四七年のあいだのどの時点から、なぜ共産主義に批判的立場を取るようになったのか。そしてなぜ彼の批判は、本書のような大作を書かせるほど強く、根本的なものになったのか。『共産主義の社会学』の内容と出版当時の社会状況、さらにそこでモヌロが占めた位置とを照らし合わせながら、こうした問いに答えたい。

共産主義体制とイスラム王朝の類似性

共産主義と言ってもその意味内容は広汎だが、『共産主義の社会学』では一九一七年のロシア革命から執筆時、すなわち一九四〇年代後半までのソ連で展開されたボルシェビズムの構造や政策と、その世界的広がりの意味が論じられている。本書は三部からなり、第一部と第二部が前半を、第三部が後半を占めている。そこでまず、各部の構成と内容をたどっておこう[7]。

第一部「二十世紀の『イスラム』」ではソ連の共産主義体制と、中世のイスラム王朝、アッバース朝（七五〇－一二五八）のカリフ（イスラム世界の最高指導者の称号）たちによる治世、とりわけその繁栄期の中央集権的な国家体制との形態的類似を指摘し、そこからソ連の政治体制の特徴や、世界規模に拡散したその支配の影響が説かれている。

革命の成功により専制的な帝政が崩壊したとはいえ、ソヴィエトによる寡頭政治は行き詰まり、同時に法的に組織化されていない大衆は非力だった（SC, 28）。そこでレーニンは凝集力を強めるため、有能な少数エリートによる統治に、トップダウンや厳密な階級制など軍隊組織の諸制度を導入する（SC, 39-40）。こうして組織の運営者は、マルクス主義の本質から離れてゆく（SC, 127）。しかも彼らは中央集権的で階層的な統治機構に、公共性だけでなく秘密結社的性格も持たせ、自己利益を願う大衆が自ずと全面服従するようなシステムを作った（SC, 41-42）。ヨーロッパの社会民主主義は、筋金入りのロシア共産党に比して脆弱だったため弱体化し、自身の伝統との繋がりを失うことになった。代わって力をつけた各国の共産党は自国のエリートよりロシアの上層部との結びつきを強め（SC, 61）、それによってソ連の国際的な支配力（インターナショナル）は一層強まった（SC, 64）。

ソ連国内では革命以来、スターリンの統治を待たずして様々な機構で中央集権とピラミッド型の階級体系が浸透し、それがトロツキーのような反抗者を粛清するシステムを徹底させた（SC, 71）。こうした権力集中は、旧大陸を舞台として二十世紀前半に生まれた形態である（SC, 77）。レーニンとスターリンによる統治とドイツにおけるヒトラーへの権力集中という現象は、この点で同じだった（SC, 77）。そしてインターナショナルが強化されることで、ヨーロッパでは第一段階として一九三〇年代にトロツキストが弱体化し、第二段階として全体主義が強まった。そのもっとも驚くべき例は、ドイツ共産党の自殺のごとき終焉である（SC, 111）。ヒトラーによって解散させられたドイツ共産党は、一九三三年以降はスターリンの傘下に入ったのだ。

第一部の最終章となる八章「閾の上の人々」では、それまでの章とはやや視点が異なり、ソ連外のヨーロッパの、非党員だが共産党に共感するブルジョワ「共鳴者」の、ボルシェビキにとっての有効性が分析されている。ここでは「党員」と「共鳴者」の関係が宗教組織になぞらえて分析され、「共鳴者」はイエスの時代に地中海世界に分散していたユダヤ人と比較されている（SC, 130）。そして共産主義は宗教のごとく、こうした人々の情緒的欲求に応えているとして、「共鳴者」の心理的側面の重要性が強調されている。たとえば現代社会では、マルクス主義が提示する世界の二元論を受け入れるブルジョワ・エリートは、自分の同類が開発した科学技術がそれを持たぬ人に被害を及ぼしている現実に負い目を感じ、共産主義に共感を抱く。そしてボルシェビキが、ブルジョワたちから信頼される立場にとどまりつつも自分たちに協力的なブルジョワ・エリートを利用する状況を、宗教性と反宗教性が同居する共産主義の心理的、組織的構造として説明している。この章には、一九三〇年代以降に著者自身がパリで見聞した事柄が反映していよう。「非党員だが共産党に共感するブルジョワ共鳴者」には、かつての彼自身も含まれていたのではないか。

弁証法をめぐる問題

第二部「弁証法」は、マルクス主義的弁証法の批判的分析であり、弁証法の歴史におけるその位置づけや、ヘーゲルの弁証法との一致点と相違点、現実社会を理解する上でのその理論的特徴などが、様々な角度から分析されている。そしてそれを通して、ボルシェビキがソ連の国内外で実行した政策の哲学的素地や、その問題点が説明されている。ちなみに英語訳では、「著者の許可を得て省略」と書かれた上で、第二部全体が省略されている。

ここではヘラクレイトスやヘーゲルが重視した思考法としての弁証法を、マルクスやエンゲルスがどう読みかえ、それがモヌロの言う「共産主義的宗教」にどう利用され、結果的に社会や歴史にどのような影響を及ぼしたかが検討されている。

モヌロは次のように説明する。マルクスは、ヘーゲルの弁証法には世界の現実や歴史上の出来事の生成過程が形式化、抽象化されて描き出されていると考え、経済を主体とする発想のなかに、その考えかたを取りこんだ（SC, 148-149）。またマルクス主義者たちは、「対立（反対）」があらゆる活動の内的源泉であるという考えをヘーゲルから取り入れた（SC, 152）。しかし史的唯物論とヘーゲル的弁証法は同質ではない（SC, 238）。史的唯物論には、時間の経過にともなう唯物論自体の意味の変化などの諸変化や経済的諸要因がつきまとうので、これを哲学的弁証法と同一視するのは科学的なようで非科学的だ。また既成の秩序に対する容赦ない闘いという意味で革命的とみなされるものは、マルクスにおいては弁証法自体ではなく、弁証法とルサンチマンという二つの要素に由来している（SC, 233）。このようにモヌロはマルクスによる弁証法の概念に存在し、ヘラクレイトスやヘーゲルのそれにはないものとして、強い情念的負荷という心理的要素の存在を強調している。

第三部「世俗の諸宗教と世界の統治権《インペリアル・ムンディ》」では、ソ連の共産主義が人心にもたらす作用が、宗教の作用になぞらえられつつ説明される。さらに、ともに全体主義の性質を有するものとして、ソ連の共産主義とナチズムの共通点が分析されている。

ヘーゲルの哲学的弁証法は思弁的なので、現実の歴史において、しかもプロレタリアという共同体を仲介者とする集団的な人類が問題になるとき、その体系、統一性などがそのまま保たれるはずがない。マルクスとマルクス主義者がそうした現実のなかで体系を取り戻そうとするとき、ヘーゲルにおける哲学は集団的に生きられる哲学、すなわち宗教に転じる（SC, 265）。そしてその体系は、活動だけでなく感性や知性にも影響を与えるものとなる。そこで人間は自由主義時代に特徴的な、政治、経済、文化といった明確な区分のある各領域の自律性に相当する、諸能力の細分化を失うことになる。そうして体系が人々の情動を惹きつけ、養い、また「プラクシス（生産活動の総体）」をおのれに組みこむとき、その哲学の実践は宗教となる。それが、共産主義的な営みが宗教的だとモヌロが説く所以である（SC, 266）。経験を重ねる人間の生と科学はもともと開かれているが、体系は棺桶のように閉ざされている。それらが共存しうるのは、マルクス主義に基づいて、限られた知識人が企てるこの新しい宗教が情動を満足させ、それを動かしているからで、それによって科学的無謬性と宗教的高揚感をともに高める可能性が信じられているからだ（SC, 274-275）。そこで本書の後半では、その方法の心理学的解明が主たる課題のひとつとなり、ジョルジュ・ソレル、ジャンバッティスタ・ヴィーコ、リュシアン・レヴィ＝ブリュル、ジークムント・フロイト、アーノルド・トインビーらの著作も手がかりにして検討されてゆく。

なぜ「世俗の宗教」にとってイデオロギーが重要なのか。「世俗の宗教」に加入している知識人は、何が自分を動機づけているかには無頓着で、自分が動機づける対象のことは強く意識する。そのなかでイデオロギーは、自分が動機づけるものと自分を動機づけるものとのあいだに、新たな関係のありかたを加える。もともとそのありかたを形成しているのは、正義、善、真理、理性的なものなど、誰もが価値を認めるものだ。しかし共産主義者が従うマルクス主義は、こうした価値が実現する社会の形成を奨励するだけでなく「科学的」でもある。そして「科学的」であることを担保するのがイデオロギーである。こうしたマルクス主義はおのれのうちに科学とモラルを集約させ、偉大で理想的な人物たちや偉大な偶像たちとひとつになっている。そのため共産主義に対立するような論拠には、共産主義の信者の現実的な動機を支配することができない（SC, 281）。またモヌロは「社会的神経症」（SC, 307）たる世俗の宗教の情緒面への影響を、未開社会において神話がもたらす衝撃と比較するが、イデオロギーはそれ自体情動的負荷を持ちつつ、そうした衝撃を和らげる役割もしている（SC, 296-297）。またヒトラーのドイツやスターリンのロシアにおいては神話が情動的エネルギーの領域で作用しているのに対し、ドグマは組織化や正義や合理化といった知的領域で、いわば固定化されたイデオロギーとして作用している（SC, 300-301）。

さらにモヌロは、圧政と全体主義について分析する。ここでは圧政的な政治体制が歴史的に、とりわけ古代と十九世紀以降のヨーロッパについてたどられ、圧政の裏には懐疑や恐怖があることや、圧政の伝染性が論じられている（SC, 332-333）。またモヌロは今日のロシア帝国は少数が多数に課す内政システムを取り、少数が自分たちにとって有利な状況を作り、そこから引き出す成功を強制によって維持、増加させる圧政を行うと同時に、領主制的、領地制的独裁体制をとり、ある面では一民族と、多民族からなる一集団とが支配を期して結びつき、他の面では世俗的かつ布教目的の宗教であるという意味で「イスラム」であると言う（SC, 336）。またヒトラー主義をめぐっても、それは「世俗の宗教と一時的な権力との結びつき」(SC, 336) であると述べた上で、この世俗の宗教と共産主義的な世俗の宗教との違いを、ヒトラーのほうがより非理性主義的な度合いが強く、暴力的な行為により多くの権限を与えていた点に見ている (SC, 338)。

そこで本書後半では、ロシアの共産主義とヒトラーのドイツの両方を含む全体主義についての考察が、主要な検討課題となる。両者は異なる土壌から生まれながら類似した状況を経て、一九三〇年代に全体主義として類似した社会的特徴や拘束をもたらすにいたった (SC, 352-353)。ロシアとドイツに全体主義が生まれた背景には、組織されないプロレタリアが革命の主体になれず、加えて強い前線を形成するような第三身分、征服者たるブルジョワジーがいなかったという共通点があったと分析される (SC, 358-362)。ただ政治と聖なるものとが混在した社会モデルとしてのイスラム的性格 (SC, 376) は、ロシアの共産主義により強く認められている (SC, 374)。

いずれにしても二十世紀の全体主義的な政治体制において、社会の移行期に生まれた独裁者たちは、集団的神話や国の歴史的記憶を通じて人々の情緒に訴えることを重視した (SC, 389)。フランス国内のスターリン主義者もその重要性を理解し、十九世紀のコミューンの記憶を通じて愛国精神に訴え、フランス革命などの歴史的記憶を通して、階級社会やキリスト教や王政に対する嫌悪感を国民のあいだに醸成することで、歴史的遺産を自分たちの糧にしていった (SC, 390)。彼らの実権の維持には民衆に対する拘束や、リベラルな民主主義との断絶が必要で、そのために神話とプロパガンダを利用したのだ (SC, 388-390)。しかし国外に伸長する攻撃性、戦争を引き起こす全体主義的ダイナミズムはこうした全体主義体制に限ったことではなく、第二次世界大戦中のイギリスやアメリカのように元来は全体主義的でなく、物資が比較的豊富で最低限のモラルがある国でも、個々人のエネルギーが共同体的エネルギーに転じ、それが国外へ向かう攻撃性へと進む場合があることも指摘されている（SC, 399）。

聖なるものと「世俗の宗教」

第三部の六章「聖なるものの移動」は、本書の共産主義研究と、モヌロが一九三〇年代以降にバタイユらのグループやシュルレアリスム・グループの側で行ってきた「聖なるもの」に関する研究との関連性を、強く感じさせる箇所だ。ここではより人類学的、哲学的な視点から、二十世紀の世俗の宗教という社会現象が分析されている。モヌロは、人間が個人としてしか存在できていないことに満足できず、それを意識するとき、宗教的なものがそうした個人の限界を超えさせると指摘する（SC, 428）。そして政治にはそうした宗教的な役割があるという意味で、「神聖化」されていると言う（SC, 429）。その現象は君主制にもある（SC, 430）。また共産主義においては、フォイエルバッハの哲学に想を得て「人類」神話が重視され（SC, 446）、それが共産主義者たちのプロパガンダやイデオロギーに利用された（SC, 447）。しかしモヌロの考えでは、共産主義の「イスラム」は人類神話を裏切りながらしか、それを取りこむことができない。それを示唆する技術のすべてが、大急ぎでアレンジされた予定説を援護する目的で使われているからだ（SC, 451）。

以上のような論拠を通して、マルクスが言うように「宗教が阿片」だとすれば、共産主義もその「宗教」と類似した構造と方法によって人心を拘束しているのだから、人々はそのことに意識的であるべきではないかとモヌロは問う。

五百ページにも及ぶ労作である本書の内容に関して、注目すべき論点を取り落としている危惧はぬぐえないが、要約すればおおよそ以上のようになろう。

2　全体主義批判として

では『共産主義の社会学』におけるモヌロの分析と考察の特徴はどこにあり、同時代とその前後に同様の問題を扱った者たちとの類似点や相違点はどこにあったか。

モヌロによる共産主義とボルシェビズムの分析方法は、総合的、折衷的と言えよう。彼はまず、十八世紀末以降の西ヨーロッパおよびロシア社会を歴史的に把握した上で、主にそれを二つの側面から分析している。第一の側面は、古代ギリシャにまで遡る弁証法的認識を、十九世紀の哲学者・思想家がどのように社会理解に適用したかという哲学的側面である。第二の側面は時代と地域を横断的に見たときに、共通に指摘できる社会形態や社会構造、さらにその役割や機能を抽出・分析する社会学的視点を組みこんでいる点だ。さらにその社会学的分析は、客観的事実から実証的に導き出されるような因果関係の指摘にとどまらない。そこにはたとえば「聖なるもの」として大衆を支配する共同体の長が、いかなる操作で大衆を物心両面に渡って支配するのか、また個人はなぜ共同体に属し、共同体との繋がりを実感したいのかといった、客観的な数値からは導き出しづらい人間の情緒面に渡る考察も含まれる。これは神話研究を含めた彼の民族学的関心とも大いに関係があるだろうし、同時代の思想家、研究者の分析と比較すると、モヌロに特徴的な視点とも言える。

ただ哲学、歴史学、社会学、民族学のそれぞれの視点を相互補完的に取り入れた共産主義とボルシェビズムの研究には、理想的かつ野心的であると同時に、どの分野の専門家から見ても中途半端で雑駁な印象を与える側面がある。また各分野に関して論点を極められない分、議論の恣意性が目立つ面もありうる。特に最後の民族学的視点では、人間が被る情動、情緒面の影響が問題になっており、しかも個々人の病理を扱う心理学的視点とは異なり科学的な実証の積み重ねが困難なだけに、疑義も生じやすいだろう。そういう意味で本書はそのアプローチから、すでに批判を受けやすかったとも言える。

「世俗の宗教」と全体主義論

次に本書の論点の特徴としては、まず二点が挙げられる。一点目は彼が社会学、民族学的視点を重視していた点とも関係するが、ボルシェビズムを「世俗の宗教」と形容し、その組織の構造や運営方法、機能といった面と、人間の情緒面に与える影響や効果という両面から、宗教組織のそれに類するものと理解している点だ。そして二点目は、同時期に展開したボルシェビズムとナチズムのいずれもが「世俗の宗教」に類するとして、両者の共通性を指摘している点だ。これはボルシェビズムに根ざした政治・社会活動をナチズムに対する防波堤と捉える者には受け入れがたい同一視であり、「反共」思想と認識される視点である。

ただボルシェビズムを「世俗の宗教」と形容するのも、その形容の下でボルシェビズムとナチズムを同一視するのも、モヌロだけがしていることではない。そこで『共産主義の社会学』出版の前後で、こうした論点からどのような議論が行われていたのか、簡単に確認しておこう。

共産主義と宗教との比較に関しては、たとえばピーター・バイヤーも指摘するように[8]、マルセル・モースも一九二四年に発表した論文「ボルシェビズムの社会学的評価」や、翌二五年に発表した「社会主義とボルシェビズム」において、共産主義は他のあらゆる社会主義的教義や政党をはるかにしのぐものとなっており、共産主義者に「改宗」し、それを「信仰する」国内外の労働者や社会主義者にとって、ロシアは「新しいメッカ」、「聖なる教義が実践されている神聖な地」となったことを論じている[9]。モースはデュルケームの甥で、モヌロも一九三〇年代に講義を聴講したようだが[10]、ここでモースがヨーロッパのギリシャ、ラテン起源の伝統的な宗教や文化とは異質でありながら、徐々にその影響を広げているものとして共産主義をイスラム教になぞらえた点は、モヌロが共産主義を繁栄期のイスラムに例えたこととも共通している。ピーター・バイヤーは、「情緒的な負荷をともなう象徴や祝祭、儀式、儀礼をともなった彼らの計画を神聖化して、スターリンやヒトラーのような指導者たちは、自分たちの功績を教義的全能性のオーラで包みこみ、みずからを不敗のものとして示し」、「その信奉者たちは、略奪行為すら運命や歴史のより強度な力を求めるためとして正当化し、狂信的な忠誠をもって彼らに応えた」と考える。またこうした現象には「全体主義的熱狂、『政治的宗教』もしくは『世俗の宗教』も同然の修辞と象徴化」が指摘でき、実際こうした表現が「一九三〇年代からレイモン・アロン、エリック・ヴォーゲリン、エルンスト・カッシーラ、ヴァルデマール・ガリアン、ジェイコブ・タルモン、ノーマン・コーンらの研究のなかで、広く使われるようになった」[11]と書いている。またトラヴェルソも、一九三〇年代にナチズムとファシズムと共産主義を「世俗の宗教」と見た解釈を紹介している。たとえばオーストリアの哲学者エリック・フェーゲリンは「政治的宗教」に関する試論のなかで、「ナチズムを世俗化の倒錯的産物として分析した」。また保守主義の論者による批判として、同じくオーストリアの作家フランツ・ヴェルフェルが一九三二年にファシズムを「代替宗教」と、一九三三年にイタリアのルイジ・ストゥルツォが「世俗の宗教」と呼んでいたことを紹介している[12]。つまり「政治的宗教」、「世俗の宗教」という表現は、普遍的で理性的な判断を鈍らせるほど人心を束縛する全体主義的な政治形態を批判的に捉える文脈のなかで、ボルシェビズムとナチズムの両方に対して使われており、この点もモヌロに独創性や特異性はない。

ボルシェビズムとナチズム

ただしモヌロがどのような思想状況下で本書を出版し、それがフランスでどのように受け止められたかを理解するためには、「全体主義」の名の下にボルシェビズムとナチズムを同一視して批判する態度には時代と地域による差があったことを、もう少し細かく確認しておく必要がある。

トラヴェルソによれば、一九三〇年代と四〇年代を通して全体主義の概念は反ファシズム文化においてはあまり俎上に載らず、左翼知識人にとって全体主義は、「ほとんどつねにファシズムを指し、ソヴィエト体制に用いられることは稀だった」[13]。「ヨーロッパ文化の重要な部分と共産主義の同盟は、ファシズムを通して生まれたのであって」[14]、その結果ヨーロッパの反ファシズム運動のなかではスターリニズムの弊害を批判しづらかったからだ。例外は、ヨーロッパではシュルレアリスムのグループで、アメリカではトロツキーが影響力を持っていたニューヨークの『パルチザン・レヴュー』周辺の知識人や、亡命者たちだった[15]。ただ全体主義の概念は、第二次世界大戦が始まると「自由主義者、反ファシズムのキリスト教徒、一部のマルクス主義者、反スターリニズムの元共産主義者らに共有される、ひとつの政治的キーワードとなった」が、一九四一年の夏以降、ドイツのソ連への侵攻にともない「同盟関係が入れ替わったため、連合国や反ファシズム陣営の出版物から、ナチズムと共産主義の平行関係を唱える主張は姿を消す[16]」ことになった。

しかし第二次世界大戦が終了して冷戦が勃発すると、全体主義論争は再活性化し、「一九四七年から一九六〇年にかけて、全体主義の概念は、その理論的成果からしても広範な普及の度合いからしても、いわば黄金時代を迎えていた」。しかしトラヴェルソが指摘するように、全体主義論争には大きな変化が生じていた。それは一九三〇年代のような、「すでに存在する体制に対する〈批判〉」から「西洋的秩序を〈擁護〉する機能を担うものに、要するに〈イデオロギー〉[17]」になった。つまりアメリカのヘゲモニーと同盟関係の変化によって、全体主義論争の中心は地理的にはヨーロッパからアメリカに移動し、反全体主義の主眼も反ファシズムから反共産主義に移った。このように見てゆくと、モヌロの『共産主義の社会学』のドイツ語訳と英語訳が、一九五〇年代初頭にはすでに出版されたことも理解できる。またトラヴェルソも指摘するように、一九五〇年代の反全体主義論が、「ナチズムと共産主義に共通する要素に注意を向けながら」、「ナチズムの歴史的特異性、つまりユダヤ人の殲滅を隠蔽し除去してきた[18]」という傾向が、モヌロの本書にも見られることも指摘しておきたい。

3　国内外の反応

反全体主義とフランス知識人

ではアメリカ、次にドイツで強くなった、反全体主義の知識人が反共産主義者という傾向は、フランスではどうだったか。トラヴェルソが指摘するように、この傾向は「フランスやイタリアでは比較的に小さく、決して大勢力にはならなかった。なぜならフランスやイタリアでは、共産党が〈レジスタンス〉の第一線で活躍し、政治、社会、文化に大きな影響を与え続けていたからである[19]」。この傾向は、一九五〇年代初頭のサルトルの反アメリカ主義にも反映していよう。たとえばニューヨークの電気技術者ローゼンバーグとその妻が原子爆弾技術の機密をソ連に提供したスパイ容疑で一九五〇年に逮捕され、五三年に処刑されたローゼンバーグ事件では、冤罪として夫妻を擁護する大きな運動がヨーロッパでも起き、サルトルらもそれに加わった。この擁護活動をすべてアメリカのヘゲモニーやその反共産主義への反発に回収することはできないが、サルトルの反アメリカ主義はこの処刑後激しさを一層増した、とフランスをはじめとしたヨーロッパの左翼研究者デーヴィッド・コートは指摘している[20]。

そうしたなか『共産主義の社会学』は、本国ではどのように迎えられたか。これを確認する必要があるのは、彼のこの大著に対する反響が、その後の彼の知的活動の場や内容と無縁ではないからだ。

モヌロは一九六三年の再版の序文で、初版当時、ソルボンヌ大学バイヤー教授の責任による、社会学を含む哲学の総合書誌に本書が掲載されなかったことを「この忘却」と嘆き[21]、海外では沢山書評が出たのにフランスでは『社会学年報』にしか出なかったと書いていることから[22]、国内ではあまり話題にならなかったと思われる。『社会学年報』（第三期、一九四九－五〇）には、マルクス研究家として知られた国立科学研究所のマクシミリアン・リュベル（一九〇五－九六）による書評が掲載されている。彼はマルクスを評価しつつも、マルクスへの忠実さを喪失したスターリン主義を強く批判していた。彼はモヌロの著書を、「社会学」を標榜しながら方法論的に徹底されていないこと、共産主義とボルシェビズムを安易に同一視していること、マルクス主義的な概念に対して、偏向した形而上学的解釈を加えていると批判する。また政治的イデオロギーの心理学的構造にある情緒的、神話的意味合いの分析は若干評価しつつも、共産主義的宗教を社会学的に分析するのであれば、分析は社会学的になされるべきなのに、著者自身もそれに神学的解釈を与えてしまっていると批判している[23]。

ただ本書に対する書評としては、他に月刊誌『エスプリ』も一九四九年十一月号に、編集長エマニュエル・ムーニエ（一九〇五－五〇）によるものを掲載している[24]。これはモヌロ自身も一九七九年の新版に、補遺のひとつとして掲載している。またドゴールとマルローが構想し、モーリアックも深く関わって一九四九年から五三年まで出版された『精神の自由』誌では[25]、一九四九年六月号で『共産主義の社会学』の一部が紹介され[26]、同年十二月号にはジャン＝ジョゼ・マルシャンによる、留保つきながら好意的な書評が掲載されている[27]。また一九四四年から四九年に出版され、文芸誌として重要性を持った月刊誌『パリュ』は翌一九五〇年三月号に、本書をめぐるパトリック・ワルトベルグとモヌロの対談を掲載している。これらの雑誌には当時中道右翼や、共産主義に懐疑的な穏健左翼の寄稿者たちが集っていた。ワルトベルグとの対談は本書の概略を断片的になぞる以上のものではないが、その序文には本書を「ひとつの事件として迎えた」媒体の名が列挙されている[28]。本書は当時のフランス知識人界で、完全に無視されていたわけではない。

ムーニエの書評の要点は、以下のようにまとめられよう。確かに共産主義にはモヌロが指摘するように、宗教現象に比較できるような構造や手段を取ることで人々を精神的に抑圧する面がある。社会主義から生まれたヨーロッパの共産党にも、ソ連の影響下でこうした弊害が生じているだろう。だからと言って共産主義が本質的にファシズムのような反ヒューマニズムからではなく、社会主義的、プロレタリア的ヒューマニズムから生まれたものである以上、共産主義的全体主義とナチズム的全体主義を同一視するべきではない。また共産主義的権力の堕落や欺きを指摘するばかりでは、悲観や失望や無関心が蔓延するばかりで資本主義の問題に立ち向かうことはできない。社会の現実を見据え、プロレタリアと連帯し、正義や理想や希望を維持して、より大きな問題に対処すべきというのがムーニエの主張だ。

モヌロはムーニエの書評の論調が、それに先立ったムーニエの個人的な反応よりも辛口であることに落胆しただろう。[29] 確かに書評には、国内の社会主義的勢力への配慮を感じることができる。ただ同時にムーニエの論調は、『エスプリ』という雑誌のそれを反映したものでもあり、彼が表明する社会主義への希望に具体的根拠が乏しいとは言え、それを含め、反応としては想定の範囲とも言えよう。

ハンナ・アーレントとの議論

次に、『共産主義の社会学』の出版当時、モヌロの関心事項に近い問題に取り組んでいた著名な哲学者や思想家とモヌロとの関係について、ふたつのケースを紹介しておきたい。

ひとりは、この時期にモヌロと関係があったことが意外に思われるかもしれないハンナ・アーレント（一九〇六－七五）であり、もうひとりは、反対に交流の痕跡が見当たらないことが意外なレイモン・アロン（一九〇五－八三）だ。

一九〇五年にドイツで生まれたアーレントは三三年、ベルリンで反ナチ運動に協力した。そしてゲシュタポに逮捕されたが出獄し、夫に続いてパリへ移った(30)。パリに移住した当初、彼女は高等研究学院におけるコジェーヴの講義にも参加したようだ。この講義はバタイユらも聴講していたから、そうした場所でモヌロと顔を合わせた可能性もあるが、証拠はない。その後アーレントは四一年にアメリカへ渡り、ニューヨークに住んだ。そして四五年から四九年にかけて『全体主義の起源』を執筆。これはモヌロが『共産主義の社会学』を執筆、出版した時期でもあり、大西洋をはさんでアーレントとモヌロが同時期に同様の関心を抱いていたことがわかる。そしてアーレントの同書は五一年に出版された。

　そのアーレントとモヌロはヘンリー・キッシンジャー（一九二三－）が編集長を務めた『コンフリュアンス』（**図5**）という思想、法律、経済、政治、国際事情等を扱う雑誌に往復書簡を掲載している。「国際フォーラム」という副題のこのアメリカの雑誌では毎号ふたつのテーマを取り上げ、アメリカ、ドイツ、フランス、イギリスの思想家、研究者が論文を執筆するようになっていた。そして「編集者への手紙」というコーナーでは過去の論文に関する意見が掲載され、それに対してさらに次号で論文執筆者が答えることもあった。喫緊の国際問題について大西洋を跨いだ議論を行うことが、編集長の狙いだったのだろう。アーレントと同様ユダヤ系ドイツ人だったキッシンジャーは一九三八年にアメリカに渡り、四三年に同国に帰化していただけに、こうした議論の意義と必要性を感じていたのだろ

図5　『コンフリュアンス』
（1953年9月）

う。アーレントとモヌロのあいだでは、まずアーレントが一九五三年九月の第三号に論文「宗教と政治[31]」を掲載した。この論文はモヌロの論自体を扱ったものではないし、プラトン、マルクスなどの古典以外に同時代の多くの歴史学者、社会学者の研究が引用されている。しかし内容からも、また彼女が、同年に出版されたモヌロの『共産主義の社会学』の英語訳（アメリカ版の題名は『共産主義の社会学と心理学』）を批判的に紹介していることからも[32]、モヌロのこの新刊を読んだことが、本論の執筆動機のひとつだったと思われる。そして本論に対してモヌロが同年十二月号の「編集者への手紙」で反論し[33]、さらに翌五四年三月号の「編集者への手紙[34]」でアーレントが短い意見を寄せている。そこで、アーレントの「宗教と政治」から見てゆこう。

本論は大きく言えば、近年の歴史学的、社会学的アプローチ、とりわけ後者において共産主義を「世俗の宗教」と形容し、その全体主義的性質を批判することに反論している。その理由は主に二点ある。

一点目の批判は、「イデオロギーと宗教を機能的に等価なものとして同一視する社会科学のアプローチ」が、「宗教やイデオロギーや自由や全体主義といった歴史的・政治的現象の実体」を取り扱わない点に向けられている（二〇六－二〇七）。「機能」的類似性から共産主義を宗教と比較すれば現象の実体、すなわち「自由世界と共産主義が自らについて述べていることを無視する」（二一一）ことになる。それは「言論が持つ真理を開示する性質の無視」であって、「政治的行為と暴力との」「同一視」に他ならない（二一〇）。なぜなら「私たちは言論のなかで行為するのであり、私たちの言論は行為なのである」（二一〇）から。アーレント自身によるわかりやすいたとえを挙げるなら、「ヒトラーとイエスは、同じ社会的機能を果たしたゆえに同一的であった。こうした結論が成り立つのは、イエスかヒトラーかいずれかの述べたことに耳を傾けるのを拒否する人びとにとってだけであることは明らかである」（二一二）ということだ。さらにアーレントは、社会科学で用いられるカテゴリーが「実体性を剥奪されながら機能するという事態は」、「私たちの社会の機能化の増大、あるいはむしろ、近代人はますます社会のたんなる機能や関数になりつつあるという事実と密接に関連している」（二一三）と述べ、こうした方法論が生まれ、機能する同時代社会のありようにも批判を向けている。

二点目は、現代の世俗主義をめぐる問題である。アーレントは世俗主義に馴染んだ社会において、「人びとが死後の報いと罰への信仰をますます失いつつある一方で、眼に見えない真理を受けとめる個人の意識や大衆の能力のはたらきが、政治的にいって、かつてないほどあてにならなくなっている」（二一八）ことを批判的に指摘している。そしてその具体例をプラトンを先行者とした、地獄をめぐる中世の教義に見る。アーレントはその教義がプラトンにおいて、「明らかに政治的目的のために創作された政治的な道具」（二一七）であったことを認める。その上で、「近代の世俗化の政治的な帰結とは、公的生活から、宗教とともに、伝統的宗教のなかのもっぱら政治的な要素であった地獄の恐怖を排除することであったように思われる」（二一九）としている。とは言えアーレントは、世俗化した現代を再度宗教化することを提唱するわけではなく、彼女は本論を「もし私たちが公的・政治的生活にもう一度『宗教的情熱』を吹き込んだり、宗教を政治的な色分けの手段として用いるならば、その結果として宗教を何らかのイデオロギーに変形しねじ曲げてしまい、自由の本質そのものとはまったく異質な狂信によって全体主義に対する私たちの闘争は腐敗してしまうだろう」（二一九－二二〇）と結び、安易に世俗化を後戻りさせるような解決法は、選択肢にないことを示している。

ではアーレントに対して、モヌロはどのように応えたか[35]。

モヌロの指摘の要点は二点で、一点目は、アーレントが宗教やイデオロギーという概念を定義せずに使用している点である（44）。たとえば彼はアーレントがマルクスに依拠しつつも、マルクスにおいては対立しないイデオロギーと宗教を、正当化することなく対立的に扱っている点などを批判している（45）。二点目は著書において自分が採用している社会学的分析方法、とりわけ宗教と共産主義の比較の効用の主張である。まずモヌロは、自分の「宗教」に関する社会学的分析の基礎には、未開部族の宗教や神々を観察、分析する比較宗教学的な見地があることを指摘する。そして役割の面から見れば異なる宗教のあいだにも象徴や実践に類似性が見つかるとして、宗教を機能から見る視点を正当化する。さらに「世俗の宗教」という表現を共産主義やヒトラー主義に用いるのが「神学的見地からは不条理でも、社会学的見地からはそうではない」と主張する。共産主義において、そこで起きることのすべてがイデオロギーで説明できるわけではなく、「ヨーロッパやアメリカの中流のあいだで活動している典型的な戦闘的共産主義者は、いつでも共同体的で非合理的な牽引力に暗に訴えて」(47) おり、そうした力は神性が持つ役割と類似しているのだから、共産主義を理解する上でそれを宗教と比較するのは、妥当かつ有効と、モヌロは考える。

これに対するアーレントの反応には、特に新しい議論のポイントはない。彼女はモヌロが「宗教とイデオロギー」を「同一化」していることを批判し (二二〇)、宗教の定義の不可能性を主張 (二二一)、さらに社会学者が「機能的役割」に関心を集中させるあまり、社会を、すべてを関係づける〈絶対者〉にしてしまっていると (二二二) 批判している。

アーレントとモヌロの議論からは、何がわかるのか。

両者とも同時期に、ナチズムと共産主義の支配にある全体主義的性質を批判し、こうした事態が起きた理由とその様態を分析している点は共通している。しかしながらアーレントがモヌロの分析を受け入れられないのは、社会的現象を内実ではなく機能から見ようとする点と、ナチズムや共産主義を「宗教」として語るところにあった。こうしたアーレントの主張の背景には、現代のヨーロッパ社会でナチズムや共産主義によるプロパガンダに大衆が操作された原因には、社会や社会のなかの様々な共同体、さらに大衆を構成する個人のありかたの変化があり、その変化には古代からキリスト教まで、ヨーロッパの人文主義的な知恵が培ってきた伝統的な信条の破壊も含まれ、機能、役割を重視して内実をおろそかにしがちな社会学的アプローチが流行すること自体が社会が内実を失いつつある証であり、そこに共産主義の伸張の原因のひとつもあるという批判意識があろう。ただしアーレントは第二章がないアメリカ版でこのモヌロの著書を読んでおり、是非は判断しづらいが、このことが彼女の批判に影響した可能性もある。

それに対してモヌロがアーレントによる概念定義の甘さを批判するのは、とりわけ両者の考える「宗教」の内実の違いゆえだろう。アーレントが「宗教」の後ろに想定するのが伝統的なヨーロッパ社会におけるキリスト教であるのに対して、モヌロは原始社会の部族が信仰する土着的、神話的な多神教を考え、それら相互を比較する民族学的な視点を取っているからだ。

したがって社会現象の「内実」とその説明を軽視して「役割」に重点を置くことに対するアーレントの批判と、「内実」をいったん脇に措き、「役割」の観点から複数の現象間の共通点を見出そうとするモヌロのアプローチとの対立は、彼らのあいだに限らない、より普遍的なジレンマと言えるだろう。またこれらふたつのアプローチには社会科学的な探求方法として相反する面はあれ、それらは必ずしも排他的ではないだろう。

いずれにせよ先に確認したように、フランスでは第二次世界大戦中にレジスタンス活動で功績のあった共産党が政治、社会、文化に大きな影響を与え続けていたため、知識人界では反全体主義の知識人が反共産主義者であるという傾向は比較的小さく、決して大勢力にはならなかった。そのためモヌロの全体主義批判はフランスよりはアメリカで受け入れられやすく、だからこそアーレントとモヌロとの論争が、一九五〇年代のはじめにアメリカの雑誌で行われたとも言えよう。

一方のアーレントについても、トラヴェルソは『全体主義の起源』が明らかに左翼の全体主義論のひとつであるにもかかわらず、「一九五〇年代の文化状況にあって、これは完全な誤解なのだが、一種の『冷戦の聖書』にされてしまい、おそらくそれゆえにイタリアやフランスではほとんど無視された」[36]と書いている。アーレントが「左翼の全体主義論のひとつ」というトラヴェルソの評価に納得したかはともかく、『全体主義の起源』全三巻のフランス語訳はようやく一九七二年から七三年に、別々の出版社から出版された。したがってこの論争当時アーレントはフランスでは無名に近かったが、モヌロからすればたとえ賛辞ではなく、議論に噛み合わない点があったとしても、自分の著書を読み、そのアプローチの本質的な部分を突いてきた学者と、一流の学者たちが集うアメリカの誌上で議論したことになる。

4　アロンとモヌロ

アロンの存在

とは言え、フランス国内にもこの時期に共産党を批判していた著名な学識者はおり、モヌロと同様に共産主義を「世俗の宗教」と形容して批判した人もいた。その代表者が哲学者、社会学者でジャーナリストでもあったレイモン・アロンだ。彼は一九〇五年生まれ、つまりモヌロより三歳年長で、サルトルやポール・ニザンと同年齢だった。アロンは高等師範学校を卒業し、一九三〇年から三三年までドイツに留学した。第二次世界大戦中はロンドンでドゴール元帥の「自由フランス」に参加、戦後はパリで高等教育職に就くかたわら、ジャーナリズム活動を続けた。彼は一九四五年にサルトルが創刊した当初、『レ・タン・モデルヌ』誌のメンバーだったがサルトルと仲違いし、四七年に雑誌を去った。また彼は一九五〇年に西ベルリンで創設された反共的文化人の国際団体、「文化自由会議」の委員会にも関わった。そして彼は五五年に『知識人の阿片』において、共産主義を信奉し、批判精神を喪失した知識人を批判した。

このようにモヌロの同世代人だったアロンは、関心事から言って一九四〇年代以降モヌロの非常に近いところに位置し、しかも共産主義に批判的で、当時のフランス知識人の大勢からはむしろ敬遠されていた学識者と言える。[37] たとえば先に挙げた『精神の自由』誌にはアロンもモヌロもさかんに寄稿しており、一九五〇年五月号では巻頭にアロンの「レーニンの帝国主義神話」が、続いてモヌロの「スターリン的トロツキストたち」が掲載されている。[38] またアロンは『知識人の阿片』で同時代の共産主義を「世俗の宗教」と呼び、その註では、「私は自分が初めて、この表現を一九四四年六、七月の『ラ・フランス・リーブル』に掲載した二論文で使ったと思う」と述べている。[39] またモヌロに言及したアーレントの論文が掲載された『コンフリュアンス』一九五三年第三号に先立つ第一号と第二号では、特集の中心的な位置でアロンが執筆している。[40] また一九八三年のアロンの没後に出版された雑誌『コマンテール』の追悼特集号に「私の師」と題した短い追悼文を寄せたキッシンジャーは、「レイモン・アロン以上に私に知的影響を与えた人は誰もいない。彼は大学での勉学の最後の時期の私の師だった[41]」と述懐している。ちなみにアーレントは、お互いに無名だった三〇年代にアロンがベルリンに留学していた時期から、すでにアロンと知り合いだった。[42]

こうした状況から考えても、アロンとモヌロが互いの研究を意識し、目を通していないということは考えづらい。しかしこのふたりの著書を見ると、アロンが他の人物と並べてモヌロの名を列挙するような記載は若干あるものの、互いの研究に言及し、直接的に評価や批判を加えている記述はない。ただ、たとえばピーター・バイヤーは、アロンが一九五一年に出版した『連鎖する戦争』の「スターリニズムの勢力拡大」という章で、「共産主義は救済宗教と同一視され、その軍隊が異教徒を打ちのめし、その思想が人々の魂を捉えるにいたっている」イスラムにも比較されていると書いているところでは、[43] 出版されたばかりの『共産主義の社会学』のことをほのめかしていると指摘している。[44] また第二次世界大戦後のフランスの政治システムや、左翼の動向に詳しいピエール・グレミオンによれば、モヌロは西ベルリンの「文化自由会議」が、創設された一九五〇年にフランスで組織した初のセミナーの中心人物で、そのセミナーの主題は「共産主義知識人の心理学と全体主義的なイデオロギーに対抗しうる西洋による諸価値」だった。しかし「この人物はアロンによって、やがて外に追いやられることになったので、ジュール・モヌロが行ったこの仲立ちの役割は長くは続かなかった」と指摘している[45]。さらに次章で見てゆくように、一九五〇年代以降も、アロンとモヌロがともに編集に携わったり、寄稿した雑誌は複数あり、さらにサルトル批判、同時代のメディアや教育に対する批判など、ふたりの間には共通するテーマも複数ある。にもかかわらず、彼らが共同で活動した形跡がないばかりか、彼らは互いの著作について、言及もしていない。

そこでモヌロの『共産主義の社会学』の出版に先立ったアロンの「世俗の宗教の未来」――彼はこの「宗教」を複数形にしている――の内容を見てみよう。

本論文はまとまった長さがあり、論点を移動させながら様々な要素を盛りこんでいるため要約が難しいが、大よそ以下のような内容を含んでいる。この論文は雑誌の二号分、二部からなる[46]。

第一部ではアロンの考える「世俗の宗教」の内容とその成立の背景、さらにそれが二十世紀のヨーロッパにおいて第二次世界大戦にいたるまで、歴史的にどのような過程を経て展開したかが論じられている。

社会主義は現世における平等で平和な世界を理想とするという意味で反宗教、「世俗の宗教」である（235-236）。超越的な面、聖なるものがなくても「宗教」と呼べるかという反論が予想されるが、「神」はいなくても、目的のために持てる能力を総動員し、強い意思や熱情をそれに注入するのであれば、心理学、社会学的にはそう呼んでも差し支えないだろう（236）。そして現代の政治教義のいくつかは、本質的に宗教的と言える。それらが善悪の判断の指標となるような、神聖とも言える究極的な目的を掲げているからだ（237）。そうした教義は犠牲を要求する反面、個人を魂のない群衆の孤独や希望のない生から引き離す（238）。たとえばマルクス主義が教義としては難解でも人々を納得させるのは、それが社会主義的な群衆の蜂起を促すことになった諸感情を引き起こしたからで（239）、あらゆる世俗の宗教のなかでも、社会主義がもっとも合理主義的だった（242）。しかし第一次世界大戦が国家の重要性を増し、愛国主義が民衆を支配するようになったことは、労働者のインターナショナルの情熱に支えられた社会主義の信仰にダメージを与えた（243）。また戦争とロシア革命が、この世俗の宗教を内部分裂させた。それによって、ヨーロッパには行動方法に明確な相違のある社会民主主義と国家社会主義が生まれた。前者は社会主義的で合理的側面とヒューマニズム的な宗教的側面を持ち、社会的関心が強い傾向があった。後者はヒトラー主義で、非合理的側面や悲観的な宗教的側面を持った（244）。イギリスは一九三〇年代から四〇年代にかけて世俗の宗教の影響を免れた。またフランスはイギリスとドイツのあいだで、イギリスに近かった（248-250）。そして一国と一信条との混同が国内の世俗の宗教間の敵対関係を取り去る面があった一方で、国際的な次元にはその混同が反映し、それが国家間の敵対関係を激しくしたし、征服者たちがイデオロギー戦争を装い、本当の意図を隠す面もあった。したがって複数の世俗の宗教が根強く存在する以上、闘争は鎮まらない（250）。以上が第一部の内容である。

第二部では戦争で荒廃したヨーロッパの残骸の上で、何が起きているのかが説かれてゆく。

荒廃と、ヒトラーに対する大衆の失望を経て、大衆は再度、絶望と熱狂に身を投じていった。こうした崩壊のとき、世俗の宗教には統一的なシステムの代替物を提供し、社会が沈滞してゆく溝を埋める役を果たすことで、至上の権威を持つ面があった（253）。またフランスでは戦前からすでに共産党のような政党の内部規律が、兵士や市民たちのそれに勝っていた面もあった（254）。占領を受けた一九四〇年代のフランス国民のあいだでは愛国心が高まり、世俗の宗教は神話的に権威づけられ、個人より使命が重んじられるようになった（255）。しかし結局それが別の戦争へいたる危惧を反復させ、征服者たる世俗の宗教が敵を探すことになる（256）。共産主義はヨーロッパ中で威光を保ち、フランスでは反ドイツとして英雄視され、あらゆる社会階層の共感を獲得した。しかしその共感は、大衆のあいだでは教義自体への信頼とは言えなかった(258)。こうして現在、複数の世俗の宗教、教義なき狂信の時代が続くという予測と、国家間の戦争や神話にけりをつけて、新たな人間の秩序が再建されるという予測との両方が見られる。こうした信用喪失の時代には、世間のモラルを逆なでする思考が現れる。ギュスターヴ・ル・ボンの『群衆心理』(一八九五)が疎まれつつも流行したのは、そうした現象のひとつだ。しかしこの「群衆心理」が「エリートの時代」という実相を隠蔽している面もあり、政治が生み出す神話を大衆が生きるという状況に変化はない(260-261)。

続いて、世俗の宗教の指導者たちが大衆に及ぼす影響と、世俗の宗教を批判する根拠が論じられている。教義が人心を捉える道具になり果て、主導者の政治文化が言葉を操作する術になると、懐疑主義と狂信の両方が増す(262)。二十世紀の革命は専制的な方法を強化し、全体主義的な国家へといたった(264)。その結果現代において革命は全体主義的になり、決定責任を国家に移している(265)。ある政体の機構を練り上げるには承認を得たエリートの権威と、行為者を仲介とする大衆の協力が必要で、この協力はイギリスでは進んでいる。しかし大陸では、占領の苦しみの経験などによってうまくいっていない(266)。そうしたなかで世俗の宗教が人々の不寛容なムードを組織し、戦争を撒き散らしているのだと非難しても意味がない(266)。世俗の宗教に反対する主たる根拠は、第一にそれが共同体の救済の宗教として個人に慰めや希望を与えることはなく、世俗の宗教はその実現がそれ自体の消滅となるか、集団やその長が賛美され、それが延長されるかのどちらかなのだ(266)。第二にそうした宗教の代替物ははじめから密かな不信心に蝕まれており、その地上での実現は理想ではあれ人心を満足させはしない。またそれが生む高揚は、盲目的激情や覚醒した冷笑主義へと退化する。今日求められるのは、そうした狂信や偉大さへの憧れよりは単純な人間性であり、華々しい希望や成功よりは辛抱強い意識の変革ではないかという主旨の発言で、アロンは論をしめくくっている（267）。

このように、ともに冷戦期にフランス知識人界の大勢とは対立する共産主義批判を展開し、そのなかでソ連の共産主義を「世俗の宗教」と形容し、主として社会学的観点からこの社会現象を分析し、共産主義とナチズムに共通点を指摘したアロンとモヌロの関係は、どのように理解できるだろうか。またこれだけの共通性や接点がありながら、互いの研究に直接的に言及することがないという事実には、互いに対するどのような意識が反映していたのだろう。

ふたりの共産主義論を読むと、どちらかが一方的に相手の考察を借用したわけではなかったと思われる。アロンの論は読者にとってより明解で、納得しやすい。また、イギリスで「自由フランス」の活動に参加していた彼自身の政治的立場を、間接的ながら擁護する論調になっている。あるいは自らの政治的立場が感情的高揚に影響されたものではなく、社会科学的な分析に基づく判断によるものであることを示しているとも言えよう。モヌロも西洋の哲学的思考の伝統をふまえ、大量の思想、社会学的文献を渉猟し、単に時節を問題にするだけでなく、普遍的思考にまで高めようとする意図は感じられるものの、アロンに比べれば読者を意識する姿勢に欠け、大部かつ難解な書物となっている。また共産主義の宗教的側面を論じるなかで重視される心理的側面は、実証性が得られづらい面であるだけに、それが彼の著作自体の客観性を疑わせる一因にもなっていよう。

次章で見るように、アロンの存在はその後のモヌロの知的活動においても、ある時期までは至近距離にあり続ける。彼らは決して寄り添うことなく、互いの無言の伴走者のように並走し続けていた。

その後の評価

トラヴェルソによれば「一九六〇年代の社会的、政治的、文化的な展開から生まれた副産物のひとつが、

『全体主義』という言葉の凋落だった。第二次世界大戦後、この概念が強制的に適用された国々の大半で、それは冷戦時代のイデオロギー的余剰物に見えた」[47]。しかしフランスでは一九七〇年代半ばになって、全体主義は「毛沢東主義に幻滅したイデオローグたち、華やかに〈ヌーヴォー・フィロゾーフ〉と呼ばれる知識人たちのスローガン」になった。そして「このときまで全体主義の概念を冷戦の産物として不信の眼で眺めていた」『エスプリ』や『レ・タン・モデルヌ』も、これを取り上げるようになったという[48]。アロンもまさにこの時期に、高く評価されるようになった。モヌロはアロンのような名声からは程遠かったが、アリエ社による一九七九年の新版出版は、こうした歴史的文脈があってのことだっただろう。また一九八一年に『諸宗教に関する社会科学資料』誌に掲載された、政教分離研究で知られるジャン・ボベロの書評では、モヌロの分析のなかの概念の説明に、異なる観点からの理由づけをつなげてしまうような弱さを指摘しつつも、本書が出版当時に「共産主義を分析対象とみなすことに対するイデオロギー的拒否の犠牲になった」点に言及し、不足もあるが刺激的な面もあることを指摘した、穏健な評価がなされている[49]。

ただ二十一世紀になって、本書に与えられる比較的肯定的な評価には、また別の面が加わるようになっている。たとえばアーレントの全体主義批判を分析したバイヤーは、アーレントが自分の時代にある恐るべきものを描き出すことを常に考えていたことを指摘し、アーレントを論じたモヌロも共産主義とイスラムの平行関係を強調していたことを想起する。そして現代社会におけるイスラム教の急進的な集団の勢力伸張や、イスラムの全体主義的傾向の有無などを問うている[50]。他にも団体の内実が未確認なので具体的には挙げないが、インターネットで検索すると、共産主義を「二十世紀のイスラム」と表現しているところから、現代のイスラム過激派の脅威を指摘した先見性をモヌロに見て評価する意見も出てくる。しかしもともとモヌロが『共産主義の社会学』で言及したイスラムは過去の繁栄期のそれを念頭においてのことであるから、論理のすり替えの有無を、慎重に判断すべきだろう。

『共産主義の社会学』の位置

『共産主義の社会学』の内容と特徴、さらにその時代背景と、同時期に共産主義や全体主義を批判した他の思想家の考察をモヌロのそれを比較した後で、最後に今まで見てきたモヌロの人生の歩みに本書を位置づけ、本書とそれまでの彼の思索との関係や、この後の彼の歩みにこの彼の主著が与えた影響をまとめておきたい。

モヌロが本書で歴史学的、社会学的、民族学的側面からの客観的な批判を試みた共産主義と彼自身との関係や、それまでの彼の関心事との関係についてはどのようなことが言えるか。

まず彼と共産党との関わりとして最初に指摘できるのは、彼が雑誌『正当防衛』で共産主義への信頼と期待を表明したのも、共産党と関わりの深い「文化の擁護のための国際作家会議」で発言したのも、いずれもマルチニック出身者というローカルな被植民者の立場からなされていた点だ。そこにはマルチニック共産党創立者の息子に対する周囲からの期待があった可能性もあるが、パリの植民地博覧会に反対したのが共産党とシュルレアリスム・グループだったことが示すように、モヌロ自身も共産主義とシュルレアリスムをともに西洋社会においてブルジョワに対抗する存在、すなわちフランス内地における一種の外部的存在と位置づけ、マルチニック出身者、すなわち自らも一種の外部的存在と認識した上で、その両者に共感、連帯感を抱いていたと言えよう。

しかし見てきたように、その後のモヌロはマルチニック出身のベケという出自や立場を標榜せず、一研究者として執筆や発言をすることを選んだ。つまりヨーロッパで生まれ、そこで教育を受けてきた白人学生たちに「同化」する過程のなかで、彼は、彼らとともに学問を通じて「外部」を――彼にとっては、部分的には「再び」であっただろうが――「発見」し、それを思考に取りこむようになった。こうした語る主体にまつわる変化は、彼にあってはシュルレアリスムから距離を置くようになったことだけでなく、共産党への共感の表明を止めたこと、さらにバタイユらのグループとのつながりを強め、社会学や民族学という学問領域への関心を深め、未開社会における共同体のありかたや聖なるものの役割などを知的に探求してゆく過程と並行して起きていた。そして、それにまつわるバタイユの評価が、彼の『社会的事実は物ではない』の書評のなかに見られた。

さらにモヌロは、そうした社会学的、民族学的な社会構造や社会事象の探求から獲得した視座や分析方法を、『共産主義の社会学』における共産主義批判に活用した。とくに人間が個人としてしか存在できないことへの不満を意識するとき、そうした個人の限界を超えさせる宗教的なものを、政治が「聖なるもの」の位置に据えて担うことがあること、そして独裁者が堅固に組織化する「世俗の宗教」は威嚇や脅威だけでなく、集団的神話や国の歴史的記憶を利用して人々の情緒に訴えるような方法も採りつつ、人々の自由を物心両面で束縛する圧政を敷くという彼の全体主義批判が、彼の民族学的研究に負ったものは多かったはずだ。

モヌロは「聖なるもの」の社会におけるありかたと役割への関心を維持しつつも、一九三〇年代の後半にバタイユらとの活動からは距離を取り、第二次世界大戦直後には再びシュルレアリスム運動への関心や理解を公表するようになった。しかしその頃のシュルレアリスムは、モヌロが最初に共感を示した三〇年代の、植民地博覧会や『正当防衛』の時期のそれとは同一ではなかったことにも注意すべきだろう。つまり一九三〇年代には反ファシズムを掲げ、矛盾を抱えつつも共産党との共闘をはかっていたシュルレアリスムはブルトンのように共産党から離れた者たちと、アラゴンやエリュアールなどのように共産党やその近くに残り、その後共産党の影響下で展開されたレジスタンス活動に参加するようになったような者たちとの分裂を経ていたのだ。そしてこの時期にモヌロが関心と共感を示したのは、共産党から離れたブルトンたちのシュルレアリスムだった。『共産主義の社会学』ではシュルレアリスムは論じられていないが、彼の問題意識にそれを位置づけるなら、三〇年代は共産主義とシュルレアリスムは同じ側からナチズムに対抗していたが、四〇年代にはシュルレアリスムの反対側に、対抗すべき全体主義としてナチズムと共産主義が位置づけられていたことになる。その意味で『現代詩と聖なるもの』と『共産主義の社会学』とは、中心的に論じる分野は異なるが、問題意識の上では強い継続性があると言えよう。

またモヌロが、既成の秩序に対する容赦ない闘いという意味で「革命的なもの」は、マルクスにおいては弁証法とルサンチマンという二要素に由来していると論じているところでは、彼が『アセファル』掲載のディオニュソス論で、ニーチェが「抑圧されて内に籠り、幾度となく反芻するうちに根深くなっていき、人の性格をとげとげしく悪意のあるものにするような感情」としてのルサンチマンを徹底的に軽蔑していたことや、『現代詩と聖なるもの』で不毛なルサンチマンに陥らないための「恣意的な希望」をシュルレアリスムに見て、それを評価していたことを思い出させる。このことからも、モヌロがニーチェやシュルレアリスムに見た肯定的感情の対極に、マルクス主義のルサンチマンを置いていたことがわかる。

このように『共産主義の社会学』をそれまでのモヌロの道のりに照らして考えると、一見したところ論じる対象や対象に対するアプローチはかなり異なるように見える思索や著作のそれぞれに、この主著につながる問題意識や探求方法が散在しており、それらを織りなすようにして、この主著で展開される主張の土台が築かれていることに気づく。

最終章の次章では『共産主義の社会学』以降、晩年までの彼の活動と著作について論じてゆく。あらかじめ指摘すると、彼自身の知的道のりの後半にもっとも影響を与えた著作は、やはりこの主著だったと言える。モヌロは先の『社会的事実は物ではない』でフランス社会学の泰斗デュルケームを批判し、その流れを継ぐ社会学の主流から批判され、外された。このことは、もともと学歴的に挫折していたモヌロの高等教育や研究職の分野での活動機会を、一層狭めるものとなったに違いない。その上今度は大部の研究書によってボルシュビズムを批判したことが主な原因で、彼は共産党の共鳴者が多かった当時のフランス知識人界で批判や黙殺の対象となったと言える。彼が壮年時代にたどったこうした人生の道筋は、彼から教育・研究機関での定職に就く可能性だけでなく、知識人界で評価や信頼のあった媒体に寄稿する機会などをも著しく減らしたことだろう。こうした事態は彼にはある程度予想できていただろうが、経済的安定や社会的名声という点から言えばことごとく裏目に出るようなことばかりに、彼は知的な労苦を払ったことになる。一九四〇年代後半に再度、しかし三〇年代とは異なる社会的位相の下で再びシュルレアリスムへの共感を示したモヌロが、どのような過程を経て「極右」のレッテルを貼られたまま人生を終えるにいたったのか。この問いに部分的にでも答えるためには、シュルレアリスム運動からはかなり遠ざかるが、その後のモヌロの人生と著作を、時代の動きとともにたどってみなければならない。

第5章

在野の論客として

1　第二次世界大戦後の活動

『共産主義の社会学』から晩年まで

第二次世界大戦後もモヌロは教授職などの定職には就かず、わずかの教育職と執筆や講演を生業とした。安定した職を希望したのに、それがかなわなかった結果だろう。生計的には、記者をしていた妻の協力も大きかったのではないかと推測される。

それゆえと言うべきか、『共産主義の社会学』以降も単著の新刊は八冊（二巻本を別々に数えれば九冊）を数え、ほかにも夥しい件数の新聞や雑誌への寄稿がある。

マルチニック出身のエリート青年たちとの活動や、バタイユ・グループやシュルレアリストたちとの交流などからモヌロを考えれば、関心の所在は第二次世界大戦後数年までの前半生に集中するが、彼にはそれから後半の人生があった。そして冷戦初期に『共産主義の社会学』で共産党を批判した彼には、晩年にはとりわけ国民戦線への協力のせいもあって「極右」のレッテルが貼られることになった。たとえばすでに言及したジャン＝ミシェル・イモネには、モヌロがバタイユの思想をいかに曲解したかを明らかにしようとするなかで、後半生の、とりわけ最晩年のモヌロの排外的で国家主義的なイメージの淵源を、バタイユやバタイユ・グループに見出されることへの警戒意識が感じられる。

個人でもなく、組織化された集団でもない大衆が動かす政治に対する危惧など、前半生の彼の著作に指摘できるいくつかの関心や主張は、後半生の彼にも継続して見られる。彼の人生には特定の出来事をきっかけに彼の思想が反転した、といった劇的な転回点は見出せない。しかし社会変動の大きかった二十世紀を横断した彼の知的道のりの全体を、一括りに扱うのも困難だ。いずれにしても、彼の主著『共産主義の社会学』にそれまでの彼の知的な道のりの痕跡を見出せたのと同じように、彼の人生を終わりまでたどった上で、マルチニックの仲間たち、シュルレアリストたち、バタイユとその仲間たちと関わった前半生に立ち戻ってみるのも、彼について、そして同時代のフランスの知識人界についての理解を深める上で無駄ではない回り道だと思う。

とは言え彼の後半生に、今までと同じだけの紙数を割くことはできない。また単著を発行順に一冊ずつ分析しても、彼の思想と活動の行程を理解する上では欠落が生じる。それは『問われている戦争』が出版された一九五一年から次の著書『革命の社会学』が出版された六九年――これはドゴール退陣の年にあたる――まで、著書出版がなかったからだけではない。理由は彼の執筆姿勢の変化にもある。つまり『共産主義の社会学』までは時代状況の読み解きを目的としつつも、歴史的経緯の整理や同時代事象にまつわる思索の一般化や理論化など、どちらかと言えば考察の普遍性がめざされていたのに対し、以後の著作では同時代状況の具体的な分析や批判に重点が置かれているため、時代状況に照らさないと内容を理解しづらいからだ。また著作が執筆当時の彼の、特定の政治集団や媒体へのコミットから生まれていることが多いため、そうした集団や媒体の実態や特徴も、ある程度は理解しておく必要があるからだ。

そこで以後、モヌロの後半生とその著作を、著書の出版や新聞・雑誌への投稿が集中的になされた三つの時期――それは重大な社会問題が起きた時期でもある――とそれ以降の、四期に分けて見てゆこう。

第一期は『共産主義の社会学』の刊行時と社会情勢的な継続性が強かった、一九五〇年代前半である。この時期の問題の中心は東西冷戦下に西側ヨーロッパには何が問われ、どのような行動の選択肢があるかという問題だった。第二期は、著作はないが一九五〇年代半ばから一九六〇年代半ばで、彼が主たる媒体を変えながら、雑誌や新聞への投稿を続けていた時期である。この時期には東西冷戦の緊張が五三年のスターリンの死によりやや緩和したものの、フランスでは植民地独立問題が深刻化し、アルジェリア独立問題への対応が国家的争点となった時期である。第三期は一九六〇年代末の学生紛争とドゴール大統領の退陣から、七〇年代、八〇年代にかけて。この時期は期間的には長いが、批判の矛先は主として同時代のメディアと高等教育に向けられていた。そして最後に、湾岸戦争と国民戦線へのコミットが問題になった一九九〇年代という晩年の動向についても、確認しておきたい。

『問われている戦争』

一九四〇年代後半から一九五三年まで、モヌロはドゴールと密接に関わる活動や執筆をした。ラフリによればドゴールがフランス国民連合を結成した一九四七年、モヌロはそこに入党し、運動の国民会議のメンバーとなった。そしてドゴールの求めに応じて相談役となり、フランス連合の憲法案を作成したものの、結果を出すにはいたらなかった(1)。その後一九四八年のソ連によるチェコスロバキア占領を経て、モヌロは翌四九年に『共産主義の社会学』を出版した。

『共産主義の社会学』の出版に続き、モヌロは一九五一年にガリマール社から『問われている戦争』(*La Guerre en question*)を出版した。(2)ラフリによればこの本の出版後、彼はベトゥアール将軍の依頼を受けて陸軍学校で講義を担当するようになり、五八年にドゴールに解雇されるまで続けたという。(3)ちなみにすでに見たように、一九五一年には本書にわずかに先立って、アロンが『連鎖する戦争』(*Les Guerres en chaîne*)を同じくガリマール社より出版している。この二冊が同じ出版社から同年に出版されているところにも、アロンとモヌロの偶然の一致とばかりは考えづらい因縁を感じる。

『フィガロ』や『フィガロ・リテレール』の時評を担当していたジャーナリストで文芸評論家のアンドレ・ルソー(一八九六-一九七三)は『フィガロ・リテレール』掲載の『問われている戦争』の書評で、「レイモン・アロンやロジェ・カイヨワのもののような著作のあとで、また彼らの後を追うようにして、モヌロ氏はスターリン帝国に脅かされている社会に対し、自衛したいのかそれともそれに屈することに同意するのかを問うている(4)」と、本書を端的に位置づけている。

ルソーも指摘したように、本書は『共産主義の社会学』を補填する位置にある。モヌロは前書で共産主義を歴史学的、社会学的に分析し、同時代における共産主義の世界的影響の要因や意味を解明するという、社会の現状の深層に理論的かつ客観的に迫る姿勢を取っていた。そこでモヌロは、前書でスターリン体制の否定的側面の由来や、その体制の問題点を示したことをふまえ、本書ではそれとは対照的な「開かれた社会」の自己防衛法や、スターリン体制の世界規模の拡大を阻止する方法といった提言的要素も含めて、反スターリン主義者という自らの立場を一層全面に出した論じかたをしている。

本書は四部に分かれているが、ここではいくつかのキーワードを中心に概略を述べたい。

指摘したように、モヌロはまず東西冷戦の枠組みを、全体主義的な「スターリン体制の社会」と「開かれた社会」の対立という表現に置き換え、いかにして後者は前者の影響を食い止められるかを考察する。

その際スターリン体制の行動様式として、モヌロは二点を強調する。

一点目は、彼らが「開かれた社会」に「心理戦」を挑む点だ。モヌロによれば、マルクスはすでに心理戦の理論家であることを強みとしていたが（75）、彼の戦略は現在でも通用する。それは「開かれた社会」の指導者に良心の呵責を抱かせ、反対に抑圧されている階級には、自分たちが正しいという意識を植えつけるというものだ。その結果、指導者層のなかで社会主義者や共産主義者になる人は、良心の呵責を体現することになる（75）。モヌロによればこうした心理戦の利点は、「開かれた社会」である西洋の民主主義社会の良心にもとる点を衝くことで、その指導者たちの良心の呵責を強め、それによって彼らがスターリン体制側に対して決然とした行動に出づらくなるところにもある（86-88）。たとえそうした人々による「平和のプロパガンダ」が「開かれた社会」の防衛行動であるとしても、スターリン体制側が臨戦態勢にある危機的状態であれば、その平和への希求自体が自殺行為となり、スターリン体制側はその状態を利用するのだと、第二次世界大戦下の記憶も交えてモヌロは説明する（90-91）。

第二点目は「スターリン体制の」社会と「開かれた」社会の双方に、「矛盾」がある点だ。つまり「スターリン体制」の指導者が西側の「開かれた社会」に見出す問題は、「スターリン体制」においても解消されていないし、そうした矛盾は「開かれた社会」にも見出せるという点だ。たとえばロシアの指導者たちは、「開かれた社会」は西洋社会には自由をもたらしておきながら植民地にはそれを浸透させなかったと批判するが、革命家たちもロシア人たちに自由をもたらしたわけではないということだ（76）。

「何をなすべきか？」と題された最終章では、「開かれた社会」が主導権を持つために取るべき措置が説かれている。ここでモヌロは、思想が生きながらえるのはそれが真実だからではなく、それが有効だからだ（185）

といった現実主義的な分析をしている。とは言え彼がここで示す解決策は現実味の薄い、きわめて理想主義的な案である。

モヌロの考えによれば、あらゆる次元で分断された世界（213）に広く浸透する、国際組織と帝国が結合したような組織であるスターリン体制に対しては、新たに同様の地球規模の組織を作り、攻撃には攻撃によって対抗するしかない（236, 243）。彼が描く新たな組織とは従来の二分を踏襲せず、「左翼」と「右翼」双方のもっとも深く真摯な渇望を満足させるもので、開かれているという意味では民主主義的で、引きつける力がより高みへと働くという意味では貴族主義的でもある（255-256）。守るべきはただ人間の尊厳であり（255）、人々には個々の才能を遺憾なく発揮させることが求められる（256）。そして教会でも国でも人種単位の組織でもなく、多様性を有し、カトリック、プロテスタント、イスラム教、ヒンズー教、ユダヤ教などいろいろな宗教を含み、どのような国、民族、人種の人にも閉ざすことのない（244）組織が構想されている。

第二次世界大戦は終了したものの、そこから生まれた冷戦構造において「開かれた」社会と「スターリン体制」の社会の双方が、自分の側にもある矛盾を相手方に見出して攻める不毛な相互批判を繰り返しながら次なる大戦への緊張を強めている現状に不安と嫌悪感とを強めていたからこその、ユートピア的夢想だったのだろう。ただここで、彼が排外的でない理想社会の夢を饒舌に綴っている点は覚えておきたい。

2　ドゴールとの協調と離反――アルジェリア政策をめぐって

ドゴール派の媒体で

すでに指摘したように一九五一年の『問われている戦争』のあと、モヌロの単行本の出版は一九六九年の『革命の社会学』まで長期にわたって途絶えている。しかし雑誌や新聞への投稿はさかんに行われた。寄稿している媒体には、週刊紙『アート』のように主に美術や文学などを扱うものもあったが、一九五〇年代の前半に関して目立つのは、シャルル・ドゴールとの関わりの深い出版物への投稿の多さだ。

では第二次世界大戦後のめまぐるしく変動した政治情勢のなかで、四〇年代末から五〇年代前半のドゴールは、どのような立場でどのような活動をしたか。

一九四五年の国民投票によって第三共和制が終わり、同日の総選挙によって共産党、社会党、MRP（人民共和運動）を中心に共産党を第一党とする三党政治が始まった[5]。このなかでドゴールがもっとも近かったMRPは「非マルクス主義左翼」ではあったが保守層の支持も吸収し、十一月にドゴールを首相とする政府が成立した。しかし共産党や社会党の勢力が強いなか、政権運営に窮したドゴールは早くも翌四六年一月には首相を辞し、一旦政界の表舞台から姿を消す。その後同年十月に第四共和制憲法が採択された。しかし第四共和制はアメリカをはじめとする国外の圧力、国内では共産党の圧力など、様々な圧力の下で経済や政治を主導的に動かすことができなかった。そうしたなかドゴールは四七年四月にフランス国民連合（RPF）を設立、MRPから離れ、「彼が忌避した政党政治とは決別した、左右を問わない超党派的な政治勢力の結集[6]」を企てた。しかしRPFは結成当初こそその勢力を伸ばしたものの、結成一年ですでに退潮傾向を見せた。またドゴールの連立政権への参加拒否が、RPFからの離脱者増を招いた面もあった。それでドゴールは一九五三年に、RPFの議会活動の終了を決めた[7]。

『精神の自由』

モヌロは一九四九年五月から五三年五月までのあいだに『精神の自由』誌に十二回寄稿しており、同誌の中心的な寄稿者のひとりだった。この月刊誌はドゴールとアンドレ・マルローとがゴーリスト運動と知識人の世界とのつなぎ役として構想し[8]、四九年二月から五三年七月まで計四十一号が刊行され、クロード・モーリヤック（一九一四−一九九六、小説家フランソワ・モーリヤックの息子）が編集責任者と編集長の両方を務めた[9]。執筆者それぞれの政治的スタンスは一様ではないが、雑誌として見ればジャンイヴ・ゲランがしているように、「ゴーリスト誌」と称されるのも自然だろう。内容は同時代の社会情勢や政治的なテーマが中心だが、同時代の文学や芸術を扱う記事も少なくない。特に最終年の一九五三年には、RPFの政治的求心力の低下ゆえかもしれないが、文学や芸術関連の記事の多さが目立つ。この雑誌への寄稿者としてはマルローのほか、アロンも重要な位置を占めている。他にカイヨワや、詩人で評論家のスタニスラス・フュメ（一八九六−一九八三）、また雑誌『コンフリュアンス』の編集長でもあったルネ・タヴェルニエや『フォンテーヌ』のマックス＝ポル・フシェ（一九一三−八〇）など、戦時下のレジスタンス活動や、偏狭な党派性にとらわれない出版事業で知られた編集者、詩人、文化人たちも参加している。さらに一九四五年にマルロー論を出版し、五九年には初代文化大臣となったマルローによって、その参謀役である芸術・文化総局長のポストに任命されたガエタン・ピコンがマルローの『芸術の心理学』の書評を連載するなど[10]、一般的な党の機関誌の性格を超えた、文化的要素に力を入れた出版物である。さらにモヌロは、RPFの機関週刊誌『連合《ラサンブルマン》』に一九四八年十二月から五三年四月まで九回寄稿したほか、他のRPFの雑誌[11]にも一九五〇年から五三年のあいだに寄稿している。つまりこの時期のモヌロの定期刊行物への寄稿は、ドゴールとRPFとに関連したものが大きな比重を占めていたことになる。

それらの記事は、雑誌の性格上長いものではない。またそこで論じられているテーマや主張は『共産主義の社会学』や『問われている戦争』と同様、あるいはその延長にあるものと言える。たとえば一九五〇年七月の『精神の自由』に掲載された「ドゴール主義の誕生」[12]では、一九四〇年六月、フランスがドイツに敗退した後にドゴールがロンドンからラジオを通して祖国に向けて語った演説にその起こりを見る、ドゴール主義の内実について述べている。モヌロによればそれは「崩壊を拒む反応」であり、ドゴール将軍は「状況に屈することを拒む人間」であり、フランス国内ではなく「地球規模で運命を読み取る人間」であり[13]、互いに不寛容な、左右などに分裂したふたつのフランスをつなげた人である。そしてそのためには政治政党の失墜が必要だったのだ、と述べられている[14]。

モヌロがドゴール主義者を自称したことはなかったが、一九五〇年当時、彼がフランスの舵取り役としてのドゴールに、強い信頼を寄せていたのは確かだ。

『ナシオン・フランセーズ』

ＲＰＦの終焉とドゴールの再度の政界の表舞台からの撤退後、モヌロの雑誌や新聞への寄稿は目立って減り、複数の媒体への散発的な寄稿にとどまっていた。

しかしそれほどの空白期を置かずに、彼の執筆活動は一九五六年には再び活発になる。また特に目立つのが『ナシオン・フランセーズ』という週刊紙への寄稿で、五六年から六二年まで続くが、特に五六年から五八年までは毎年十回程度寄稿しているほか、五八年にはこの発行元が出版する冊子の出版にも関わっている[15]。また六〇年からは一時『ナシオン・フランセーズ』への寄稿と重なるようにして、週刊誌、ついで月刊誌となった『公共精神』への寄稿が六五年まで続く。寄稿は六三年から六四年には一度途絶えているようだが、六五年まで少なくとも十五回は行われており、その時々の政治状況にまつわる考察を行っている。

ではふたつの定期刊行物は、どのような性格の媒体だったか。

これらふたつは無関係ではない。創刊の経緯を簡単にたどると、もともと日刊紙『アクシオン・フランセーズ』に代わるものとして、一九四七年に君主制擁護の週刊誌『フランスの局面』(*Aspects de la France*)が創刊された。アクシオン・フランセーズは一八九八年にドレフュス事件を契機として生まれた国家主義団体で、指導者のひとりにシャルル・モーラス(一八六八―一九五二)がいた。そしてこの団体が翌九九年に同名の評誌『アクシオン・フランセーズ』を創刊した。『フランスの局面』はこの『アクシオン・フランセーズ』が一九四四年に対独協力のために発行禁止になったのち、それに代わる媒体として創刊されていた。ちなみに両者の略字はともにAFである。そして『フランスの局面』から分裂した者たちが、ピエール・ブータン(一九一六―九八)を編集長として週刊紙『ナシオン・フランセーズ』(一九五五―六七)を創刊した。

モヌロは『フランスの局面』には参加せず、『ナシオン・フランセーズ』から参加したようだ。『ナシオン・フランセーズ』の寄稿者には他に、ブータンとともに『フランスの局面』から離れて立ち上げに関わったミシェル・ヴィヴィエ(一九二一―五八)や、歴史家で、ブータンとともに『パロール・フランセーズ』を編集したが、共にこの雑誌を後にしたフィリップ・アリエス(一九一四―八四)や、アンリ・マシス(一八八六―一九七〇)、ルイ・ポウェルス(一九二〇―九七)らがいた。モヌロについての本を出版したラフリの名もある。ラウル・ジラルデ(フィリップ・メリ)は一九五六年七月に同紙に掲載した記事で、ブータンの下に集った人々の多様性について論じており、そのなかで、モヌロは占領下では「極めて真正なドゴール的レジスタンス運動の代表者」であったとされ、またピエール・アンドル、ジャック・デスプエッシュとともに「ナショナリズムの下に結集した、しかし多かれ少なかれ極端な面のある『左翼』出身の作家やジャーナリストたち」に含められている(16)。

編集長ブータンは哲学者、政治ジャーナリストで、戦前はアクシオン・フランセーズの活動家だった。彼は一九五八年以降アルジェリア政策をめぐってドゴールと対立したが、六一年に和解した。彼は『ナシオン・フランセーズ』の編集長を務めるかたわら――同紙は六七年に廃刊――いくつかの教職を経て、物議を醸したものの七七年からはソルボンヌ大学の哲学教授となった[17]。

ブータンら『ナシオン・フランセーズ』の創始者たちにとって、『フランスの局面』は過去を理想化し、現実を直視せず、偶像崇拝的な不毛化を起こしているように見えた[18]。『ナシオン・フランセーズ』もモーラスの思想の影響下にあったが、彼らは「保守的思想を改新する組織たらんとした[19]」。彼らは総じて『フランスの局面』より穏健で、反ユダヤ主義はモーラスの思想の中心を占めるものではなく、すでに終わったこととみなしている[20]。またブータンは反議会主義者で、一九五八年に政権についたドゴールを擁護した。アルジェリア戦争にあっては「フランスのアルジェリア、負かされた兵士、ピエ＝ノワール、ＯＡＳの熱心な擁護にまわった[21]」。そして一九六〇年に『ナシオン・フランセーズ』のうちでも「もっとも強硬派の者たちがそこを離れて『公共精神』を創刊し、ブータンとアリエスは『ナシオン・フランセーズ』を維持しようと試みたがうまくゆかず、同紙はアルジェリア危機の大団円を生き延びることはできなかった[22]」。

『ナシオン・フランセーズ』と『公共精神』の関係はこのようなものであるが、次にそれぞれの媒体でモヌロが展開した主張をたどっておきたい。と言うのも刻々と推移したアルジェリア情勢、ドゴールのアルジェリア政策の「フランスのアルジェリア」から「アルジェリアのアルジェリア」への舵切りのなかで、ちょうどこの媒体の移行期に、モヌロ自身がドゴール擁護者からその厳しい批判者に回っているからだ。そしてこのことの余波が、晩年にいたるまでのモヌロの後半生に大きな影響を与えたからだ。

ドゴールへの期待

『ナシオン・フランセーズ』への寄稿のなかでも当時のモヌロの立場や意見が明確に示されている記事として、

一九五六年九月十二日号の「なによりもまず、アルジェリアの社会的位置を」がある。ここでモヌロは憲法を改正して一国家、一連邦制政権を作る前に、フランスの統治下にある諸地域のどこか一部に連邦的地位を与えることから始めることの可能性と利点を主張している。[23] イギリス連邦を例とするフランス連邦構想は、ジャン・ブリュヌも一九五六年二月の『ナシオン・フランセーズ』で主張していた。[24] ただブリュヌは、その連邦の頂点に王のようなものを置くことを主張していた。[25]

社会に目を転じれば、一九五八年春にはアルジェリア情勢が緊迫化する。[26] アルジェリア民族解放戦線（FLN）の活動が激化し、四月二十三日にはFLNの三人のテロリストが処刑されるなど、鎮圧をはかる現地のフランス当局による制裁も激化、五月九日には駐アルジェリア・フランス軍司令長官サランが最後通牒を発令する。同時にフリムラン政府の承認予定日だった五月十三日に、独立に反対する現地フランス人の最初の反乱が起きた。すでに四月二十三日にフリムランが示したアルジェリアに対する妥協案が現地のフランス人の怒りをかい、その結果現地当局は反政府の者たちによって占拠された。翌十四日に政府は承認されたものの、有効なアルジェリア対策は打ち出せず、現地の軍隊は本土侵攻も辞さぬ構えだった。そうしたなか事態収拾のためにドゴール復帰を望む声が高まり、五月十四日に『ナシオン・フランセーズ』は、ドゴールに復帰を求めるモヌロの記事を掲載した。[27] ただしその記事の但し書きや、同号ブータンの記事からは、[28]『ナシオン・フランセーズ』に集う者のすべてがモヌロと同様にドゴールに期待していたわけではなく、パリ伯[29]に期待する者もあったし、両方に期待する者もあった。ブータン自身はモヌロの考えを支持している。また翌日には、アルジェの反乱者たちもドゴールへの期待を示していた。そして五月二十一日の『ナシオン・フランセーズ』はモヌロによる「賢者たちへの呼びかけ」を掲載し、ドゴールの政権復帰の必要性を主張し、その呼びかけにダニエル・アレヴィ、ガブリエル・マルセル、ジャン・ポーラン、アリエス、ブータン、ヴィヴィエらが署名している。[30] そして六月一日に、ドゴールは政権に復帰した。

一九五〇年代末のアルジェリアの危機の高まりと、そのなかでのモヌロの執筆活動からは、次のことが言えるだろう。

まず『ナシオン・フランセーズ』は、位置づけとしてはモーラス主義の影響下で生まれた右翼紙であるが、五八年のドゴール復帰までは、同紙のアルジェリア問題に対する意見は、結果的に国が選んだ選択肢にとても近かったと言える。そしてその媒体においてモヌロは、媒体を代表して記事を執筆するような役目もこなしている。また頂点に王を置かないフランス連邦を作り、「フランスのアルジェリア」を一地方としてそこに位置づけるという意見は、マルチニックでベケとして生まれ、内地に移って内地出身の若者たちに同化して学業や研究を行おうとした彼自身の経歴を考えても、相対的には受け入れやすい選択肢だったのだろう。

一九五六年から五八年までのアルジェリア問題が深刻化した困難な時期は、それまでに関係したどの集団でも中心的な位置や主導的立場を占めぬまま、活動が軌道に乗る頃には姿を消していたことの多かったモヌロにとっては、参加していた集団から、さらには社会からも自分の考えが比較的受け入れられているという感覚を持てた、例外的な時期だったのではないだろうか。

ドゴールかフランスのアルジェリアか

しかしそうした状態は長続きしなかった。ドゴールは復帰したもののアルジェリアへの対応をめぐっては、ジャック・スーステル（一九一二–九〇）のようなレジスタンス時代からのドゴールの側近のあいだでも分裂が生じた。スーステルはメキシコをフィールドとする人類学者だったが、一九四〇年にロンドンで「自由フランス軍」に合流して以来のドゴールの側近で、四五年には情報相や植民地相を務めた。ここまでの彼の履歴やドゴールとの関係には、マルローのそれとも似たところがある。また彼は五五年から翌年まではアルジェリア総督も務め、アルジェリアのフランス人にも人気があった。[31] 彼はドゴールの政権復帰を支援し、五八年から五九年に再度情報相、五九年から六〇年にはサハラ、海外県・海外領土、原子力エネルギー担当の首相付き代理大臣を務めた。

政治的混乱を前にして、ドゴール自身がアルジェリア戦争の終結を課題としつつも政策をなかなか明確に打ち出さないなか、ドゴール派のUNR（新共和制連合）にもOASの支持者は少なかった。それに対して一九五八年九月にはパリで、「フランスのアルジェリア」を支持していたスーステルの車が狙撃される事件も起きた。[32] その後ドゴールは五九年九月に「初めて『アルジェリア人のアルジェリア』の可能性を示唆する発言を行った」。[33] 以後独立をめぐる抗争が激化するなか、六〇年一月には「バリケードの一週間」と呼ばれる大規模な反乱がアルジェリアで起き、同年にはアルジェリア独立へ向けた動きが不可逆的に加速した。そしてついに六一年一月に国民投票が実施され、アルジェリアの民族自決が決定した。

一方独立に反対するスーステルは、バリケード事件のあとUNRから排除され、大臣職も解任された。彼は翌年ローマに亡命、六二年には反逆罪で逮捕状が出たが、六八年に特赦によって帰国した。スーステルは六〇年に「本国内で『フランスのアルジェリア』のために抵抗するグループ」としてヴァンセンヌ委員会を設立していた。渡辺啓貴によれば、「皮肉なことにこの委員会の構成員としては」、首相、大臣経験者、アルジェリアで植民地政策上の重責を担っていた人々など、「ドゴール派の大物が目立った」[34] のであるが、モヌロもこの委員会のメンバーだった。[35]

このことは『ナシオン・フランセーズ』紙でドゴールに政権復帰を呼びかけたモヌロの、ドゴールからの離反を示している。それに対し『ナシオン・フランセーズ』を率いたブータンは、反議会主義者として政権についたドゴールを支持したものの、「フランスのアルジェリア」を支持することで、民族自決へと舵を切ったドゴールからいったんは離反、しかし六一年に彼と和解したことが示すように最終的にはドゴールの政策にしたがい、「現実主義と国の再建の名の下に」[36]、「フランスのアルジェリア」にはしがみつかなかった。

それに対しモヌロをはじめ、六〇年の時点で「フランスのアルジェリア」を主張していた者たちが、『公共精神』を創刊した。ただモヌロは六二年にも『ナシオン・フランセーズ』に二度寄稿しているので、この分裂は修復不可能なほど決定的なものではなかったのかもしれない。

『公共精神』

『公共精神』は一九六〇年十二月創刊で、六六年三月まで発行された。創刊当初は週刊で、のちに月刊誌になった。「メンバーはフランスのアルジェリアの支持者で、ドコール将軍に対する共通の嫌悪が彼らを集めた」[37]と言われている。モヌロと同様『ナシオン・フランセーズ』の寄稿者のうち『公共精神』にも寄稿している者には、ジャン・ブリュヌ（一九一二−七三）、ラウル・ジラルデ（一九一七−二〇一三）、小説『青い軽騎兵』（一九五〇）などで知られたものの六二年に事故死した作家のロジェ・ニミエ（一九二五−六二）らがいる。次第に寄稿者が減少してゆくなかで、『公共精神』に最後まで残ったのがユベール・バソ（一九三二−九五）とフィリップ・エディ（一九二六−九八）だが[38]、そのうちバソは、のちにジスカール・デスタン大統領の顧問になっている。

モヌロはこの媒体にも積極的に参加しており、一九六三年と六四年は寄稿がないようだが、六〇年から六五年まで定期刊行号だけで少なくとも合計十五号に参加している。そのなかでも、特に同時代状況に対するモヌロの考えをよく示している記事を紹介しておこう。

まず目を引くのは、一九六〇年十二月十七日の創刊号の一面の巻頭と二面に掲載された論説である[39]（図6）。同年秋にはドゴールの態度は明確にアルジェリア独立へ傾斜し、十一月には独立は「もはや回避し難いものであることは明らか」となり、ドゴールは十一月四日に「初めて『アルジェリア共和国』設立に言及し」、十二月上旬の「ドゴールの最後のアルジェリア訪問は抗議の嵐の中で行なわれ」、同月の対立抗争ではイスラム教徒七十五人、ヨーロッパ人五人の死者が出ている[40]。

モヌロはここで、十二月の対立抗争の結果をＦＬＮ（アルジェリア民族解放戦線）の勝利と結論する。ただ彼はアルジェリアにおけるそれまでのヨーロッパ人の示威活動は、アルジェリア共和国の建国を主張するドゴールに対して行われたのであって、イスラム教徒の反対行動を誘発するものではなかったと考える。さらに彼は、今までイスラム教徒の影響の強い地域ではＦＬＮが行動を控えていたが、今回はそうではなかったこと、またＦＬＮによる街路の占拠を今回はフランス軍が阻止しなかったということなどを根拠に、「アルジェリアにおけるフランス人の『民間人と軍人の中枢』から来る命令がなかったら、示威活動は起こり得なかっただろう」と述べている。そしてドゴールの最後のアルジェリア滞在とこの抗争の時期の一致は偶然ではないとし、イスラム教徒による反対活動へのドゴール関与の可能性の大きさを示唆している。

このモヌロの示唆の歴史的な妥当性は判断しづらい。ただアルジェリア戦争関連の文献では、ＦＬＮの重要性を認識していたフランスの首相はＦＬＮ指導部へのアプローチを限定的にとどめることを求めていたが、一九六〇年十二月の大統領のアルジェリア滞在中の大がかりで暴力的な示威行為が、ＦＬＮの重要性と影響力が無視しえないことを示したことや[41]、この滞在において、ドゴールはＦＬＮの勢力がフランスの勢力に取って代わるのを危惧していた「フランスのアルジェリア」信奉者たちに屈せず[42]、またＦＬＮの重要性を認識し[43]、さらにこの時期ＦＬＮへの国際的な支持が高まったため、フランス政府は国際的孤立を恐れて事態を進展させることを望んでいたこと(44)などが指摘されている。また六〇年九月にはフランス本国でアンドレ・ブルトンも発起人となった「アルジェリア戦争における徴兵忌避権に関する宣言」（「百二十一人宣言」）が出され、さらにアルジェリア独立に賛成する知識人たちが資金面や偽造書類の作成などによって国内のFLNメンバーを援助していたこと(45)などを合わせて考えれば、形勢が悪化した「フランスのアルジェリア」信奉者たちが、フランスの中枢部とFLNの間に実際に無くはなかった交渉を過大に受け止めたとしても、意外ではない。

さらにモヌロは論説の最後で、「長の政治が正しい政治」、「悪い結果が出れば悪いのは政治ではなく、世間から見捨てられた人たちが悪い人たち」という、「スターリン的思考方法」がそこには働いていたと述べ、その「世間から見捨てられた人たち」は、ドゴールから「ウルトラ（極右）」と見られた人たちであるとしている。さらに（ドゴール）将軍の失策に対する薬が、「ウルトラ」に対する人々の警戒心を募らせること、自らの個人的で専制的な権力の増大にあることを危惧すべきだと述べている(46)。

ここでのモヌロの批判は主に植民地解放の是非自体よりも、ドゴールの立ち回りに向けられている。反共で知られるドゴールの政治をスターリン的思考方法と評したのは、非常に挑発的なドゴール批判と受け止められたことだろうが、同時にここには、植民地解放をめぐる議論と活動のなかで影響力を示した国内の共産主義の政治力を、反共のはずのドゴールが制御していないという不満と皮肉もこめられていたのだろう。ここでモヌロが表明しているドゴールに対する疑念の是非はともかく、五八年には政治的混乱の終息を期待してドゴールの政権復帰を呼びかけていたモヌロが、六〇年にはドゴール批判の急先鋒に立っていること、さ

図6　『公共精神』創刊号（1960年12月17日）

らにフランスのアルジェリアを主張していた者たちへのドゴールの対応によって、彼らがどんどん「極右」というレッテルの下に押しこめられ、世間からのけ者にされていったとの意識を持っていたことは確かだ。同じドゴール批判者として、少し前まで盟友だったブータンのような者すらドゴールと和解したなかで、モヌロ自身はいったん回ったドゴール批判の立場から、元の擁護者へ戻ることはなかった。

その後「フランスのアルジェリアに固執する極右・過激派の活動は凄惨を極め」、一九六一年五月からはOASが「政府機関や要人に対するテロ活動の開始を公然と宣言し[47]」、翌年にかけてアルジェリアではOASの爆弾事件や、フランス軍部隊との抗争が繰り返された。いっぽう十月にはFLNが大規模デモを組織し、「パリ警察がこれを弾圧、銃撃や拷問で二〇〇人から三〇〇人のアルジェリア人が虐殺された[48]」。一九六二年三月には国民投票の末アルジェリア独立を承認するエビアン協定が調印されたものの、OASによる破壊行為は激化した。しかしそれは、六月には後退に転じた。月末には「アルジェのOASとFLNが交渉の末合意に達し[49]」たが、その目的は「現政治体制の破壊、テロであった[50]」。

「フランスのアルジェリア」から「政治的ヨーロッパ」へ

こうしたなかモヌロは一九六二年七・八月号の『公共精神』に、「フランスのアルジェリアから政治的ヨーロッパへ」という論説を掲載している[51](図7)。

ここでまずモヌロは、フランスによるアルジェリアでの至上権放棄に遺憾の意を表明している。そして独立したアルジェリアにそれ以前と同じくらいの問題が続くことを思えば、ドゴールは義務を回避したと言えると主張する。

またモヌロは、ドゴール派の人々は左翼的な人も右翼的な人も、いずれも経済的特権階級であるとする。それから、左翼の政治家でドゴールを支援した時期がありながら、後年ドゴールのアルジェリア政策や彼の独裁を批判したことで排斥されたギ・モレ（一九〇五–七五）やピエール・マンデス＝フランス（一九〇七–八二）などを例として挙げ、利用しつつ切り離すドゴールの手法を説明している。

次にジョルジュ・ビドー（一八九九–一九八三）や前述のスーステルなど保守的な政治家で、アルジェリア政策に異を唱えてドゴール批判に転じた者を例に挙げ、共産党などの後ろ盾なくドゴールを批判するそれらの人々が、非合法的扱いをされる傾向が強いことを指摘する。モヌロの認識では、彼自身もこの範疇に含まれていただろう。また彼はドゴールが固めた権力集中の構造を、民間企業と公的企業の経済的連帯や、メディア戦略、国民投票の採用や、議会の脆弱さの利用から説明する。さらに彼は、ドゴールが国内の共産主義勢力に対して放任主義を取っていると批判している。

図7　『公共精神』31号（1962年7月–8月）表紙。「《彼》は自分の作品にそれなりに満足している」

「フランスのアルジェリアから政治的ヨーロッパへ」と、論自体と同じタイトルがついている最終章では、植民地問題からフランスにおける共産主義の影響の問題へと、視点が移動している。

ここでモヌロはかつての「フランスのアルジェリア」の支持者が、「ヨーロッパ人」と自己認識する傾向があることを指摘する。そしてその理由を、ドゴールがフランスの国土を六角形内に減らしつつあるなか、そこでは共産主義の影響力が強まっているが、その傾向はフランス一国ではなくヨーロッパ全域で考えたほうが弱まるため、共産主義がウラル川を越えて東に伸張していることを考えても、ヨーロッパか共産主義かの二者択一ならば、彼らは「ヨーロッパ」を取るのだと説明する。

彼自身を含むかつての「フランスのアルジェリア」支持者たちが、ドゴールの失策によって「共産主義化するフランス」よりは「ヨーロッパ」を取るということの選択は、後の一九六八年に結成され、モヌロ自身もその関係者たちと繋がりを持った新右翼の中心的団体「ヨーロッパ文明調査研究集団（GRECE）」の、「ギリシャ・ローマ文化の再発見としてのルネッサンスを復権させ、ギリシャ・ローマの知的遺産を再生し、インド・ヨーロッパ語族的起源へと回帰するといった[52]」願望とも共通する面があろう。

新聞論説の限られた字数では詳細に立ち入れない面もあっただろうが、モヌロによるドゴールの対共産主義政策批判は具体性に欠け、感情に流されている面も否定できず、その客観的評価は困難だ。

ただ一九五八年から六二年にいたる数年間のアルジェリア問題をめぐるドゴールの政策と行動、さらにそれをめぐってモヌロがドゴールの支持者から批判者に回ったことが、彼の人生のひとつの転機になったことは確かだ。

本章の冒頭で、彼の人生には「特定の出来事をきっかけに彼の思想が反転した、といった劇的な転回点は見出せない」と述べたが、結果的には一九六二年が、後の彼の方向性を定めた年になったとは言えよう。モヌロは戦時下で共産党とは一線を画したレジスタンス活動を行い、戦後はフランスのアルジェリアを唱えていたドゴールを支持、さらに立場を同じくする人たちのあいだで、彼の人生で初めてと言えるほどの存在感を示していた。しかしドゴールがアルジェリア人のアルジェリアという着地点を明確にした時点で、彼は振り上げた拳の置き場を失い、自分の居場所が右へ右へと狭められて行くままになったと言えよう。

しかも出自や血としてはヨーロッパ人とは言えないモヌロは、若い頃からその学歴と才知とバイタリティーによって自由・平等・博愛を信条とするフランス共和国の優等生たらんとし、それが全うな評価を得られないジレンマを、さらに優秀さを示すことで克服しようとしてきたのだった。同時に彼のシュルレアリスムへの共感には、出自としてはブルジョワ階級に属しながらも「外の思考」を取りこむことで、自分の属する階級の人々に批判的な姿勢を表現していた彼らの立場へと、フランスにおける自分のありかたを置き換えようする意思が含まれていた。しかも第二次世界大戦から大戦後に彼が共感を示したシュルレアリスムは、共産主義に対する批判的姿勢を明確にしたものであった。

しかしイスラム教徒を含む「フランス人のアルジェリア」が不可能になるなか、上のような考えの筋道で「フランス人」より「ヨーロッパ人」を選択したことで、彼は自らの出自的アイデンティティが除外された、極めて思弁的なカテゴリーを自ら選択するという自己矛盾にいたったことになる。しかも文学的表現をとうの昔に放棄していた彼には、こうしたアイデンティティ喪失を表現する意思も手段も、すでに持ち合わせていなかったと言えよう。

またすでに反共産主義を標榜していた彼にとって反ドゴールに転じることは、ドゴールを「右」として、当時の多くのフランス知識人のように左翼側に回ることにはなりえなかった。したがってモヌロは彼自身が説明する力学により、ドゴールに反対する「フランスのアルジェリア」主張者が「極右」扱いされ、行動によっては「非合法」化されてどんどん右側の片隅に追いやられてゆく人々のなかに、自分も含まれていることを自覚していたはずだ。

こう考えると、この時期の彼のジャーナリズム的論評は、その政治史的な役割自体を問うことにはあまり意味がなくとも、その後のモヌロの思索と行動、そしてそれ以上に、時代の政治力学に深く根ざした彼の社会的立場の由来を説明するには、意味ある史料と言えよう。

3 後期の著作群

アルジェリア戦争後のメディアへの寄稿

アルジェリア独立戦争に関わるモヌロの論考は、一九六二年で一定の区切りがついている。しかし彼はその後も一九六〇年代から七〇年代にかけて、断続的に新聞などへの寄稿を続けている。

この時期に彼が参加した媒体のうち比較的多くの寄稿があるのは『ル・ヌーヴォー・カンディード』や『ル・フィガロ』である。『ル・ヌーヴォー・カンディード』は、以前『フランス・ソワール』の編集長だったピエール・ラザレフを編集長とし、アシェット・グループによって一九六一年に創刊された。『レクスプレス』誌に対抗することをめざし、六六年春に二色刷りのタブロイド判からニュースマガジンに変更したものの、翌年末に廃刊した。[53] モヌロは六三年末から翌年初頭にかけて当誌に集中的に寄稿したが、内容は時事的、政治的な論考から哲学的、思想的、民族学的な考察まで比較的多様だ。また彼は『フィガロ』紙には、一九七九年に六回寄稿している。モヌロが同紙に寄稿した時期は、ルイ・ポウェルスが七七年からその文化部門長になったことや、七七年にアロンが同紙を去ったことと時期的に重なっている。ポウェルスは一九四五年から四九年まで『コンバ』紙編集長を務め、その後五二年から五五年まで『アール』紙の編集長を務めており、[54] いずれもモヌロの寄稿時期と部分的にせよ重なっていた。モヌロは反マルクス主義者のポウェルスとは、一九五〇年代からの知人であったと推測される。

モヌロによる一九七九年の『フィガロ』への寄稿は、政治的見解と有力メディア批判に分けられる。そのいくつかは、当時『フィガロ』紙で一週間に一度設けられていた「反論」というページに掲載され、執筆者の意見が必ずしも同紙の意見ではないという断りが付記されているものもある。政治的見解としては、政権は大多数の国民が抱く治安に関する不安に応えていないという批判[55]や、最小限の必要悪だとする死刑容認論[56]、難民受け入れは一定数を超えると不寛容が高まるものだから、一国ではなく国際問題として検討すべきといった理由を示した上での苦言[57]である。メディア批判としては、売り上げを確保したい出版業界がテレビ業界を頼り、大手の手荒いメディアから排除された人の本は出版しないという現状批判や[58]、「民主主義」を標榜するメディアが大物政治家を批判する際の、偽善的態度への批判[59]である。

またラフリの著書には、一九七〇年に『リヴァロル』紙の会合でモヌロが著書『革命の社会学』について論じた際の写真[60]や、八〇年代に「大時計クラブ」の勉強会に参加している写真[61]が掲載されており、当時のモヌロが特定の団体の中枢部にいた形跡はないものの、彼が著書執筆のかたわら、こうした団体と接触していたことがうかがえる。

『リヴァロル』は一九五一年創刊の、極右系とみなされ、「実質的にFNの機関紙的役割を果たしている」週刊紙のひとつで[62]、モヌロ自身少なくとも一九六五年と七〇年の二回寄稿している。また「大時計クラブ」は一九七四年に結成され、先に紹介した、「新右翼」と呼ばれる思想潮流の「中心的団体[63]」であるGRECEの系列団体としてもっとも知られた団体だったが、八〇年代になるとGRECEからは次第に離反していった。「大時計クラブ」には高学歴のエリートが集結し、「ジスカール・デスタン政権下、各大臣の官房や行政の上層部、保守諸党の指導層の中に浸透し、保守のイデオロギー的革新を追求していた[64]」。二〇一五年には「クリュブ・ド・ロルロージュ」から「カルフール・ド・ロルロージュ」(「カルフール」は「交差点」の意から、「思想交流の場」を表す)に改名している。

モヌロの執筆活動において、単著の出版に関しては一九五一年の『問われている戦争』の出版後二十年近い空白期があったが、『悲劇の法則』と『革命の社会学』が出版された一九六九年から七八年までの十年間には、再び何冊もの著書が出版されている。そこで出版年順に、それぞれの著作を紹介しておこう。

『悲劇の法則』と『革命の社会学』の出版はいずれも一九六九年の最終四半期だが、後者の印刷終了が七〇年三月なので、先に『悲劇の法則』が出回ったと思われる。

『悲劇の法則』[65]は、フランス大学出版の〈現代哲学叢書〉の一冊として出版された。文学創作も文学作品への言及も絶えて久しいモヌロとしては意外に思える題名であるが、実際本書が扱うのは文学ジャンルとしての悲劇ではない。冒頭の「お断り」には、本書で繰り返し問題にされる「エテロテリ」という語は、ある主体が認識している自分の行為の意図と、観察者がその人の行為から理解する意図とが異なる場合があることを意味しており、それが後に書くつもりの（『歴史的行動』という）もっと大部な書物の中心概念になるだろうと書かれている（5）。そして自分ではそのつもりがなくとも、自分の行為が思いがけない形で自分の身の上に、あるいは他者をも巻きこむ悲惨な結果を招いたり、自分の身の破滅を招くような結果を生むことを「悲劇」と称している（10）。彼はこうした考えをカール・ヤスパースをはじめ過去の哲学者などにも見出している（7）。つまりここで行われているのは人々の日常的行為にある意図と結果のずれに関する哲学的、倫理的、心理学的省察と、そうした齟齬の積み重ねから成り立っている人間の生や社会事象に関する省察であり、それが「限界状況」、「投企」といった哲学用語や、「宿命」、「不条理」などの文学上の概念、「意識による検閲」といった心理学的概念を用いてなされている。ここで彼が力説するのは、人間性とはもともとあるものではなく、その時々に選んで行う諸々の経験が決めてゆくものであることや、たとえ「エテロテリ」ゆえに全体を見渡すことや知ることができなくとも、そうした悲劇的人間が目を閉ざさずにおのれのなすべき行為を選択し、行為から行為へと進んでゆくことこそが求められているのだということである（104）。

本書は同時代の政治・経済状況を扱っていない点が、戦後の彼の他の著作とは異なる。だからこそ興味をそそるのは彼の執筆動機や、幻の書物『歴史的行動』において彼が本書の内容をどのような方向に展開しようとしていたのかという点だ。本書は自分のことを語らないモヌロの仕事のなかでは、もっとも実存的な欲求に基づいて書かれているようにも見えるだけに、その意図がかえって見えづらい書物と言えよう。

『革命の社会学』

ファイアール社から出版された『革命の社会学』[66]は一九六九‐七〇年という出版時期から言って、一九六八年の「五月革命」との関連が想起される。実際最後の第七部では五月革命にも言及されているが、八百ページ弱にも及ぶこの大部な著作のすべてが五月革命以後に着想されたとは思えない。その意味でも本書はモヌロのなかでは、およそ二十年前に出版された『共産主義の社会学』の続編という位置づけのほうが大きかっただろう。

本書の主たる目的は、二十世紀前半を支配した政治神話の大筋を辿り直すことにある。それを行わないことには、今起きていることやこれから起こることの認識や理解は不可能であると、モヌロは考える（667）。そして彼によればそのための最重要課題は革命の、とりわけマルクスとマルクス主義によりその概念が変容して以降の革命について考えることである（670）。

マルクス以前の革命は、それぞれの時代や場所に規定されていたため個別に語られたが、マルクス以降はそうではなくなったとモヌロは考える。とは言えマルクス主義の革命神話のような、平等な世界の到来という理想は従来の宗教でも掲げられていた。ただマルクスはそうした終末論に論理性、政治性、経済性を付与し、大衆の心理、とりわけその恨みや怒りに訴えることができた。

こうした革命に関してモヌロが強調したのは、主に以下の点と言えよう。まず、たとえ革命の動乱によって少数の支配者集団に破綻が生じても、混乱の後には新たな支配者集団による堅固な秩序が生まれ、新たな社会階層が生まれる。こうした分析には、パレートによるエリートの周流理論が参考にされている。さらにこうしてもたらされる革命の結果は、革命の熱狂期に当事者たちを支配していた革命神話が実現したものではない。つまり革命神話と歴史的事実は同じにはならない。それでも神話は存続し、それが正義の支配という革命の意義として、さらにのちの世代に継承されることになる（175-176）。

またモヌロは、レーニン主義を帝国主義、すなわちレーニン自らが「資本主義の最終段階」と位置づける帝国主義時代のマルクス主義であると定義し（435-436）、その構造を分析する。『共産主義の社会学』では、ソヴィエトの共産主義を分析するに際してスターリン主義が中心に置かれていたため、ここではレーニン主義に対する見解を補足したと言える。

さらに彼は、革命による政治的支配の変化と権力の再形成の過程とを、ファシズムにも当てはめて論じている。このファシズム論には、一般民衆のような同質のものからはみ出した異質なものが尊崇の対象となるとき、その対象は異質には変わりないが、尊崇とは反対の嫌悪と排斥の対象にもなりうるという、ジョルジュ・バタイユが説いたファシズムの心理構造が援用され（520-522）、そうした現象が現代にもあることが説かれている。

このように『革命の社会学』では「革命」に焦点をあてて論じることで、『共産主義の社会学』での自らの分析の妥当性と応用性を示そうとしたと言えよう。

知識人と「肯定の感情」

一九七〇年には、『知識人のフランス』と『大学を非マルクス主義化する』の二冊が出版された。『知識人のフランス』[67]はレイモン・ブルジーヌ社から出版された。ブルジーヌ（一九二五―九〇）はジャーナリストで政治家でもあり、「フランスのアルジェリア」の支持者、反ドゴール主義者で、上院議員も務めた[68]。本書については、のちの一九七四年に出版された論文・エッセー集『研究集』にその一部が再録されており、『知識人のフランス』については同書において、「発行部数が非常に少なく、書店では販売されなかった[69]」という説明が付されている。

本書はフランスで「知識人（アンテレクチュエル）」と称される人々の、歴史学的かつ社会心理学的分析である。

ここではまず、いわゆる知識人と言われる人々の存在や社会的位置が、十九世紀末のドレフュス事件や一八九二年のパナマ事件を主たる契機として顕在化するようになった歴史的経緯が説かれている（66-67）。そして知識人たちの社会階層、学歴や、大衆や権威との関係の持ちかたの特徴が分析されている。そしてモヌロは、社会批判を存在理由とするはずの知識人が、批判精神を犠牲にするという矛盾を犯していると批判する（45）。特にモヌロがそうした傾向を指摘するのは、彼らの反ファシズムに関してである。つまり彼の考えでは、ヒトラーの権力強化により、それに対する知識人からの批判も強まり、その結果彼らはスターリン体制のソ連の人権軽視に対する自分たちの批判の弱さにジレンマを感じなくてすむようになった。その意味でヒトラーは彼らにとって、機械仕掛けの神だったとされている（81）。

『知識人のフランス』後半の論考では、戦後のフランスの知識人の活動や思想動向から、いくつかの側面が取り上げられている。

まずモヌロはサルトルの『嘔吐』について、その哲学と芸術の混同、哲学的主題の芸術的扱いを批判している(101)。また彼は「右翼」「左翼」という時代錯誤的で安易な二分法を批判する。彼の主張によれば各自の政治傾向は、その人のなかに徐々に見出してゆくべきものである。しかし知識人には、はじめから感情的、かつ人工的、恣意的にそれを決めつけることで敵対する側の人間に対する嫌悪感を広めようとする傾向があるとして、これを批判している(123)。

さらにモヌロは第二次世界大戦後のフランスの知的環境において、「反抗」に肯定的評価が与えられる傾向を指摘する(127)。これはカミュの『反抗的人間』(一九五一)と、それをめぐるカミュとサルトルの論争を意識したものであろう。さらに彼自身もかつて行っていたことだが、シュルレアリストたちがマルクス主義的革命に代わって、ロートレアモンなどをアイコンとする反抗形態にひとつの理想を見る傾向なども念頭に置かれていたかもしれない。そしてモヌロは、もし「反抗」が行動の必要性とその実効性を認めるのであれば、「反抗」の主体には、もともと反抗の対象自体に自分が似ていることが求められるといったジレンマを指摘する(128)。それに対してモヌロは、人生が本質的に肯定することによってできているとする考えかたもあり、それは教義的なことというよりは、むしろ気の持ちよう(tempérament)の問題だと述べる(129)。そして知識人には肯定する人が少なく、否定する人のほうが多いとしている(131)。またモヌロは、どのような人において肯定の感情が否定の感情に勝るのかは、精神分析学者が考えるように生い立ちと個人史的な問題だけで決まるわけではないだろうとし、「心的多型性(同一種の個体がとる形態の多様性)」といった用語を挙げてはいるが、明確な理由は説明していない。

肯定する人をめぐるモヌロの考察には、このように客観的な説得力に欠け、感情に引きずられて書かれている面もある。こうした肯定が持つ危険についても、さらに検討が加えられるべきだっただろう。ただそれが別の側面で意味を持つと思われるのは、この問題が三〇年代の『アセファル』誌掲載の「哲学的ディオニュソス」でも四〇年代の『現代詩と聖なるもの』でも論じられていたからだ。本書にはこれら過去の著作に関する言及はないが、三十年以上を経過しても変わらずに、モヌロにとって、この「肯定」の感情がいかに重要であり、単純で没論理的な面があるとしても、彼を心情的に支えていた「気の持ちよう」であったかが感じられるからだ。

またこの問題は単に彼自身の問題にとどまらず、彼に与えられる評価をめぐる、ひとつの分水嶺でもあるだろう。すなわち、すでに紹介したジャン＝ミシェル・イモネのモヌロ批判は、こうしたモヌロの肯定の感情が、権力の暴走を批判する論理をないがしろにして、結局はそれを放置するような生に対する楽観主義につながる危険を感じてのことであったと言える。一方ジュリアン・グラックにあっては、すでにコンパニョンのグラック論を紹介したように、サルトルの悲観的な人間観への反発や、ヌーヴォー・ロマンが提示した閉塞的な自己意識に対する違和感の表明において、モヌロによるこの「肯定」の感情への共感が示されている。

私たちとしては、モヌロが提示する「肯定の感情」の説得力については、本書の記載内容から判断するだけでなく、彼の人生と著作に寄り添いつつ、彼にとってのその必要性や意味について考える視点も持ちたい。

いずれにせよ、『悲劇の法則』と『知識人のフランス』には、モヌロがまだシュルレアリスムや文学や詩から離れていなかった一九四〇年代までの関心領域や問題意識と、アルジェリア戦争や学生紛争を経ての一九七〇年代初頭の考察とを重ね合わせて論じようとしているような、モヌロの態度を見出すことができる。

モヌロは一九七〇年に『大学を非マルクス主義化する』を、ターブル・ロンド社の〈火種叢書〉の一冊として出版した。[70] この叢書の編集責任者は、フィリップ・テッソン（一九二八－）、旅行記作家として知られるシルヴァン・テッソン〔一九七二－〕の父親）である。彼は一九六二年から七二年までターブル・ロンド社の叢書を担当し、六〇年から七四年まで『コンバ』紙の編集主幹も務めていた。名前から言って、社会に対して多少なりとも挑発的な意見を含んだ書物を、確信犯的に出版した叢書だったのだろう。

そして本書も、そうした叢書のコンセプトに沿ったものと言える。また本の題名が示すように、モヌロが『共産主義の社会学』以降続けてきたソ連の共産主義や、その影響を受けたフランス国内の共産主義に対する批判的意見を、高等教育の問題にあてはめた書物である。記憶に新しい五月革命が、明らかに執筆動機の大きなひとつだったと言える。

ただここでモヌロは、大学の教育姿勢に対する学生たちの反乱の背後に左翼知識人の扇動を見て、両者を批判するようなことはしていない。モヌロはむしろ、一九六八年の学生紛争には共産主義者に対する反抗という面があり、四半世紀前から知識人たちの怠惰が支配したことで空洞化した大学に対する不満が、学生を動かしたという考えに同意する（70-71）。大学が空洞化してしまったからこそ、彼らは自分たちの反抗を言葉で正当化するすべを、非正統的な革命至上主義にしか見出せなかったという理解である。スターリン主義を告発せんとする高等師範学校の学生たちが「毛沢東主義」を信奉したことも、そのように説明されている（71）。そこでモヌロの主たる主張は「大学を非マルクス主義化する」ことであり、そのための彼なりの方策が最後に示されている。

論述の過程で興味を引くのは、簡単なコメントではあるが少なくとも彼の著書ではおそらくはじめて、アロンの意見が紹介されていることだ。それは『フィガロ』紙（日付表記なし）で、「フランスが発展した社会としての自国の性格が脅かされないためには、応用科学のグランゼコール、一般的なグランゼコール、医学・薬学関係の組織、技術系研究所、科学系学部（すべての分野が同程度に不可欠ではない）が救われればじゅうぶんだ」という意見である（143-144）。これを肯定的に受け止めるモヌロは、ただこのアロンの意見が「人文科学」をマルクス主義に委ねることを勧めたり、受け入れたりすることにはならないと付け加えている（144）。この時期になると、戦後にモヌロとアロンとのあいだに感じられていたような無言の緊張関係にも緩みが出てきていたのだろうか。

ではモヌロの提案とは何か。それは「第一の現実的措置、人文学部の分割」という最終章の題名が、端的に示している。

つまりマルクス主義を信奉する二五パーセントのフランス人やその子弟のためには「カール・マルクス講座」とでもいうものを社会学、哲学、歴史学、文学のそれぞれに設置し、そこに入りたい人はそちらに、二五パーセントの人々を満足させる教育を望まない七五パーセントの人には、別の講座で学べるようにすればよいというものだ（154-155）。

先に記したように本書が〈火種叢書〉の一冊だということで、最後に荒唐無稽な提案をすることも読者には織りこみ済みだったのかもしれない。ただソ連の共産主義を「世俗の宗教」と呼んだモヌロ自身にとっては、政教分離を旨とする国家の公教育において、「世俗の宗教」の影響を受けた学問を教えるのであれば少なくともそれを明言し、それを望まない者にはそれなしでも学べる体制を整備すべきというのは、まんざら荒唐無稽な考えではなかったということだろう。

ふたたびの「アンキジシオン」

『大学を非マルクス主義化する』の後、一九七四年には『研究集』と題された論文集が刊行されている。出版元はジョゼ・コルティ社である。ジョゼ・コルティ（一八九五－八四）は編集者で、同社はダダやシュルレアリスムに関する書物を多く出版したことで知られている。モヌロの友人グラックは、ガリマール社に拒絶された処女作『アルゴールの城にて』（一九三九）の出版を費用を出版元と著者が折半することで実現して以降、プレイヤード叢書の『全集』二巻を除き、単行本の出版は、限定版的なものを除けばすべてコルティ社で行っていた。(71)

原題の「アンキジシオン」は、一九三六年にアラゴンらと出版した一号限りの雑誌名『探求』と同じで、今回も複数形で記されている。モヌロはあとがきで題名の由来を説明し、曖昧さのある「エッセー」という表現を避けて「アンキジシオン」を語源的な意味で用いたこと、教皇庁の異端審問所からの連想は考慮していないことを断っている。さらに、目的に完全に到達してはいないし、厳密な規範に則った書きかたもしていないが、現実の経験にも基づきつつ、印象や気分といった恣意的なものではない「判断」を加えているのだと説明している。(72)

本書に掲載された論文の初出は一部しか記載がないが、過去に小部数の書物や新聞などに掲載した論文やエッセーを再録したものが多いようだ。各論の説明は省くが、第二次世界大戦後の思想・社会状況に根ざした論考が中心で、戦後のモヌロの思考の道筋をたどるためにも役立つ本だ。

『研究集』出版の経緯として興味深い点のひとつは、ここに全体が収録されている「ジョルジュ・ソレルもしくは現代の諸神話入門」が、部分的に一九七一年刊の『レイモン・アロン記念論集』に掲載されていることだ。(73)

ただこの二巻の論文集には、この出版が「レイモン・アロンの何人かの生徒や友人たちによって発意された」とあるだけで、アロンとモヌロの間柄をうかがわせるような情報は含まれていない。

この『研究集』は、一九七五年にアカデミー・フランセーズのエッセー賞を受賞している。モヌロの著作の受賞は、これが唯一だったようだ。フランスにおいてアカデミー・フランセーズが保守系知識人たちとその団体の最前列にあることを思えば、アルジェリア独立をめぐるドゴールとの確執から決定的になったモヌロの、フランスの学識者のなかでのかなり右寄りの位置は、それまでの人生で行動を共にしていた者たちやグループの多くから次々に離れた末に、押しこまれるようにしてたどり着いた場所であると同時に、周囲の者たちから評価されたという、それまでにない感覚を多少とも得られた場所でもあったと言えよう。[74]

『政治の知性』

一九六〇年代末からの十年あまりの多産な時期の最後に出版されたのが、一九七七年と翌七八年に出版された、二巻からなる『政治の知性』である。[75] 出版元はゴティエ＝ヴィラールで、この出版社は理数系の出版で古くから知られたが、一九七一年にデュノーに買収され、そのデュノーも翌年にはボルダスに買収されている。『政治の知性』では、同時代の革命やイデオロギー闘争といった社会事象を具体的に論じるというよりは、そうした事象の起こりや成り立ちを、人間の意識や行動の普遍的傾向に基づいて客観的に分析することがめざされている。そうした意味で本書の執筆姿勢は、モヌロの過去の著作のなかでは『社会的事実は物ではない』のそれに近い。しかしそうした分析の背後には、同時代を支配した革命やイデオロギーが大衆に示した理想化された信条を脱構築しようとする狙いが見られ、その意味で本書の狙いは、『共産主義の社会学』や『革命の社会学』と共通していると言える。モヌロとしては普遍的な適用可能性をめざして追求してきた社会事象の理論的分析と、それを生かした社会批判とを総合させた、自らの研究の集大成的な位置づけを本書に与えるつもりだったのだろう。

社会事象の分析にあたって本書が有効性を強調する方法は、社会学的視座と心理学的視座の相互補完的な適用である。他のモヌロのほとんどの書物と同様にここでも厳密な引用はほとんどされていないが、主として社会学としてはパレート、心理学としてはフロイトの論を接続させることがめざされ、そのなかで、しばしばレヴィ＝ブリュルの人類学が援用されている。モヌロは心理学と社会学との相違は対象ではなく対象の検討方法にあると述べる。また病気が病人の外部にないのと同様に社会は個々人の外部にあるわけではなく、社会的な影響や権力が個人に及ぼす抗いがたい制約は、服従を求める秩序が外側からも内側からも影響を及ぼすことで相互反響的に強化されることに由来し、そのため社会的なものは各人のなかでアルカロイド（ニコチン、モルヒネ、コカインなど）のように働く、個人の心理学的変質因とも言えると説いている（I, 208-209)。またこうした社会学的視座と心理学的視座とをつなげて考察するべき例として、すでに『革命の社会学』で扱われた、主体が抱く自分の行為の意図と、観察者がその人の行為から理解する意図とが異なる「エテロテリ」の問題が、ここでも扱われている。そしてそうした齟齬や歪曲の原因として言語使用の問題が扱われ、無意識的で非論理的な思考を客観的思考にいたらせる過程において、本来は人が操作するはずの言語行為が逆に人を操作する場合があり、そうした言語のメカニズムを様々な権力が利用する可能性があることも指摘されている（II, 114)。

本書のなかの他に指摘しておきたい考察として、モヌロが現代の民主主義の問題点を、本書で展開している分析方法から指摘している点がある。議会に批判的なドゴールをある時期までは支持していたことが示すように、モヌロは強い指導者の必要を説いていたが、本書ではその理由を社会学、社会思想史的に説明している。モヌロによればエジプトのファラオや、中世からフランス革命までのキリスト教徒の王たちは、人民ではなく神に責任を感じていたので、人民にとっての善について人民と同様の考えかたをする必要は感じなかった。それに対して現代の民主主義社会において指導者が有する基準は、その社会の同質的人間、すなわち人民が有する経済的な基準に等しく、彼らが考える人民の目的や善は、人民のそれと一致している。すなわち均質な人々に誠実で、超越的な意志に従うことのない指導者は、均質なもの以外を退ける。その結果彼らが体現しうる指導者像は、その時代に応じた状況を受け入れ、それを原資とした誠実な治世を行うか、自分の存在が認められないような世界には興味を持たず、結果個人的成功しか選ばないか、現状としての世界の目的を否定して転覆をはかるかのどれかにいたるというのである（I, 133-135）。モヌロのエリート主義、すなわち卓越した力を持つ例外的な人物が歴史を動かすという発想は、ニーチェからの影響を明確に示していた一九三〇年代の『アセファル』の時代にすでに示されていた。またこうしたエリート主義は、反平等主義に由来する一九七〇年代の新右翼のエリート主義[76]とも一致している。ただキリスト教を理想的なエリート主義に対立するものと考えないモヌロのキリスト教観は、一九八一年の大統領選挙の際に明らかになった新右翼内部の対立においては、「GRECEの中心的方向性を決定するイデオローグ[77]」と称されるブノワよりも、大時計クラブのそれに近い。

本書にはすでにこれまでの著書と内容的に重なる部分も多いが、七十歳に近づいてなお、同時代の理論的批判に役立つ説得的な視座を獲得せんと大部な書物を記す、モヌロの精神の強靭さを示す書物であることは確かだ。さらに一九八七年刊のモヌロ最後の著作『解毒』に掲載されている既刊書一覧では、本書の第三巻と第四巻が出版予定とあり、モヌロのなかでは出版された二巻が構想していた全体の半分程度だったことがうかがえる。

一九七〇年代のモヌロと新右翼的とされる人々や団体との関わりについては、それを示すものとして七九年三月の『フィガロ・マガジン』誌にアラン・ド・ブノワが掲載した「モヌロ、三十年前から『盗用』されている人」という記事がある。[78]畑山敏夫によれば、「GRECEにとって最大の成功は、『フィガロ・マガジン』（七八年五月二十七日創刊）への参画であった」。それは、「一九八一年の時点で五十万部以上の発行部数を持つメジャーな雑誌を通じて、新右翼の思想は読者の間に流布されて」いったからである。[79]そしてブノワはその編集にも関わっていた。

この記事は、アリエ社による『共産主義の社会学』新版出版の機会に書かれている。そしてブノワは、「今までフランスで出版された共産主義に関する最重要、かつあらゆる面を扱ったこの著作」が、これまでレイモン・アロンやジャン・ベシュレール、エマニュエル・トッド、レイモン・ボンドン、カール・ポッパーなどのヌーヴォー・フィロゾーフらによって出典を明示せずに使われてきたことを、そのいくつかについては具体的な書物に言及しながら強調している。一九七九年の新版出版は、ブレジネフ時代のソ連の経済力の低下や社会の行き詰まりゆえの、共産主義再考の動きなどの社会的要因も手伝ってのことと理解できるが、その機にこうした紹介が出されたことで、モヌロとしては多少溜飲が下がる思いをしたことだろう。

4　国民戦線

大時計クラブへの参加と最後の著作

モヌロ最後の著作は一九八七年の『解毒、思考力を奪われたフランスを救うために』で、政治や歴史分野を扱うアルバトロス社より出版された。[80]

本書の冒頭には一九八五年以来大時計クラブの会長職にあったアンリ・ド・レケン（一九四九－）他クラブの会員たちへの、「彼らなしには本書は存在しえないだろう」という謝辞が掲載されている。また巻末には本書の第二章「国家感情の『罪悪感』」を除いたすべての章が、一九八三年から八六年のあいだに大時計クラブのシンポジウムやセミナーで発表された内容であることと、そのうち三章分は、当該シンポジウムやセミナーの全内容を収録した大時計クラブ関連の出版物からの再録であることを示す記載がある(143)。

それぞれの主題がわかるよう他の章の題名も見ておくと、第一章が「フランスにおける『ファシズム』神話の形成とその政治的利用」、短い第三章が「文明から考える愛国心」、第四章が「『左翼』の知的権力について、一順応主義の生体解剖」、第五章が「問われている戦争(続編)」である。内容としては、彼にとっての新たな思想的展開というよりは、近刊書の内容からテーマにそって話題を寄り集め、聴衆が聞いてわかりやすい講演原稿にしたものと言える。

そこでここでは、第二章の内容を確認しておきたい。本章も書き下ろしではなく、大時計クラブの何らかの会合用に準備されながら、それが実現しなかった講演原稿である可能性もある。それでも第二章が興味を引くのは、ここで問題になっているのが西側ヨーロッパの植民地主義の問題という、モヌロ自身のアイデンティティにも関係する問題でありながら、もしくはあるゆえに、彼が著作であまり扱ってこなかった問題だからだ。

国家アイデンティティと愛国心

ここでモヌロはまず、第二次世界大戦以降に左翼の知的権力が取り上げたもっとも有害なものとして、国民感情、国家アイデンティティを否定的に捉えること、愛国心を危機視する傾向を、特に共産主義によって単純化されたマルクス主義が広めた点を指摘する。そしてフランスにおいては、一九五〇年代からは革命神話に代わって第三世界神話が左翼知識人やそれに従う教師らによって、国家アイデンティティへの反対の論拠に用いられていると論じている。それに反対する理由として、社会主義とりわけソ連が醸成しようとするのは西洋近代の植民地主義に対する罪責感や平等主義であるが、こうした罪責感や平等主義は、二十世紀になり時代の流れにともないキリスト教に生じた変化によって、キリスト教由来の道徳をマルクス主義が利用したものであり、その結果我々が目にしているのは、とりわけそれが敵対的な場合の、国内の他種族に対するヒステリー的＝マゾヒスト的自己同一化の特徴を帯びた諸現象であり（45）、そうした精神状態が選挙など政治面にも悪用されている（46）とモヌロは指摘する。そこでモヌロがフランス人に訴えているのは、国家への帰属意識は曖昧な罪責感より生きながらえるものであり（46）、フランス人の一部を「人種差別主義者《ラシスト》」とみなす考えに乗れば国の分断を招くゆえ、罪責感の欠如をフランスの批判精神の弱体化とみなすような意見に負けてはいけないということである（47-48）。

ここでモヌロが展開している、愛国心や国家アイデンティティ重視に対する左翼の否定的な受け止めに対する批判の論拠は、大筋として当時の新右翼の論調として特別なものではない。

ただ考えてみたいのは、いわゆる「第三世界」の植民地出身だった彼は、ここで警戒されているような罪責感を免れていただろうが、同時に共和国フランスの国民として、自ら「内地」出身者と隔てのない思想家、作家、研究者、教育者であろうとし、それが受け容れられないという経験を繰り返してきたモヌロが人生の締めくくりも近い年になって、この問題をどのように捉えていたかということだ。

ここでもモヌロは自身の出自には言及していない。そうした彼の執筆姿勢は、『クリティック』創刊号掲載の『社会的事実は物ではない』の書評の最後で、バタイユが指摘したときと変わらない。しかし彼自身それまでの人生で、同国人から人種的偏見や蔑視としか思えない対応をされ、理不尽な思いや屈辱感を抱いた経験がまったくなかっただろうか。彼自身はその種の発言や告発をしていないが、そうしたことは考えづらい。それを口にしなかったことが、悪しき「ルサンチマン」を行動原理とすることの不毛を主張していたモヌロゆえの、「肯定の感情」に基づく人生の選択なのかもしれない。こうした問題に無言を貫くこと、その自己抑圧的な態度自体が、彼としては「泣き寝入り」ではない、主体的な選択の結果だったのだろう。しかしその無言こそが、理不尽な差別に反対する声を上げづらくさせる抑圧となるという理由で、同様の問題を抱える人たちから批判される可能性もある。このことがマルチニックでは、彼よりも父親のほうが、今も人々の尊敬を集めている理由のひとつでもあるかもしれない。いったい彼自身は自分のなかで、この問題をどのように処理していたのだろう。

この文章のなかで、罪責感を批判するモヌロが用いる論拠のなかのキーワードは、「文化」と「歴史」だろう。まず彼は、様々な人種や宗教の人たちが、様々な地域で様々な人種や宗教の人たちを侵略してきた事実を歴史的に挙げ、歴史的にはそれらを含めて考察すべきであるとし、西洋近代の植民地主義を一種相対化しようとしている。また彼が祖国愛や国家アイデンティティを語る際は、比較的その文化に重点が置かれている。

> パレートが指摘するように、ローマ的な「集合体」の担い手がもう十分にいなくなったとき、ローマは死に瀕した。他の言いかたをするなら、他の人々の文化に相互変容を起こし、彼らを同国人とするには、フランスのいくつかの系統やフランス文化の担い手たちが最低限度の割合は必要なのだ。こうした混ざり合いが非常に稀だったり、消滅の危機にあると、新たなフランス人はもういなくなる。尊重すべきは割合である。フランスとフランス社会の相互的文化変容力は無制限ではない。(34-35)

さらにそうした異文化の取りこみと相互変容には時間が必要であり、それを形成してゆくのが歴史である。

繰り返しになるが、フランスのようなひとつの国家＝文明には、歴史によって形成されてきた色々な風俗習慣と生きかたがある。異国人たちも、もしも彼らがそうした国家的特徴と衝突するような特徴を呈さないのであれば、そこに迎えられることが可能なのだ。(48)

こうした考察には、行政的にはフランス国民であり、その共和国の理念に基づいた公教育を受けてきた自分が、ヨーロッパ外からやってきた異人種との混合としてフランスに愛国心を抱くことが、自分のアイデンティティや正義感を危うくすることにはならないことに関する、論理的な思考の筋道が示されている。しかしながら、力で征服された人々やその子孫が、征服者から蔑まれ、搾取されたときに、こうした論理的な思考の筋道によって自分を納得させきれるのかという問いは、依然として残るのではないだろうか。

国民戦線への参加と離反

国民戦線は一九七二年に結成され、ジャン＝マリー・ルペンが初代党首となった。結成当初から追及されているのは、畑山敏夫の表現によれば「穏健で信頼できる党というイメージを醸成することで保守支持層にまで食い込み、既成の政党システムに参入するという戦略（「適応戦略」）と、左翼と対決し、既成の『腐敗した』保守を政権から引きずり降ろすという、左右両翼の既成政党とは異なった独自性の主張（「区別化戦略」）とを巧みに使い分け、体制内の非妥協的反対派としての存在価値を獲得すること」(81)であった。

ラフリによればモヌロは一九九〇年に、国民戦線の科学評議会の議長を受諾した。(82)八〇年代後半の国民戦線の参加者にはGRECEや大時計クラブの出身者が多いことを思えば、(83)モヌロがそこに接近したのも、自然の成り行きであったとも言えよう。確かに一九九〇年三月十三日に『フィガロ』紙に掲載された「国民戦線の躍進について」(84)と題された記事で、モヌロは「選挙で選ばれた者たちが、自分たちしか関心を持たないようなゲームに内輪で興じている」一方で、「各自が内心では駄目だと思っているのに、それに対して誰も何も図ろうとしないタブーを」ルペンが「立ち上がって冒そうとしているから」こそ、「大衆の願いによって密かに少しずつ支持されている」のだと、国民戦線の人気が高まる理由を好意的に説明している。

しかしながらモヌロは、同年八月には国民戦線を離脱している。

湾岸戦争時、「ミッテランは戦争、ルペンは平和」というスローガンをルペンが掲げたことが示すように、ルペンはミッテラン大統領との差異化を図り、自分がそれに対立しうる存在であることをアピールしようとしていたようだ[85]。イラクに強硬姿勢をとるアメリカへの反発もあった[86]。またアラブ諸国の力量を信頼して、内部の紛争の解決には不干渉であるべきという意見も示した[87]。そしてルペンはイラクに赴き、フランス人の人質解放に影響力を示した。しかしモヌロは、フセインに厳しい批判的態度を示さず、戦争への非介入を求めたルペンに反対して党内の科学評議会議長を辞し、国民戦線を離党した。モヌロはイラクに対しては示威行動を、それでじゅうぶんでなければ武力を試すべきだと主張し、そのための国際的な協力関係にフランスも加わるべきで、フランス人の大多数はそれに衝撃を受けはしないだろうと主張している[88]。国民戦線内部にあってもこのときルペンに反対したのはモヌロひとりではなく、ルペン支持派と反対派の内紛が表面化する争点となった[89]。ラフリが書いているように、モヌロが国民戦線に具体的に参画したのが本当に一九九〇年であれば[90]、そこにいたのは一年にも満たないことになるから、モヌロの晩年を国民戦線党員でルペンの支持者というレッテルのみで説明するのは不十分だろう。ただし九二年四月に『フィガロ』紙に寄稿した「つまはじき者たちをめぐる省察」と題された記事において、モヌロは地方議会選挙に際し、国民戦線以外の支持者たちが国民戦線の候補者たちとの選挙協力拒否を公言していることをめぐり、ルペンやその支持者たちを「理由も示さずにつまはじきにするのは、この上なく反民主主義的だ」と批判している[91]。もしもある政治家や政治集団が表現の機会や自由を奪われたり、他の政治家や政治集団との政治的議論を封じられたり、政治的対話を拒否されたりする状況があれば、そうした状況は支持政党がどこかに関わらず批判されてしかるべきである。したがってこの記事を寄稿したモヌロが国民戦線の支持者であるかどうかを問う必然はないが、少なくとも「私たちの権利は、有罪を宣告された者がなぜ有罪なのかを知ることを求めている」と書くモヌロが、国民戦線の党員が受けていた扱いに同情していることが伝わってくる。

人生の決算

モヌロは一九九五年十二月四日に、その生涯を終えた。

九〇年代はメディアへの登場も減り、すでに紹介した記事のほかには、九〇年に「伝統的右翼の」、「全面的にカトリックの」「日刊紙」を自称する日刊紙『プレザン』[92]に、少なくとも四回記事が掲載されている。たとえば九〇年五月九日の日刊紙『コティディアン・ド・パリ』に掲載された、「科学の〈戦線〉で」[93]と題する彼自身の言葉の引用も含んだ記事に関して、五月十四－十五日の『プレザン』は、「『コティディアン・ド・パリ』に対するモヌロの真実の声明」という記事を掲載し[94]、モヌロに反論の機会を提供した。そのなかでモヌロは、彼が同紙から予め受けた質問に文書で用意しておいた回答は考慮されず、彼の発言を勝手にちりばめた記事が掲載されたことを批判した。そして彼自身がもともと用意していた回答を、『プレザン』紙に掲載した。この質疑では国民戦線の学術委員会会長としての彼の役割が、中心的な話題になっていた。しかしたとえば彼はそこで、国民戦線の当局者であることの否定的な側面として、「すでに人からしてもらったこと以上のことを、してもらえない。私の自由は、とても高くついた」と書いている。

この両者の議論はかみ合わないまま、『コティディアン・ド・パリ』の記事は誇張された表現に毒を含ませながらモヌロの経歴をなぞったに過ぎず、モヌロ側の共産党シンパの知識人批判も、国民戦線への期待も説得力に乏しく、平行線をたどるに過ぎなかった。

しかしこうした不毛な言葉の応酬のなかで気にかかるのは、たとえば『コティディアン・ド・パリ』の記事にある、「政治社会学者のジュール・モヌロの思想は、ルサンチマンと頑固な性格の上に、一様に乗っけられていた」という一文だ。この記事の筆者は、有識者のなかでしかるべき地位を得られなかったモヌロが、そのルサンチマンを左翼的知識人たちにぶつけたゆえの共産主義批判であり、国民戦線擁護であったと言いたかったのだろう。しかし彼の著書を通読してきた私たちは、彼が大量の哲学・思想書や歴史文献にあたり、あれだけの書物を書き溜めていった原動力のひとつに、そうしたルサンチマンを思考の出発に置くことからの解放があったことを認識している。社会批判のなかにいかに個人的な恨みを滑りこませないかという自分に対する課題の達成が、彼の矜持の根底にあったのではないかと思っている。

にもかかわらずその長い道のりの終わりに、彼の「思想は、ルサンチマンと頑固な性格の上に、一様に乗っけられていた」と書かせてしまう理由は、もちろんモヌロにもある。特に新聞への寄稿などに見られる短絡的で挑発的な書きかたは、政治的立場などを同じくしない者との不毛な批判の応酬を呼びこみやすいところがあっただろうし、負け犬の遠吠えといった印象を読者に与えもしただろう。

しかし自分が陥りたくなかった、そこからの解放のために書いてきたとも言えるルサンチマンが、最晩年になっても批判として突きつけられている彼の人生と思考とその表現は、大いなる失敗だったということになるだろうか。少なくともそこに真のあがきを読み取る読者がいれば、それは失敗だったとばかりは言えないのではないか。

モヌロ没後の動き

モヌロの死亡から現在までのあいだで、彼の著作はどのような評価を得るようになったか。それに答えるのに十分と言える資料は見つからないが、彼が完全に忘却されているわけでもない。すでに言及したことも含めて、彼の没後に出た文献について簡単にまとめておこう。

まずモヌロの生涯と著作をはじめて紹介したモノグラフとして、本書でも何度も言及したラフリの著書が二〇〇五年に出版されている。情報提供の面で彼の家族の協力を得ており、すでに指摘したようにラフリ自身もモヌロと同様『ナシオン・フランセーズ』に参加していたことを思えば、この本は客観的立場をめざした研究書とは言いづらい。しかしほとんどの読者がバタイユやブルトンとの関わりや国民戦線での活動など、それぞれの関心分野における断片的な情報しか得ていなかったと思われるモヌロについて、ともかくその生涯をたどった書物が編まれたことには意味がある。また同じ二〇〇五年に出版された『共産主義の社会学』の三冊組の新版の最終巻の補遺には、彼の友人だった作家のジュリアン・グラックが二〇〇四年に彼の妻に宛てた、同書の再版を祝う手紙が掲載されている。そのなかでグラックは、冷戦初期の出版時にこの本が自分に取り戻させてくれた解放感を想起している。また「思索家で分析家」の彼が併せ持っていた闘争的な面には着いてゆきかねる面もあるが、時が経てば彼が執筆した偉大な書物こそが、評価されるようになるだろうということを記している。[95] グラックは二〇〇七年に没したが、この時彼は、「極右」モヌロの友人というレッテルを貼られることを危惧するよりも、モヌロの政治活動はともかく本書の重要性を自ら世間に訴えることを優先させて、手紙の掲載を承諾したのだろう。

研究という面では、むしろ英語圏で彼の著作が読まれ、研究対象として認識されているようだ。バタイユやブルトンとの関連で言えば、ニコライ・ルーベッカーの『二十世紀のフランス文学・思想における共同体、神話、認識』などに言及があるが[96]、関心の中心は何度か言及したピーター・バイヤーや、他にダン・ストーンの研究[97]などと同様に、全体主義批判などの政治哲学の領域である。

フランスでの研究で目を引くのは、フランスの共産主義や社会主義の歴史の専門家で、フランス大学出版の〈クセジュ文庫〉から『二十世紀共産党史』も出版しているロマン・デュコロンビエ（一九七六－）が二〇〇九年に発表している「思考と闘争、『開かれた社会』の転覆に対するジュール・モヌロ」だ[98]。「開かれた社会」は、指摘したようにモヌロが『問われている戦争』においてスターリン体制に組みこまれていない国々を指した表現だ。この論文は、フランスの若手の共産主義研究者が、モヌロの全生涯を簡単に紹介した上で、特に『共産主義の社会学』以降の著書と若干の論文の要旨をたどり、モヌロの共産主義批判の論拠を確認した、現時点では珍しい論文だ。デュコロンビエはモヌロが『共産主義の社会学』で使用した「心理戦」という表現の意味や、アルジェリア戦争時にドゴール主義に幻滅したモヌロが痛感したフランスの社会と政治に対する強い不信感が、フランス内部の退廃と同時に、後の共産主義とイスラムによるフランス転覆に対する脅迫観念をも強めたことや、共産主義支配に抗するには、ルサンチマンの根底には自由の欠乏があることを認識する必要があるとモヌロが考えていたことなどを強調している。そして一九五〇年代には評価を受けもしたモヌロであったが、同時にその強硬な姿勢が強い反論を呼び、それによってさらに偏狭になることで、彼は一九六〇年代半ばには現実に片隅へと追いやられていったと説明している。たとえばモヌロはアルジェリア戦争においてもその反共戦争の側面を誇張したし、『共産主義の社会学』では隠喩的な意味で捉えられていた「イスラム」を、一九七〇年代末には、「開かれた社会」に対する外部からのもうひとつの脅威として捉えるようになったと指摘している。本書では存在の言及にとどめたが、ヴァンセンヌ委員会での報告集など、アルジェリア独立に対する強硬な対立姿勢を同じくする者が集合した媒体など、媒体を反映した姿勢の硬軟をどのように扱うかという問題はあるが、デュコロンビエの論では、モヌロの共産主義批判の歴史的、同時代的位置づけの明確化や、モヌロが共産主義を「外からの脅威」として批判しながらも、同時に自国の社会や政治も批判していたこと、モヌロにとってアルジェリアの問題は、おそらく白人と黒人の混血の子孫として、フランスへの同化に強い希望を持っていただけに重要であったことなどが指摘されている。また同時に、戦後のフランスの高等教育機関における共産主義に対する認識の深まりや、共産党の影響の低下といった変化にモヌロが無頓着であった点は批判的に指摘されている。こうしたデュコロンビエのモヌロ論は、イモネにその傾向が強いように、バタイユ・グループにおけるコミットと国民戦線への参加という二点を直結させるだけでモヌロの人生と認識してしまうようなモヌロ論に比べれば、モヌロの思考やジレンマに、はるかにくいこんだ論と言える。

付録

ジュール・モヌロ 評論選

フランス有色ブルジョワジーに関する覚書

ジュヴェナル・ランヴァルへ

フランス有色ブルジョワジーの形成に関する記録映画があって、それをとてつもないスピードで映すとしたら、黒人奴隷の曲がった背中は、へつらうようにお辞儀をしまくる上品で腰の低い有色ブルジョワの背中に変わり、最初の映像から次の映像に移るかわからないくらいのあいだで、その人には三揃いと山高帽がつけ足されているだろう。しかしブルジョワジーというのは単一で、見分けがつきがたいものだから、こうした奴隷の孫たちの順応主義も、ディジョンやボストンやブレーメンのブルジョワたちとかわりなく、彼らの個人主義なくしては考えられないだろう。順応主義は、個人主義の原因でも結果でもあるのだから。弁護士、医者、教師などの新参者たちがそのようなものとして存在するには、そして彼らが言うように「その道で成功する」には、使用人たちと絶対ぶつかってはいけないし、彼らをその懐に迎え入れてくれる階級に、その階級が見たい自己イメージを見せてあげなくてはならないし（その任を特に負っているのは「知識人たち」だ）、彼らの理想（大金を手にする、あらゆる公的な人物に素朴な賛嘆を抱く、高学歴、受勲、総督の友人がいる、大臣の友人がいる、などなど）と、彼らの風習を受けつがなくてはならない。つまり利益の出る結婚をすること、カトリックであること（奥さんは慈善施設の後援者である、娘さんたちが初聖体を受ける、ご主人はフリーメイソンだが、浮世離れはしていない）、「自分のもの」に対する「責任感」（私の家、私の車、私の娘）、「身分の違い」（妻の従兄弟に労働者がいるんだが、こういう人たちは僕らの世界の人ではないね、もちろん家族は大事だが、私にも世話になっている人たちがいるからね、わかるだろう）、偽善（なにも自分たちは風習の奴隷というわけではないのだが、それでもいろいろあってね、など……）、どんな思想でも自分たちと無関係なら受け入れられる「議論」好き、どことなく芸術の香りが漂うイベント。

などなど。

こうしたきわめて一般的な特徴については急いで片づけてしまいたかったが、まさにマルチニックにおいて、有色ブルジョワジーの醜悪な顔が私のゆりかごの上にかぶさってきたのだし、読み書きができるようになった頃にはもう、先ほど書いたような理想が私に示されたのだ。そこでは、どんな革命によっても追い出せなかった白人の世襲金権政治が土地の五分の四を握り、砂糖黍から砂糖やラム酒をつくる黒人プロレタリアートを人的素材として利用している。工場の主要ポストのすべてや多くの「何々商会」の幹部は、この金権政治のメンバーが独占している。奴隷制度は白人クレオールたちの益になってきたし、それは現在も、賃金制度という名目で（一九三二年の砂糖黍刈り取り人の運命は、一八三二年のそれより良くなっているわけではない）、主として彼らのために存在し続けている。そうした白人クレオールたちは、もっとも元気のいい有色ブルジョワたちの階級上昇の野心を前にして、冷徹かつ閉ざされた社会を形成している。男性の白人クレオールは、自分の事業の成功のためならある程度有色人種とつきあうことも辞さない。自分の家に招いたり、彼らのところに行ったりはしないが。女性たちには、できることは何もない。この土着の特権階級は数の上では少数派だから、国会に代表者を出すことはない。彼らは出来合いの人材を買い取るのだ。代表者たちは、とりわけ有色ブルジョワジーから選ばれる。彼らの政治思想は、一般には理屈など通らない。選挙ではいつでも不正が横行し、総督、憲兵、植民地行政官、海軍の兵士らが重要な役割を演じる。人が殺されることもある。

有色ブルジョワの子弟たちは、不正行為をよしとするなかで育てられている。リセでの勉強が終わるとフランスに行って、「博士」だの「先生」アンド・ソー・オンの肩書きに「値する」か試す者たちもおり、たいていはうまくゆく。彼らはそこで、ヨーロッパ人の学友の大半の習慣や特徴に順応したいと強く望んでいることがわかる態度を示す。法学部や医学部に入った者たちは好んで山高帽をかぶり、フランスのブルジョワジーの後継者たる学友たちを好み、また嫌悪する。「目立ちたくない」、「同化したい」という彼らの欲望は、彼らが自分たちの人種の明白な印をひっさげて歩き回っているだけに、彼らが払うほんの些細な努力にも、悲劇的な性格がつきまといかねない。彼らはどのような形のものであれ、権力に目がない。アフリカでのキャリアのすべてをヨーロッパ人たちなみに「手に入れる」という目標を持って、現地人であることをそれに適合させるすべを学ぶ者たちもいる。行政官になれば同胞から搾取し、司法官になれば彼らを裁き、士官になれば彼らを殺す。他の者たちはフランスに残ってそこに住みつき、「人脈」を利用してそこの国家機構を「ものに」したいと思う。彼らのうちの幾人かは「成功する」。白人に生まれたなら、白人であることで褒められるわけではない。しかし彼らは順応する努力をして、白人化するのだ。「故郷」に戻る人々は、こつを心得ている。彼らはフランスのどこかの大学のお墨付きを得ている。穏健で、寛容で、協調性に富む彼らは、周囲の模範となる。大事なのは「地位」であり、妻から自動車をへて思想にいたるまで、すべてのものがきっとそこから出てくるということが、彼らにはわかっている、それで彼らはそっと住みついて、お礼を言い、人に会いに行く、本当に礼儀正しく。彼らはじきに、目立つことに快感を覚えるようになる。公の席の演壇、勲章、また勲章、それから市長、国会議員、ありえないことではない。幾人かは際限のない露出に目が眩み、開会式だ、展示会だ、講演会だ、演説だと大忙しだ。彼らの度はずれの礼儀正しさが炸裂しないセレモニーなど、ひとつもないのだ。赤いリボン〔勲章の綬〕が彼らの夢に縞模様をつける。私たちは総督とも、総督ととても仲がよい代議士とともとても仲がよい、局長は本当によい人だ……そのあいだにも畑では、黒人たちが砂糖黍を刈り続けている、彼らを裏切り続けている人たちの頭を切ることは、まだ考えずに。

追記――私は成功した、あるいはこれから成功する有色ブルジョワについて話しているのだ。ここまで私が書いたことのなかに自分の姿を認めない同胞たちなら、これらのことが真実だと、きっと思ってくれるだろう。

ジュール＝マルセル・モヌロ

＊『正当防衛』第一号、一九三二年六月、三－四頁（Jules-Marcel Monnerot, « Note touchant la bourgeoisie de couleur française », *Légitime Défense*, 1er juin 1932, pp. 3-4.）。

想像することの恐さに逆らって[1]

「私たちのために、新しい家を考案してください。」
（シュルレアリストたち）

近い将来複数の宇宙進化論が、おそらく再び生まれてくるだろう。ただそれらは学者たちによって作られるか、あるいは存在しないかだ。透視図法、指数、速力、変換などは、新しいカテゴリーだ[2]。大きさに関するある範疇が有する質は、別の範疇には通用しない。現在までのところ数だけが、例外なくそれ自体と同等で同一という、効力を有している。だからこそ、たとえば可能性の計算は、原子力研究にも社会学にも同様に使われている。

知られているように、「可聴」音や可視色の波長は、それぞれ既知の数値内にある[3]。人類という専制君主は、聴取なら十オクターヴ可能だが、視力は[4]一オクターヴ相当にすぎない。それらの狭い侵略可能域の外側、その手前、その向こう、その隙間など、感知されないものすべてについても、数学的には想定可能な指数がある。

私たちが「現実・世界」という二語を使うときには、ある種の強引さがつきまとうが、それは不安のようなものの裏返しだ。一方そうした語をもっとも好んで口にする人々自体は、そこにあるのは同義反復以外の何でもないことを忘れている。現実主義者たちが現実に寄せる究極の期待は、世界への立ち帰りだ。とはいえここで言う「世界」は既知の選択肢の関数でできており、その選択肢はいろいろな数によって厳密に限定されている。また仮定の現実をめぐっては、私たちの周波数以外の周波数が仮定するすべてに対して、そうした周波数が存在するとも、仮定の現実（私たちの感覚器官の篩《ふるい》にかからなかった現実）が実在するとも、他のどんなことも言えはしない。完全な闇のなかでこうした問いは、ただ問う者の身に戻ってくる。ある考えを作るための素材自体は考え出せないなどと言っても意味がないのだから、おそらく物自体が、何でもない物なのだ。私たちは限界を定める数字の虜になっているが、その数字がコウモリ（や、おそらく一定数の別の動物たち）の限界を決めるわけではないことを、信じるだけの理由も知っている。「私たちの」世界で単体の状態で存在している九十二元素は、私たちの器官が篩にかけられて今の状態になっているからこそ、今あるようになっていると仮定するのも不合理とは言えない。知覚されている他の波長もありうるとか、それを知覚するためには他の器官が篩にかけられても残っている必要があったというような仮定をしても、それ以上の進展は望めない。頭のなかで厳密な見通しを立てると、私たちの世界は適用範囲が限定的な作業仮説のように見えてくる。それが現実的だからではない。それが私たちにとって、こう言ってよければ唯一の現実だからだ。ただそれが現実なのは、それに限界が設けられているからだ。世界は限界それ自体から生まれている。

★

現在、私たちが六十三オクターヴ（片目で捉えられる色階のおよそ六十三倍）の振動を（検流計や検電器によって）捉え、探査すら可能なことは皆が知っている。図式的に想像する限り、空間とは極言すれば、人間の潜在的な知覚をもとに計られるものの代表に過ぎず、時間は、人間の潜在的な実在をもとに計られるものの代表に過ぎない。

自分たちが自分たちの周波数の限界に縛られている以上、それより数値的に上や下、あるいは隙間の数値の周波数に相当する、自分の感覚器官のそれとは別の篩にかけられた属性などというものを仮定する権利は、私たちにはない。人間が新たな周波数、今日知覚していないあらゆる周波数を知覚することもありえようが、不確かな話だ（起こりうる器官の変化や、想定可能な人間の条件の変容を考慮に入れたとしても）。私たちの「世界」は私たちの限界でもあるのだから、想像力こそがこの限界の唯一可能な解消点だろう。つまり、自分たちが感知できない波動を発する、少なくとも数値上の存在を考えるところから始め、それらの波動が「他所」では感知されているかもしれないと想像することなら、私たちにもできるのではないか。しばしの間、その存在自体とそれが持つ限界に、それ自体の重力と、おおよそ人間に近い形と、想像するためのエンジンとを委ねよう。そうすれば私たちはおのずと、私たちのそれに類似した感覚器官の表象を思い描くことになる。というのも感覚器官とその機能とは、対をなしているからだ。もっと大雑把に言って、理論的には他の波長を聞いている人たちがいるかもしれないということだ。そして異なる周波数は、異なるメッセージを運ぶだろう。

ここで根拠のない仮定とは言え、そこから想像上の結果のいくつかを引き出してみよう。本質上、複数ある「世界」とは、それぞれに応じた異なる特徴の関数であって、いかなる共通の基準も前提としていない。もともとそれらは互いを認知していない。別々のものとして形成されている限り、それらはそれぞれ、他のすべてを寄せつけない。（私たちは「こんなふうに」感じる、私たちは「こんなふうに」[5]存在している……と言うとき私たちが意識するのは、それぞれに構成される境界のようなところだ。）そうであれば、互いに認知せずとも共通部分があるような複数の「世界」や、私たちが彼らを介して自分たちに向き合うのと同様に、私たちを介して自分たちに向き合う「人々」が存在することには、——たとえその様式や形式を私たちがまったく想像できないとしても——理論的な障害はないことになる。したがって私たちはたとえそれとして知覚せずとも、またそれらの世界の共存を意識せずとも、完全に別の世界のあいだの相互作用を記録することだってできそうだし、おそらく可能だろう。

この「共存」は、「はじめの世界」の参加者がその世界を形成する境界を越え、いくつもの「世界」の参加者となることではじめて、（我々の仮定の外にある、神による介入のケースを除けば）ひとりの人によって確認されることになるのだ。

しかしながら、選ばれた異なるいくつもの体系間の相互交流は、ありえないように見えても理論的には禁じられていない。存続し、かつ互いに他者を介して生成してゆく複数の異なる世界の共存可能性を私たちが思い描くときと同様の想像のしかたをすることで、私たちよりも徹底的に自分たち固有の境界を飛び越えて、自分たちとは異なる体系のうちのひとつ、またはいくつかを選んで交流できる（それによって、自分たちの体系を拡げられる）人たちを想像することもできる。かつてフェリックス・エブエ氏[6]が研究したアフリカのある地方語[7]では、言葉の意味が音の高低と強弱で表されている。その結果この言語で書かれたテクストはどれも、音符で書き換えられる（し、それがもっとも便利な表記法ですらある）のだ。したがって理論的には、ヨーロッパでは楽譜として書かれているものが、結果的にその言語にとっては部分的にせよ全体的にせよ、まったく予測不可能な意味を持つテクストであるというのもありえないことではない。（ただ、これまでにこういうことがあった可能性は非常にわずかだし、可能性は極めて低いが。）これは、受け手と送り手が同じように理解せず、交換していることを意識してもいない無意思のメッセージとでも言えるケースだろう。

私たちの尺度からすれば、おそらくある「世界」の現象の別の「世界」による知覚とは、さしあたりこの次元のことだ。したがって今後は、まるで人間の注意力の及ぶ範囲が遠心力のような何かを及ぼす人々のあいだで受け止められる現象を、こうしたメッセージになぞらえるのがふさわしいかどうかを考えなくてはならない。またこういう時には、考察を拒否すること自体も考察の対象になりうるから、こうした「出現」を前にした今日の人間が取る怯えた馬のような態度が、それ自体示唆に富んでいないか、それが精神分析学者たちの言う抵抗でないか、自問する必要もあろう。このように抑圧されたり、周縁にとめ置かれている人から感じる恐怖心が、私たちの専横さを生む他の諸々の恐怖心と関連していないかも考えなくてはならない。また私たちの構造に変更や変質が起きれば、極めて知覚不可能だった周波数に対応できる知覚状況を引き起こすことも可能ではないか、考えなくてはなるまい。器官にいくらかの乱れや変調が生じることで、それまではなかった感受性が生まれないとも限らないのだ。

★

しかし、なぜ募集係下士官の苛立ちの表現や、すごみの利いた懇願や、「私たちに好意的な人々」の軽い不機嫌を無視するのか。時代に合わない臆病さと行儀の良さの混じった彼らの言葉は何を意味しているのか。それは次のことだ。一九四七年のあるフランス人が体験し、感じ取る社会状況においては、想像力が個人的な能力であるのと同時に社会的機能でもあるということは受け入れられておらず、想像力は使わなければ少しずつ失われてゆくということは認められておらず、想像力を有するその全体は、それが使われないことの害をひどく被り、そうした喪失により破滅しかねないことは認識されていない。想像的なものの役割は、可能なものの役割そのものだ。可能なものは、検閲を受けると悔恨や非難となるから、それらは何としても黙らせなくてはならない。想像力というものは、たとえもっとも常軌を逸したものでなくとも、犯される前に押し殺される、言葉にされない違反になろうとしているものだ。想像的なものを怖がる夢想家は、想像を控える限り、知覚できるものも少ない。私たちには、示唆されていること以上のこともできる。つまり想像力が「見かけを取り繕う」かに見えても、本当はそれとは反対のものになることが望ましいのではないか。しかし皆さんが現場を押さえられた軽犯罪者のような嘆かわしい執拗さで、たいていは想像力の影響を受けずに現実を生きてきたふりをし続けるとき、想像力の段階的減退は、まさにそのこと自体の結果だろうし、それと同じことだろう。それは何かが不足している症状で、そこからは、何一つよいことが予想されない。予測や物思いがたとえ私たちを鍛える以外の目的を持たないとしても、それらはそれだけで十分正当化される。おそらくそこには、私たちが認識している限りだが、シュルレアリスムが主張しうるもっとも確実な資格のひとつがある。それにこうした語は、定期的にいくつもの新たな意味を与え直されることに非常に適しているように見えるし、それによって、その語にすでに与えられていた予感や警報信号としての価値が失われるわけではない。おそらく想像する自由を、現実感覚の欠如から守らなくてはならない。現実感覚からは、人間のもっとも意気阻喪させる数々の側面を私たちの関心の中心に置くような意識の明晰さを、取り除かなくてはならない。同時にいたる所にいたいという私たちの意思のためには、攻撃以外の防御はない。

原註

（1）　もちろん、このテクストがアンドレ・ブルトンが書いた一頁を想起させるとしても、またもしそれが、同様の印象を別の調子で表現しているとしても、それは偶然ではない。

（2）　速度や、音階や、視野の。

（3）　可聴音の振動数は、毎秒三万二千と八万のあいだに位置している。可視光線の波長は、毎秒四〇五ナノメートルと七五〇ナノメートルの間に入っている。

（4）　もしも私たちが光の波長理論の記号言語を用いるならば。

（5）　このことは子供が私たちに質問するとき、ひじょうに目立つ。子供の「どうして」には、何一つ答えられないということだ。答えには中身がなく、子供から不十分だと却下されるような答えを子供に与えることを、私たちは恥ずかしく思う。答えはこんな言いかたで表せるだろう。「これが限界なんだ。」ソクラテス以前のギリシャ哲学は、子供たちの質問に答えていたものだ。私たちが子供の「どうして」に「ともかくこんなふうなのだ」と答えるとき、私たちは、限界を指で触らせようとしている。しかし子供はそれを受け入れない。

（6）　ブラック・アフリカの総督。一九四四年没。一九四〇年に彼が果たした歴史的な役割によって広く知られる。非常に重要な民族誌学上の考察をいくつか出版した。

（7）　バンダ語。

＊　『一九四七年のシュルレアリスム』（アンドレ・ブルトンとマルセル・デュシャンによるシュルレアリスム国際展カタログ）、マーグ出版、一九四七年、五二－五五頁（Jules Monnerot, « Contre la peur d'imaginer », *Le Surréalisme en 1947, Exposition Internationale du Surréalisme présentée par André Breton et Marcel Duchamp*, Maeght Éditeur, 1947, pp. 52-55.）。

事例研究　サルトルと『嘔吐』(一)

知識人特有の創作について、検討すべき時が来た。それは最良の方法でなされるべきだ。誰もサルトル（ノーベル賞拒否によって、まさに自分が打倒を誓った相手から報いを受ける知識人にとっては、最後の一歩こそが厄介なことを、身をもって示した）から、その特権や、使命や、おそらくその特徴を極めた完璧なる知識人であるという幸運（彼なら偶然性と言うだろうが）を剥奪しようとはしまい。サルトル氏自身が歴史的傑作の一様態なのだから、『嘔吐』という、この傑作のなかの傑作以上に検証に値するものは何もあるまいと、私には思えた。

私たちはサルトルの他の作品よりも、『嘔吐』を好む。そして無条件で、この実践を非常に高く位置づけている。サルトルは知識人であり続けながら、同時に自分がもっとも偉大な芸術家たちにも匹敵し、二十世紀において、ほとんど可能な範囲を超えるほどにヨーロッパ文学の栄光を継続させた『新フランス評論』の、彼の先駆者たちと同等の者であることを示した。

サルトルの哲学にとっては、この作品によって、学生たちのいくらかの記憶が引き出されることが期待される。サルトルにおける詭弁の生産様式の源泉、そこに見出される論理的誤謬の、ジャンルや種類や系統による区分などは、論理学の高等研究の免状を取得したどんな人にも見事に合致するものだ。したがって彼ら（学生たち）がこれに関心を持つとしたら、それはよい兆候だろう。そこには論理学を学ぶ若者向けの、面白くはないが容易なテーマのひとつがあるからだ。ただこれは、形而上学を学ぶ若者には勧められない。というのもサルトルの哲学は、形而上学に対する気持ちを削がせる、一種の薬だからだ。ある種の女性たちが、恋心を冷ます薬になるのと同様のやりかたで。サルトルの演劇では、観客は、場面がいつも同じ場所で起きているような印象を禁じえない。つまり非常に専門化された精神科の病院で、病気と病人はと言えば、パラノイア的な大学教授資格試験準備学生ばかりが治療を受けているような。しかし並立する独我論と錯乱の符合の相互反復については、ここまでにしておこう。

＊＊＊

サルトルの『嘔吐』は、目下のところ二十世紀のもっとも独創的な小説である。とは言え『失われた時を求めて』的な小説ではないと言っても、何の役にも立たないだろう。『ユリシーズ』的でもないと言ってもだ。二十世紀に小説とみなされるというのは、他のものではないということを意味する。そして物語のなかの想像上の登場人物たちの存在だけで、たとえ彼らにかなり現実性があったとしても、また美学上の約束事から来る嘘が、自分に対する思い違いから来る嘘より小さいとしても、小説という呼称の使用が許されるには十分なのである。ただ読者の合意を勝ちとるためのディティールも必要ということだけは、つけ加えておこう。もしも

「小説」という文学ジャンルとして可能な様々な形態や変種が、すべて宇宙論的叙事詩[1]と存在論的告白という二極のあいだに位置づけられるとしたら、サルトルの『嘔吐』は小説の存在論的極に位置づけられよう。バルザックの「人間喜劇」が宇宙論的極に位置するのに対して。

『嘔吐』のテーマは自伝の一断片ではないし、ひとりの登場人物が見た彼をめぐる歴史の、非常に薄い水平の切り取りとも言えない。そのテーマは、ひとりの人間について語ることができるラインの手前に位置している。ひとりの人間について語るには、昔の心理学者たちが彼らのうんざりするような用語で「社会化された自己」と呼んでいたものが、前提として与えられている必要がある。そこには私が私であることを疑っていないということと、それを疑えない（この疑念の欠如が、一般に正常な人と呼ばれるものの定義だ）ことに由来する（それに続く前提は、不要な反復に見える）疑念の欠如、安心があるのだ。しかしながら、自分で「私のもの」だと言える行為や気持ちの背後にあるこの種の本質的安心は、見かけほど揺るぎないものではない。私たちの「心理構造」（「身体構造」との対比で。ただし二元論的哲学を提起するつもりはなく、一番明解な語を選んだまでのことだが）には、随意の活動や継続的な応力があり、その活動の原理は、「自我」にあると言える。私たちが話をするとき、たいていの場合私たちは自らを、その責任ある作者とみなしている。つまり私たちは行為や経験を、所有物として自分に帰属させているのだ。サルトルが言うには[2]、この「自然な態度」は「意識が自らを自我のなかに投影し、そこに没入することで、意識自体から身を引き離すための努力のようなものとして、十全なものとして現れる」。しかしこの努力が潰え――そういうこともあろう――、「意識」が自我と、意識が時に応じて中身とも入れ物ともみなせるひとつの世界とに住んでいるという安心感から切り離されるとき、何が起きるだろうか。ひとりの人物の主観性が、社会化された「自己のなかに自らを投影」し損なうとき、非現実感がすべてに、主体に意識がある限り主体自体にすら行き渡る。そして主体は、何ものも自己正当化しえないという感情を抱く（そもそもこの正当化という考え自体に、何か意味があるのか）。こういう人間は、その、彼の目前にあるこの世界のすべてがひとつのありふれた可能性、ほかのあらゆる可能性の上位に位置づけるにはいたらない、ひとつの可能性でしかないという考えに、しめつけられている。確かにこの世界は存在しているのに対し、可能性でしかないものは存在しない。しかし存在するものには必然性がない。この必然性の欠如において、可能なもの（つまり非現実的なもの）と現実的なものとのあいだの違いは、一種のクーデターによってできているように見える。問題の人間は、「ついてゆけない」。

これが『嘔吐』のテーマだ。ある人物、その人物（それがこの人かあの人か、彼かあなたか私かは、実はどうでもよい）が、偶然性に襲われている（これが必然性の欠如の別名であることは、すでに述べた）。それはひとつの思想とも、感情とも、生きられた経験とも呼びうる。それは言いかたの問題だ。それは――一瞬前に「自我」にもたらされたかもしれないものも、世界にもたらされたかもしれないものも容赦なく――、すべてが例外なく正当化できず、場違いで「余計だ」という感情だ。しかしこの経験、もしくはこの思想は、古代の哲学者たちが考えていたようなもっとも一般的な意味で、マラリアや癲癇のように発作的に発症する。

『嘔吐』の人物においては、この偶然性の存在はぼかされ、それが間近にあることが日常生活の根底をなしている。しかし時としてそれが表面に顔を出し、発作となる。そのとき日常生活の薄いフィルムが破れる。こうした発作のときその人物が感じるのは、世界と自我を消し去り、それに取って代わるような一種の空虚ではない。ひとつの色や照明のような何かが、すべての上に広がるのだ。私には変わらずに、自分の前にいつもと同じ楓の木や噴水、ミズキ、金色と銀色、そして修道院の壁ぞいにバラ色の花をつけたスグリや薄紫の花をつけた桜の木(3)、さらに身をかがめればレンギョウが見える。それらすべてのものは昨日と変わりないが、もう同じではない。何も変わっていないが、すべてが変わった。こうした偶然性の発作から、新しい世界の見かたが、登場人物に生まれたのである。

サルトルは続ける。彼が哲学者の技術的な用語で[4]「自我からの意識の引き離し」と呼ぶものは、「超越的な起源を持つ純粋な出来事であると同時に、日常生活でいつでも起きうる偶然の出来事でもある」。彼はそれを一文学作品のテーマにすることにし、その題名『嘔吐』のあとには、「小説」と記した。小説を買う人たちの関心をそこに引き寄せるための危険な賭けだったが、それはうまくいった。私は一九三八年にサン＝ミシェル大通りのピカール書店で、出版社からの入荷日にこの本を買ったが、今でもこの本に驚嘆し続けている。傑作の最初の読者のひとりだったということが、どれほどの喜びだったか！ 私はその晩友人たちと夕食を取ることになっていたので、その傑作を彼らに分かち合わせるつもりだった。その晩は、他の話などできなかった。そのとき私は戦争が近いことを察していたが、戦争を間近に感じながらも、私にもたらされたもののすべてを、感覚を最大限に研ぎ澄ませて味わっていたのだ。

私は『嘔吐』より独創的なものを何も知らない。目眩や熱や動悸が小説のテーマになりうると思った人など、誰もいなかったのだ。

哲学の教授資格者であるサルトルは、当初、大学用哲学という特殊な修辞学の、将来を嘱望された若き技術者として認知されていた。彼はどうやって、こうした芸術的な成功を物にしたのか。彼が「哲学研究」のテクストのなかで、「意識が自らを自我のなかに投影し、そこに没入することで、意識自体から身を引き離すためにする」努力の失敗として述べていた、そして「私たちにのしかかる……、超越的な期限を持つ純粋な出来事であると同時に、日常生活でいつでも起きうる偶然の出来事でもあるひとつの不安」によって表現されているものを、客観的に検証しなければならない。ゆえにサルトルは意識的かつ故意にひとつの体系から、もしくはそう言いたければ、哲学的体系の一要素から出発したのだ。その語に辞書にない意味を与えて、「嘔吐」と名づけた偶然性の実体験を描き出すために、彼はどのようなやりかたをとったのか。[5] サルトルはこの体系の要素から出発し、それを検討することなく、すべてはあたかもサルトルがそれを自明のこととみなしているかのように行われた。しかし作者が言うには、『嘔吐』――これは「小説」だ――の登場人物――これはサルトルではない――が感じている生きられた経験は、この両方に同時に関わっているのだ。彼がフロベールから取ったノルマンディー方言からロカンタンと名づけた登場人物は、（哲学用語で言う）偶然性の生きられた経験を甘受する。文学的な表現を使えば、ロカンタンは「むかつきを覚える」。しかし繰り返しになるが、この小説の登場人物はサルトルではない。哲学者サルトルにおいて、生きられた心理状態である「経験《エアレープニス》」はこう呼ばれることで、それが哲学的体系のなかで重要な役割を演じるにいたっている所以である、その意味内容から切り離されえない。ところが小説の登場人物においては、その哲学体系への関係づけは一切なされていないのだ。サルトルの見かたから言えば、描き出されている経験は想像上のことだ。小説を成立させている合意のなかでは、ロカンタンはフッサールの弟子とは――反徒とも――見なされていない。したがって『嘔吐』は、その哲学者にもおそらく起きた経験を描いてはいるが、その哲学者がそれに与えている意味は、それほど描いてはいないのだ。とはいえこの分野は量ではなく、質が問われる分野だ。したがってこのそれほどというのには意味がなく、より正確に言えば、これは「ほかのこと」という意味なのだ。それはただ、サルトルが（おそらく）生きられた経験を、想像上の経験に置き換えたということを意味する。いずれにしても、それは考え出されたことなのだ。このことは、哲学や真理という視点から見れば評価を下げることになろうが、芸術という視点から見れば評価を上げる。そして実際、問題になっているのは哲学ではなく、芸術なのだ。それはフィクションと呼ばれるものだ。空間内で輪郭が、それとそれでないものとを分ける彫刻であろうと、最初の音符と最後の音符のあいだにそれを閉じこめる時間が、それに先立つ音やそれに続く音から切り離すポリフォニーであろうと、枠が、その外側で情景となりうるすべてのものから切り離す絵画であろうと、芸術は人間の心理構造の上に一定の力を持つ意味の総体を、抜き出すことで成り立っている。サルトルは部分的に切り取られた出来事やフィクションを使って、文学的芸術を作る。石材とセメントで壁を作る石工のように。私たちも皆同じように作っている。ただ『嘔吐』では、芸術家の仕事が匠のそれなのだ。まずサルトルは特に幻想小説や、ときには探偵小説のような――すなわち、それ独特の世界を構築するために、いくつもの扉を閉鎖するかのごとく人間の経験の一部を締め出す文学ジャンルの――やりかたで、仕事をした。それらから残される部分は黒い闇に縁取られているので、もとの姿ではもうない。たとえ私たちがどんな審判だったか、どんな城だったかを知っていたとしても、そこにはもう城も審判もないし、カフカもカフカではなくなっているだろう。カフカが心理的安全装置を上げているとしても。彼が『変身』という作品をものするには、「しがない会社員が巨大なごきぶりに変身することなど絶対ない」などとよく考えないままに書くような、私たちの経験の先験的《アプリオリ》な形態をいったん脇に措くだけでじゅうぶんなのだ。残りのすべては現実的で、現実主義的な描写の対象であり、こうした現実的なもののすべてが、かえって幻想的なものを創出している。彼にまつわる話のなかの、はっきりしすぎていそうなすべては巧みに削除され、ロカンタンは、理想的な程度の象徴的一般性と魅力とを獲得している。彼の人格や特殊性のとげとげしさは、彼があなたにも私にも容易に同一視しうる程度まで、丸くされた。彼の人物像からフッサールの哲学や、こう言いたければ自身の哲学とのせっかちな関連づけを取り去ることで、サルトルは美的な面での巧みさを披露している。こうした美的な巧みさは、後のサルトルにはまったく見られなくなった。

哲学的な理論の特性は、少なくとも部分的には時代遅れになりつつある要素を孕んでいること、やがては体系全体を、概念を陳列した想像の美術館へと、冥府の国へと運んでゆくところにある。そこを私たち旅行者は、豪雨のような話しかたをするキケロばりの案内人のガイドで、思春期に訪れた。それが哲学史と言われるものだ。体系以上に、早く醜悪に老いるものはない。あらゆる理論を厄介払いした芸術作品には、不壊の若さが保障される。しかし「哲学者」サルトルを歴史家ロカンタンにし、経験の一部を切り取ることは、芸術においては正当化しえても、哲学においては正当化しえないのだ。

『嘔吐』をもう美学的ではなく、心理学的に分析するなら、その小説は本当らしくないことと、巧妙なごまかしに基づいていることがわかるだろう。哲学者の経験を、哲学者ではない人のものと見なしているのだから。それは芸術の技だ。つまり一冊の本のなかでは、作家はいつも実人生において知りえないことを知り、隠したり、明らかにしたりしたらよさそうなことを、隠したり明らかにしたりする。作家は効果を狙う。哲学者は反対に、本質上いかさまはできない。そんなことをすれば、自ら真理の領域から撤退するようなものだろう。『嘔吐』では、哲学が芸術に主題を渡してしまっている。一哲学の真理が問題なのではなく、一芸術家が哲学から獲得しうる美的な収穫が問題になっているのだ。「美的な衝撃」はこの用途の転化に依っている。しかしもっと先に行こう。

十九世紀のヨーロッパでは、人間は歴史的存在であるというのが今日的話題としてあった。歴史主義を現代風にした「実存主義」[6]は、こうした歴史的存在を水平に切り取ることと、こうした人間の現在の姿、現実の状況下にあり、過去に急き立てられ、未来に吸いこまれてゆくこの存在を示すことによって成り立っている。人間は発射ずみの砲弾のようなものであるが、部分的な弾道の修正は可能だ。こうした見かたはヨーロッパ思想の共通財産だ。フランスでは哲学は、大学の授業のような新カント主義で窒息していた。開けられそうな窓のひとつは人間の状況に関する問題、ハイデガーとヤスパースがそれぞれ自分のために、自分のやりかたで、ニーチェとキルケゴールに共通していたものから引き出していた問題のほうを向いていた。それぞれの世代に特定の場《ロキ》、場面設定《トポイ》、お決まりの話題《リユコマン》がある。（今日のお決まりの話題《リユコマン》のうちもっとも馬鹿馬鹿しいものは、異論の余地なくあらゆるお決まりの話題《リユコマン》の追放を豪語する独創性への気遣いにある。それが逆説的に過ちと月並みさを増すことになるが、ここではこれくらいにしておこう。）したがって私たちの特定の場《ロキ》のひとつは、状況下にあるということだ。この「状況下にある人間」とはハイデガーが「現存在《ダーザイン》」、つまりそこにいる人、そしてサルトルがより教科書的に「対自」と呼ぶものだ。私たちはかつてこれを「位置と日付を持った人間の条件」（ここにはフランス語の特性を捻じ曲げる不都合があるが）と呼んだ。[7]『嘔吐』を前にして、サルトルはこの人を、過去に急き立てられ、未来に吸いこまれているあなたや私とみなしている。すでに見たように「実存的」態度とは、ある人間、あなたや私の歴史性を水平に切り取ることで成り立っている。たしかに状況下にあるこの人間は過去と未来を持ち、彼はそれらを、自分を急き立てるものや吸いこもうとするものとして感じている。私たちはすでに、芸術は、人間の上に一定の力を持つ意味の総体を抜き出すことで成り立っていると述べた。芸術家は彼が切り取る方法、つまり彼が自分の絵画やソナタや小説を残りのものから分離する方法について、誰のおかげも被っていない。その成功が芸術になるのだ。結果が手段に判定を下すというわけだ。ジョルジュ・ソレルは他のものからいくつかの要素を選び出し、この行為によってそれらの要素から、芸術家がそれを他人に与える前に自分に与える総体を創造することによって成り立つ私たちの精神の活動様式を、二項分割（私たちが切り取ると言っている、切り裂く行為）と呼んでいた。ではサルトルは、『嘔吐』で何をしたのか。彼は状況下のある人間を取り上げた。私たちも自分自身のなかで、こうした人間が、人間が起こす騒乱のなかで翻弄されつつ、過去に急き立てられ、未来に吸いこまれているのを感じている。そしてモーリヤック氏に対してはその行使を高圧的に非難したのだが、[8]自らの創造に関する創造者の至高の権利を行使して、彼は歴史的人間の上に文学的操作を施し、過去による急き立てと未来による吸いこみが弱くなるようにその人物の過去と未来を軽くして、ロカンタンという人物を創造した。サルトルは歴史的人間が過去に張った根と、未来に伸びる枝とを切り落とした。ロカンタンには妻子も、両親も、野心も、職業も職歴も、政治的野心も、金銭欲も、生きかたに対するこだわりも、いろいろな風景への愛着もない。サルトルが望んでいた用途にあうように、人間性を洗い落とされ、殺菌されたようなものだ。芸術家に全権があるのはもちろんだ。それでサルトルは、自分の被造物を形而上学的掃除機にかけて、からっぽにしたのだ。だからロカンタンは偶然性の感覚の侵入に対して、ほとんど何も対抗させることができない。彼の被造物は、それを防御するものをいっさい取り払ったのだ。これはひとつの円環をなしている。つまりサルトルはロカンタンを、彼が創造したままに描く。なぜなら彼はそれを、描きたいように創造したからだ。そのためにサルトルと、こうした哲学の手ほどきをまったく受けたことのない読者との間にはひとつの誤解が生じるが、その誤解が成功を無にするわけではなく、その反対である。おそらくサルトルは彼の書物にひとつの世界観の例証を見ているのに対し、読者はそこにひとりの大作家による、精神衰弱の発作の描出を見ている。つまり少し無理をすれば、「狂人日記」と言えるようなものだ。哲学的には『嘔吐』は無価値だ。というのもサルトルが描き出している諸状況は、まさに彼自身が装ったものだからだ。『芸術の知的訴訟』[二]でカイヨワが例にあげている精神分裂病患者は言う。「これらのバラを見てください。妻ならそれを美しいと思っただろうが、私には葉と花びらと棘と茎の堆積に見えます。」ただサルトルにおいては精神分裂病患者ではなく、精神分裂病患者を装う、大学用哲学の若き専門家が問題になっているのだ。哲学の関心はひとつの事実のいろいろな意味を明らかにすることにあるのに対して、美的関心はいろいろな意味を例証するために、ひとつの事実を案出することにある。『嘔吐』は哲学的小説であるが、しかしそれはかつてのボードレールのように、「形而上学を小説に応用しようという高次の夢」に惹かれていたからではないだろう。この意味では、『嘔吐』はそこから一つの哲学が明らかにされるような小説でもない。

『嘔吐』が哲学的小説なのはある種の「経験《エアレープニス》」、哲学者のある種の経験された状態が、そこで小説の主題として選ばれているからだ。それに対してフィクションは「哲学者を非哲学化すること」によって成り立つ。そうして残った奇妙な生き物が、ロカンタンというわけだ。

『嘔吐』は「哲学」ジャンルに属する諸命題を演劇に、というよりむしろ語りや小説の形式に落としこんだものだ。しかしそれしかないわけではない。芸術における成功は、フィクションに生の特性のいくつかを与えることにある。創造によって被造物の真似をするのだ。分析するときにそうした幻想の部分を取り去って、フィクションをいくつもの根本的な要素に切り分けることもできる。文学作品が意味に富んでいればいるほど、その作家の特殊性をよりよく見つけ出せもする。しかし『嘔吐』において、一哲学者の禁欲的な経験と、彼の哲学へのあらゆる明示的な関連は絶たれている。他のものと違って作家に着想をもたらす、いくらかの生きられた経験や知覚も選ばれており、それらはいずれも、ゲーテが「自然の治癒不能な側面」と名づけていたものに由来する。しかしこの「治癒不能な」側面のことを、サルトルはクライストのようには理解していない。(9)『ロベール・ギスカール』の作者は、ありそうもない状況によって破滅するありそうもない人間を見せていた。そうした状況は、内面的な矛盾を明るみに出しつつかき立てることで人を破滅させるような状況へと向かう主人公の歩みを、常に明らかにする。女戦士ペンテジレーアは勝利することだけが問題だったとはいえ、アキレウスを前にして自分が女性だということを自覚することになる。無垢なO侯爵夫人は気を失い、気づかぬあいだに強姦されたため、恥辱にまみれることになる。コンスタンチノープルを攻囲するロベール・ギスカールは、ペストに攻囲される。最終的な攻撃は両面からほとんど同時になされ、この「ほとんど」で、ロベール・ギスカールが敗北するには十分だった。(三)

しかしサルトルによって、自然の治癒不能な側面はヨーロッパの偉大な悲劇のレベルにおいても、ドイツ・

ロマン派のレベルにおいてすらも捉えられておらず、フランス自然主義の、さらには「悲惨主義」[10]という自然主義の諸現象のうちでも時代的に最後のもののレベルにおいて、捉えられている。そこに含まれているもののひとつ、『壁』というタイトルで一九三九年にサルトルが出版した五篇の中編、もしくはフィクションから発する光に照らせば、『嘔吐』ではまだ見えづらかったいくつかの特徴もはっきりする。『嘔吐』の最後でロカンタンが必然性の欠如に襲われ、現実という名の下に皆にのしかかっているように見えるものとは別の可能性を思い描いても、それは這いつくばる腐肉の塊、割れ目ができた肉体、割れ目の奥に見える目、ムカデになる人の舌、木々が「ついばむ鳥たちのしたで精液を失ってゆく怪物のような陰茎」に変わった森でしかない。「そのとき（二〇一頁）私は笑い転げるだろう、たとえ自分の体が不潔で濁った外皮に覆われ、それがスミレやキンポウゲが咲くように、肉の花のように開いてゆくとしても。[四]」君に取り憑いているものを教えてくれたら、君が誰なのかを教えてあげよう……これら五つの中編には、こうした想像力の傾向がはっきり見られる。「ガラスの肉体」、「腐敗臭」、「爪で皮膚を押しながら取り除く（ママ）、黒く小さい斑点」、「彼はここの闇のなかに自分の体臭を残していった。手ぬぐいにもそれが満ちていた」など。[11]ボードレールは、愛は拷問や外科手術になぞらえて描けることを思い出させる。それが身体の毀損に他ならないからだ。何かの行動や場面をひとつ取ってみればよい。まるであなたの眼差しが、そのいくつかだけを読み取らんがために記号の一部をふるい落とすザルであるかのように、あなたは（たとえば）愛については、外科手術に似た面だけを残す。そして、そこに最悪なことや、思いつく限り最悪なケースなどを付加する。このようにすれば広がりと脈絡を持って、またもし才能があればだが、一貫性と意図を持った美的世界を獲得することができる。食欲のない人なら世界一美味しい食事からでも、同じようなものを描き出せるだろう。そして中世没落期の死の舞踏の表象におけるがごとく（ただこの苦行には、善導の下心はまったく含まれていない。永遠の罪の退屈な見世物ではまったくない）、その恋人たちを恋人たちの亡骸に、もしくは彼らの臓物に取り替えることもできる。柔らかい獣というふたつの袋、つまりサルトルの美的世界の特徴をなす、この上なく絶望的な生理状態にあるものの、ぬるつき、べたつき、痛ましさ。

サルトルの「世界」とは、そのようなものだ。『嘔吐』の主人公の経験に書かれていない点があるとしても、それはサルトルのほかの作品の人物たちのように、ロカンタンが動き回る世界それ自体も欠けたところのある不完全な世界で、そこでは投棄性とでも言えそうなものが、フロベール的な客観性に取って代わっている。こうした特徴は、サルトルが後に、全体を『自由への道』と題して書くことになるひとつの、あるいは複数の、非常に読みづらく冗漫な未完の小説のなかに、はるかに明確に示されることになる。

したがって、サルトルが読者向けの美的演出、自らの創造物であるロカンタンの生きられた経験として提供したのは、ビタミン不足の世界、栄養失調が招くむくみのようなものにかかった「世界」のなかで萎えている男なのである。

文学史的観点から言えばサルトルはここで、フランス自然主義の延長上に位置している。芸術とはいつでも選択である。現実主義や自然主義に結びつけられるすべての人々を（部分的ではあれ）特徴づけるみすぼらしいものへの好みも、ひとつの選択だ。ジェルミニー・ラセルトゥか青の公爵夫人かは無条件に選べるし、[五]ゾラの「見かた」からゴンクールの小説を、アラン・フルニエの「見かた」からブールジェの小説を書くこともできよう。それぞれの立場は歴史的に説明がつくが、それらは美的な観点から言えば同等だ。『嘔吐』の特徴である英雄の不在と、マルローの『希望』の特徴であるその登場は、どちらもあることがらに関する不可避の表現というよりは、美的な意味での選択肢だ。美的な意味での選択肢と言ってもそのいくつかはその時代によって生み出されているが、そうでないものもある。おそらく、消えては現れる絶望感に満ちた唯物論の水脈は、叙事詩的な面ではあるが、ルイ゠フェルディナン・セリーヌにも見出される。一九三〇年代初頭、ヨーロッパを真正面から襲った経済危機のこの時代に、共産党のプロパガンダの効果が文学的悲惨主義の読者拡大に貢献した。しかしながら、叙事詩風のやせ馬にまたがったセリーヌが、十六世紀にラブレーやプレイヤッド派の人々がそれぞれ自分のやりかたで試みていたことを試み、おそらく彼ら以上に、感受性の強い同時代人の心を動かしうる固有の文学表現の創造に成功したのに対して、『嘔吐』と『壁』以降のサルトルはもう[12]、果てしなく陰気でふさぎこんだ世間知らずの若者の隠語を使って、精彩のない知識人の無気力を語ることにしか成功しなかった。悲しく、そして教育的なやせ馬。

フロベールの『感情教育』とともに、現代フランス小説は生まれた。何もしない人の物語だ。感じるし、見るし、聞こえもするが行動を起こさない。行ったり来たりするだけの物だ。もちろんそれすらも結果は生む。どんな物からも結果は生まれるのだ。とは言えこの主人公にも、(たとえば)我が身の不幸を生むに足るだけの主体性はじゅうぶん残っている。『感情教育』から『嘔吐』まで(さらにそう言いたければ、「ヌーヴォー・ロマン」まで)無力さは著しく増加した。フロベールは彼のフレデリックの歴史的無意味さから、いかなる結論も引き出しはしなかった。道徳教師の脅迫的な調子や、(悪意に満ちた書きかたをする)雇われ共産党員の要求に満ちた調子は感じられても、糾弾されてはいない。一方『嘔吐』の読者が「欠如」の描出に立ち会うとき、彼は同時に、それが攻撃的「欠如」、帝国主義者的欠落であることを知る。こうした世界観は美的関心から提起されているのではなく、私たちに強いるつもり、もしくは少なくともそれを根本的に嫌悪する人たちに向けて、「ソノ者ラヲ我ハ……」といった脅しのような何かを唱えているのだ。そこには人間主義の切り捨てのようなものがある。それは無傷の人間ではなく、去勢者もしくは精神病院に住む治癒の見こみのない老人(サルトルはのちに、「もっとも恵まれない者のまなざし」と言うことになる)を、万物の尺度とするようなものだ。これが私たちにより近く、かつての現実主義と現代小説とを根本的に区別する文学の特徴である。たしかに人間が万物の尺度になってはいるが、その人間からは何かが剥奪されているのだ。すでにジッドの『コリドン』には一種のホモセクシュアルの、あるいはギリシャ人などを思えばそう言うほうがましだから単に「少年愛の」と言おうか、その帝国主義を感じることができた。それと対称的に『嘔吐』には、一種の精神衰弱の帝国主義が感じられる。つまり望むかどうかはともかく、これはサルトルによるサルトル「のようではない」人への挑戦なのだ。すなわち彼は攻勢に出ている。とりわけ『嘔吐』のなかでももっとも成功している場面のひとつ、ブーヴィルの美術館の場面において。もしも文学的な威光をさしあたり脇に描くなら、蝶をピンで留めるようにして絵の額縁の内側に隔離した人物たちに、サルトルはどのような本質的非難を向けているのか。もしも私たちがもっとも一般的な次元にとどまるなら、吐き気に見舞われないこと、自分たちのことをそう（重要だと）思うこと、そして品行の良さを示すことすらも非難されているのだ。「吐き気を催させる」社会的重要性のない人物が、彼らを非難する。ハイデガーのそれを思い出させる意味においては彼が「本来的」で、彼らは「非本来的」である。しかし非難の調子は私たちを不快にする。というのも、もし文学的な約束事から離れれば、すでに見たようにロカンタンは主人公もどきの人物に過ぎないからだ。大まかに言って、彼には一介の哲学者の禁欲と経験と教養が与えられている。しかし一方で彼からは、現実の人間の過去や未来の歴史がほぼ取り除かれている。美的な措置、読者たちをおびき寄せる罠でしかない操り人形には、道徳的非難を向けることなどできまい。それなのに作家は非難する。フランソワ・モーリヤック、もしくはスタンダールもそうしたかもしれないように。しかし作家は非難することで、二重にいかさまをしている。なぜいかさまかと言えば、一般的に言って、悲嘆を前にしたテルゾン夫人の振る舞いを非難する理由が見つからないからだ[六]。彼女を賞賛することやうらやむことならできても。もうひとつのいかさまは、描かれている人物たちが「ブルジヨワ」であることに由来している。彼らはブーヴィルという町を作った家族の人たちだ。人々は、サルトルが読者に彼らの不実をほのめかしており、もしも登場人物たちが同じアカデミックなやりかたや、亡きスターリンおなじみの「デュファイエル・スタイル」[七]などで描かれた当時のフランスの共産党や労働組合の長たちだったら、これほど馬鹿げては見えなかっただろうという印象を抱く。しかしそうではない。トレーズ氏やデュクロ氏[八]の写真、原版でなくてよいが、を見たことがある人なら、私に心から同意するだろう。もしも彼らより愚かなブルジョワがいるとしてもそれは主観的な嗜好の問題で、主観的なやりかたでしか伝わらない問題だ。

ここには知識人特有の問題がある。最初に読んだときには、それほど重大には思えなかった。サン＝シモン公に貴族的先入観があっても、それゆえに彼を賞賛できない人はいない。

しかし言われているように、ひとつの肺にはいくつもの胸膜炎の芽があり、一本の歯にはいくつもの虫歯の芽があるのと同様に、サルトルの『嘔吐』にはルサンチマンの文学の芽がいくつもある。

なにもやらずに、何かをしている人たち（サルトルにとって「最低の人」は技術者だ）を蔑む人、何でもないまま、何かである人たちを蔑む人、製作する人を「非難」し、「英雄をやりこめる」自己自身の陰鬱な観察者は、今度は自分が批評家の取り上げる対象となるに値する。こうした「愚痴っぽい悲惨主義」は、『嘔吐』の美的成功だ。というのもサルトルは物と、さらに人物に話させることに成功しているからだ。作家がそれらに息を吹きこんでいるのは聞こえないが（この成功はいつも錯覚であり、息を吹きこんでいるのはいつも作家だ）。しかしそれを過度に重視しないようにしつつも、私たちには文学史という学問がそれを私たちに勧めているように、この美学の心理的舞台の袖口から、世界に向けられるこうした中傷的言辞の主体が持つ諸条件を注視する権利はある。そうした言動を映像に残すことだけが問題なのではなくて、そこに現れるいろいろな顔を見て名前を思い出すよう、努めなくてはならないのだ。そのときアントワーヌ・ロカンタンという、ふだん調理で魚を処理するのと同様に、美的調理でその過去と未来を取り出してしまったマリオネットのかわりに、内向的で甘やかされ、「卵をかえすように守られた」ひとりの子どもをおいてみてもいいだろう。「利己主義な計算の冷水」につかったまま自らを奮い立たせることもなく選抜試験を準備しては受け、どこぞの名門寄宿学校で哀愁漂うインゲンを食べ、薄暗く小雨混じりのどこかの地方都市でも状況は変わらず、土地の人は彼自身の取柄には明らかに無関心であるというような。彼が自分自身について抱いているイメージを彼らにわかってもらうのは、完全に不可能である。

文化は、年度末の選抜試験の脅迫には逆らえない。そして「利己主義的な反省による有毒の行動」や「批判的な蛮行」の実践を好意的に捉えるこうした闘争主義的な苦悩が、その時代のフランス文学のある側面（サルトル、ニザン）のいくつかの特徴を説明しているのだ。ホメロスやテオクリトスを銃口が向けられる脅威の下、限られた日数で味わわなければならなかった人は、事によるとなかなか忘れられないルサンチマンを抱き、それが後になって文学的棘に変質することもおおいにありえる。そこから一生ものの技を得ることもあるが、失望に陥り、それが続く危険もある。私たちはこうした状況のなかにいることを、フランス知識人という歴史的類型を構成する諸要素のひとつとみなした。「社会党員」と「共産党員」とが対立してはいたものの、一九三六年の「人民戦線」は、攻略や収用が困難な安定性（少なくとも作家が彼らに与えた安定性）という鎧に身を隠したル・アーヴルやルーアンの名士たちを震え上がらせることで、フランス知識人に短期間ではあれ棘のある喜びと、たちの悪い満足とを分け与えた。サルトル教授は、名士たちの子弟にも恨みを抱く。彼は未来の技術者のなかにいる技術者を狩り出そうとする。『一指導者の幼年時代』では、『嘔吐』のブーヴィルの美術館の場面と同じ不実なやりかたで、ジッドの『贋金使い』のなかのエピソードをドス・パソスのやりかたで作り変えることで、技術者になる青年を、その男色がファシズムを予示しているような形で描き出す。サルトルの美的世界は痛ましいまでに、片側からばかり引き出されている。

したがって『嘔吐』の純粋経験に加え、ここにも完全に取り出すことが可能ないくつかの要素がある。時代特有の悲惨主義は、そこでルサンチマンの文学によじれているが、これはそれが持つ、同方向の共産主義的な企てへの意向と非常に近いものだ。（しかしここでは実体を付与した美的成功も、あちらでは無でしかない。）

ただ、どんな人からも卓越した政治的知識人と認識され始めた頃（一九四四年から一九四五年）のサルトルがどんなだったかは、それに先立つ文士サルトルの書きぶりからだけではわからない。同時代で最大の尊敬と検討の対象となった[13]この作家の特異性自体が、彼のなかの次第に共産主義との関係においてしか定義されず、また定義されるつもりもなくなった、こうした歴史的特徴を持つ人の問題を決定的に際立たせている。サルトルは一種の終着点のように見える。このタイプの人は、自分がもともと持っていたリベラリズムのすべてを最終的に放棄してしまうのだ。

サルトルが大衆の前に現れたのは文学作品を介してである。『嘔吐』では——すでに確認したように——、ひとつの状況の「文学的」横取りが行われている。つまり職業「哲学者」によって着想された状況を天職の作家が想像で膨らませ、演出し、演じたのである。

サルトルは、社会では今日人は同時に「普通《ノーマル》」かつ「高等《シュペリユール》」でいられるという楽観的なレッテルのついたグランゼコールを卒業し[九]、その資格を獲得した、フランスの高等教育の完璧なる製品である。「文科」の「ノルマリアン」は「学校《エコール》」入学時に、歴史学、純粋文学（古代文献学）、現代語学、哲学から選択しなければならない。文献学に含まれるものはすべて脇に措くとして、歴史学、文学史学、「哲学」において、試験科目に論理学（もしくは間接的ではあるがラテン語とギリシャ語の試験）がないなか、入学試験に合格するために受験生が秀でていなければならない小論文にはいずれにも共通する「もの」があるが、その「もの」とは修辞学である。文学的な小論文は、歴史に関する小論文で専門的なことが問われるが、同時に修辞学的で型通りの表現に関する素養が問われる。歴史学に関する小論文は、社会学的な修辞学の小論文である（この「歴史」には、「事実だけを記述する」といったところはほとんどない）。哲学的と言われる小論文は、フランス高等教育の哲学教授の誰かにもっとも気に入られる考えかたに、型通りの論法を入れこむことで成り立っている。こうしたことは、それについてすでに文句を言っていたテーヌ（『十九世紀の古典派哲学者たち』）以来、それほど変わっていない。現代論理学はヴィクトリア女王治世下（我が国ではルイ＝フィリップ治世下にあたる）の一八四六年に『思考の法則』を書いたブール[14]以来存在したものの、この学問はフランスの高等教育にはじゅうぶん浸透せず、そこでは文学的なものと科学的なものとが（そこには「右」と「左」という仕切りと同じくらい固く、有害で、不条理な仕切りがある）互いから遠くないところで、しかしあたかも防備を施し交流を絶った、城塞に住んでいるかのようだ。哲学は誤って、しかし現実に、文学的学問となっている。論理的資質と批判的精神の資質はそこではもっとも必要とは思われていない。極めて安易な詭弁を弄するサルトルの例が、それをよく示している。

つまりサルトルは、大学用哲学と呼ばれるもっとも内向的で抽象的な文学的才能がそこで光を放つよう、完全に意図的に作られたかに見える修辞学の特殊な形式において優れているのだ。概念の定義や約束事の及ぶ範囲や限界の明確化を忘れたり、彼が自分自身と、彼が文学的な手段を使って弄ぶ読者たちに、自分の主張がもっともだと思いこませるための錯覚に必要な暗黙の前提を故意に伏せておくことなどが、彼には頻繁におきている。それで『存在と無』には、論理学者たちが「意味のない立言」とか、「構築不可能な立言」とか「実行不可能な」操作などと呼ぶものが見られることになるのだ。

哲学と文学の区別には、ひとつの確実な基準を適用することができる。効果に至上価値が置かれるのが文学で、真理に至上価値が置かれるのが哲学だ。文学的評価に値する哲学があったとしても、それはその哲学としての価値の問題とは無関係だ。全体から詳細まで、あらゆる哲学は文学的視点から検証しうる。哲学は、『嘔吐』というサルトル最良の文学作品の素材ですらある。しかし確実に、哲学と文学というふたつの天職が同じ人物のなかにあると、互いを損なうことがある。哲学は主観的になり、芸術は学術的になるのだ。サルトルには、かなり早い段階でそれが起きた。『存在と無』を見ればわかるように。要するにそこで哲学と呼ばれているものは心霊体が登場人物の小説であり、サルトルはあたかも対照実験としてのように、登場人物が論拠になっている小論文を、芝居として提示しなければならなかったのだ。哲学的体系――『存在と無』の読者ならだれでも納得できるだろう――はひとつの文学ジャンルであり、その法則は小説のもともと非常に冗長な法則よりも、さらに厳密さに欠けている。小説の登場人物たちなら例外を除けば一度しか死なないが、ともかく死ぬ。ところが思索家のお気に入りの概念は「パンクすることがない」。形而上学的な概念が出現するとき、その消滅を危惧する人は誰もいないのだ。かくしてそれらは単に「殺せない」だけでなく、それらは言葉によって好きなだけ供給できるのだ。「哲学」という文学ジャンルの繁栄は、思想の法則が言語活動の法則とは異なることに由来する。言語活動から思想への距離は、その距離自体によって保たれ、増加する。それを経巡っているという事実そのものによって創られる領域よりも、確かにそれ特有の陶酔によってうっとりさせるものなどあるだろうか……。論理学と現代数学の十分な教育があれば、こうした「哲学者たち」の数は当然のことながら大いに減らせるのだろうが……

原註

（1）複数の人間「世界」に関わる。

（2）『自我の超越　情動論粗描』、〔哲学研究〕、第六巻、一九三六－一九三七、八五－一二三頁。

（3）私ジュール・モヌロはこれらの文を書きながら、自分が見ているものを書いている。

（4）上記引用文中。

（5）ド・ボーヴォワール夫人は、この題名が実際はガストン・ガリマール氏によるものだったと断言している。

（6）私はこの疑わしいが便利な語で、ひとつのそれとわかる態度を指し示している。

（7）『社会的事実は物ではない』第五章。

（8）『フランソワ・モーリヤック氏と自由』。

（9）ゲーテがこう述べたのは、クライストについてであった。

（10）こう名づけたのはジャン・シュルムベルガーである。

（11）「水いらず」。

（12）『自由への道』。

（13）この語（considéré）を「ブルジョワ」という意味で取るのは適当ではないだろう。私はこれを語源的な意味で取ろう。つまり星（「スター」）を眺めるように眺められているということだ。

（14）ライプニッツにおいてすでに……

訳註

（一）『知識人のフランス』、レーモン・ブルジーヌ、一九七〇年、九五－一一三頁（Jules Monnerot, « Etude d'un cas: Sartre et « *La nausée* », *La France intellectuelle*, Paris, Raymond Bourgine, 1970, pp. 95-113.）。なお本テクストは、のちに「サルトル氏の『嘔吐』」（« La Nausée de M.Sartre »）と題され、『研究集』（ジョゼ・コルティ、一九七四年、一六三－

一七九頁〔Jules Monnerot, *Inquisitions*, José Corti, 1974, pp.163-179.〕に再録された。両テクストのあいだには本文、註ともに若干の異同がある。そのため、訳文にはそれらの変更を反映させた。

（二）　Roger Caillois, *Procès intellectuel de l'art*, Marseille, Cahiers du Sud, 1935.

（三）　いずれもハインリッヒ・フォン・クライスト（一七七七－一八一一）の作品。『ロベール・ギスカール』（一八〇八）、戯曲。未完成。『ペンテジレーア』（一八〇六）、戯曲。『O侯爵夫人』（一八〇八）、小説。

（四）　Jean-Paul Sartre, *La Nausée*, Gallimard, 1938, pp. 218-219. 引用箇所、頁表記など、原文通りではない箇所がある。

（五）　『ジェルミニー・ラセルトゥ』（一八六五）はゴンクール兄弟の小説。『青の公爵夫人』（一八九八）はポール・ブールジェ（一八五二－一九三五）の小説。

（六）　フランスの劇作家ウジェーヌ・ラビッシュ（一八一五－八八）の戯曲『カヌビエール通りの真珠』（一八五五）の登場人物テルゾン・マルカス。パリの香水商の息子ゴドフロワが自分を愛していると誤解して、彼の婚約式を混乱させる。

（七）　ジョルジュ・デュファイエル（一八五五－一九一六）。実業家で複数のデパートを経営し、クレジット払いやカタログによる購入などの方法を導入した。

（八）　モーリス・トレーズ（一九〇〇－六四）は政治家で、一九三〇年から六四年までフランス共産党書記長を務めた。ジャック・デュクロ（一八九六－一九七五）も政治家で、トレーズとともにフランス共産党において長期間主導的立場にあった。

（九）　サルトルはグランゼコールのひとつ高等師範学校《エコール・ノルマル・シュペリユール》で学んだ。

註

＊ 以下のモヌロの書籍から引用する場合は、本文中の括弧内に次の略記と頁数を記す。なお訳書のある場合、該当する頁も参考として併記する。

PMS: Jules Monnerot, *La Poésie moderne et le sacré*, Paris, Gallimard, 1945.『シュルレアリスムと聖なるもの』有田忠郎訳、吉夏社、二〇〇〇年。

SC: Jules Monnerot, *Sociologie du communisme*, Paris, Gallimard, 1949.

序章　モヌロとは誰か

（1）　初版のみ記す。Maurice Nadeau (1911-2013), *Histoire du surréalisme*, Paris, Seuil, 1945（モーリス・ナドー『シュールレアリスムの歴史』稲田三吉・大沢寛三訳、思潮社、一九六六年）; Julien Gracq (1910-2007), *André Breton, quelques aspects de l'écrivain*, Paris, José Corti, 1947（ジュリアン・グラック『アンドレ・ブルトン　作家の諸相』永井敦子訳、人文書院、一九九七年）; Ferdinand Alquié (1906-1985), *Philosophie du surréalisme*, Paris, Flammarion, 1955（フェルディナン・アルキエ『シュルレアリスムの哲学』巖谷國士・内田洋訳、河出書房新社、一九七五年）; Jean-Louis Bédouin (1929-1996), *Vingt ans de Surréalisme 1939-1959*, Paris, Denoël, 1961（ジャン＝ルイ・ベドゥアン『シュルレアリスムの20年——1939—1959』三好郁朗、法政大学出版局、一九七一年）; Patrick Waldberg (1913-1985), *Le Surréalisme*, Genève, Skira, 1962（パトリック・ワルドベルグ『シュルレアリスム』巖谷國士訳、美術出版社、一九六九年）; Philippe Audoin (1924-1985), *Les Surréalistes*, Paris, Seuil, 1973（フィリップ・オードワン『シュルレアリストたち』岡谷公二・笹本孝訳、白水社、一九七七年）.

（2）　Jules Monnerot, *La Poésie moderne et le sacré*, Paris, Gallimard, 1945 (1949).（ジュール・モヌロ『シュルレアリスムと聖なるもの』有田忠郎訳、吉夏社、二〇〇〇年）

（3）　André Breton, « INTERVIEW DE RENÉ BÉLANCE (*Haïti-Journal*, Haïti, 12-13 décembre 1945) », *Entretiens 1913-1952*, Gallimard, 1952, *Œuvres complètes* III, Gallimard, 1999, p. 586.（アンドレ・ブルトン『ブルトン、シュルレアリスムを語る』稲田三吉・佐山一訳、思潮社、一九九四年、二六六頁）

（4）　Jules Monnerot, « Contre la peur d'imaginer », *Le Surréalisme en 1947*, Exposition Internationale du Surréalisme présentée par André Breton et Marcel Duchamp, Paris, Maeght Éditeur, 1947, pp. 52-55.

（5）　たとえば以下を参照。Michel Murat, *Le Surréalisme*, Paris, Librairie Générale Française, 2013, pp. 310-312.

（6）　増補版では献辞の表現が変更されているほか、巻末に雑誌『コンフリュアンス』一九四五年九月号に掲載されたナドーの『シュルレアリスムの歴史』についての書評「シュルレアリスムの歴史？」が加えられた。

（7）　Jules Monnerot, « Note touchant la bourgeoisie de couleur française », *Légitime Défense*, Préface par René Ménil, Paris, Jean-Michel Place, 1979, p. 4.

（8）　Jules Monnerot, « *Une Philosophie française originale* », *critique*, n°s 8-9, janvier-février 1947 ; « *Amérique et Sociologie* », n^{os}, 13-14, juillet 1947 ; « *Malraux et l'Art* », n$^{\circ}$ 22, mars 1948.

（9）　Georges Laffly, *Monnerot*, Paris, Pardès, 2005, p. 77.

（10）　Jean-Michel Heimonet, « Le Collège de sociologie Un gigantesque malentendu », *Esprit*, n°s 89, mai 1984, pp. 39-56.

（11）　Jean-Michel Heimonet, *Jules Monnerot ou la démission critique, 1932-1990 : Trajet d'un intellectuel vers le fascisme*, Paris, Kimé, 1993.

（12）　たとえば以下を参照。*Id.*, pp. 60-64 ; pp. 237-239.

第一章　故郷離脱の選択

（1）　マルチニックの歴史に関しては、特に以下を参照した。Alfred Martineau et L.-P$_{H}$.May, *Trois siècles d'histoire antillaise: Martinique et Guadeloupe de 1635 à nos jours*, Paris, Leroux, 1935 ; Edith Kovats Beaudoux, *Les Blancs créoles de la Martinique*, Paris, L'Harmattan, 2002 ; Armand Nicolas, *Histoire de la Martinique de 1848 à 1939*, Tome 2, L'Harmattan, 1996.

（2） 増田義郎・山田睦男編『ラテン・アメリカ史Ⅰ』、山川出版社、一九九九年。本節本文中の括弧内の漢数字は、本書の参照箇所の頁数を示す。

（3） 以下本節のモヌロの先祖に関する記載は、Georges Laffly, *Monnerot*, *op. cit.* を参照した。本文中の括弧内の算用数字は、本書の参照箇所の頁数を示す。

（4） サイト Geneanet で検索。https://www.geneanet.org/nom-de-famille/MONNEROT

（5） ゴビノーの年譜には一八四六年に「マルチニックのクレオール、クレマンス・モヌロと結婚」とあるものもある。J.-P. de Beaumarchais, Daniel Couty, Alain Rey, *Dictionnaire des littératures de langue française*, *G-O*, Paris, Bordas, 1984, p. 949.

（6） Armand Nicolas, *op. cit.*, p. 197. 父ジュール・モヌロについては、以下も参照。*Dictionnaire encyclopédique désormeaux*, (Dictionnaire encyclopédique des Antilles et de la Guyane), Fort-de-France, Désormeaux, 1992-1993, v. 6, p. 1730.

（7） Juliette Sméralda, Philibert Duféal, *Militant communiste et syndicaliste martiniquais*, L'Harmattan, 2012, p. 346.

（8） Armand Nicolas, *op. cit.*, pp. 199-200.

（9） René Ménil, « Celui que nous appelions le maître », *Tropiques*, nos 6-7, février 1943, p. 9, *Tropiques 1941-1945 Collection complète*, Jean-Michel Place, 1978.

（10） 中村隆之『カリブ－世界論』、人文書院、二〇一三年、一一二－一一五頁。

（11） Aimé Césaire, « Hommage à Victor Schœlcher », *Tropiques*, nos 13-14, 1945, p. 229, *Tropiques 1941-1945 Collection complète*, *op. cit.* ヴィクトル・シェルシェール（一八〇四－九三）はフランスのジャーナリスト、政治家で、奴隷制度の事実上の廃止のために尽力した。

（12） Jules Monnerot, « Note touchant la bourgeoisie de couleur française », *Légitime Défense*, *op. cit.*, p. 3.

（13） Armand Nicolas, *op. cit.*, p. 197.

(14) Jules Monnerot, « Par le dernier courrier *Au camarade J.L., publiciste, ancien député, Paris* », *Justice*, le 1er septembre 1920, p. 1.
(15) Régis Antoine, *Les Écrivains français et les Antilles*, Paris, G.-P. Maisonneuve et Larose, 1978, pp. 362-363.
(16) Georges Laffly, *op. cit.*, p. 9.
(17) Jean-François Sirinelli, *Génération intellectuelle Khâgneux et Normaliens dans l'entre-deux-guerres*, Paris, Quadrige/Presses Universitaires de France, 1988, p. 70.
(18) Georges Rafly, *op. cit.*, p. 10.
(19) *Id.*, p. 10.
(20) *Id.*, pp. 10-11.
(21) International Examination Inquiry, Commission française pour l'enquête Carnegie, sur les exmans et concours en France, *Atlas de l'enseignement en France*, 1933, Planche V.
(22) 『正当防衛』とその参加者たちについては、以下でも論じた。永井敦子「「植民地博覧会に行くな」——一九三〇年代から四〇年代のシュルレアリスムと植民地表象」、澤田直編『異貌のパリ　1919-1939——シュルレアリスム、黒人芸術、大衆文化』、水声社、二〇一七年、一三三‐一四九頁。
(23) *Légitime Défense*, *op. cit.*, pp. 10-12. 本節本文中の括弧内の算用数字は、本書の参照箇所の頁数を示す。
(24) Lilyan Kesteloot, *Les écrivains noirs de langue française : naissance d'une littérature*, Quatrième édition, Éditions de l'Institut de Sociologie, Université Libre de Bruxelles, 1971, p. 26. ほか。
(25) "Témoignage Une introduction à l'œuvre de Jules Monnerot", http://julesmonnerot.com/TEMOIGNAGE_.html
(26) ラフリによればモヌロは一九三三年に結婚し、二年後に寡夫となった（Georges Lafly, *op. cit.*, p. 19.）。また *Surrealist Women An International anthology* (Edited with Introductions by Penelope Rosemont, University of Texas Press, 1998, p. 66.) によれば、シモーヌ・ヨヨットは一九一〇年生まれ、一九三三年没。
(27) Georges Laffly, *op. cit.*, p. 19.

(28) Maurice-Sabas Quitman, « Le Paradis sur Terre », *Légitime Défense*, *op. cit.*, pp. 5-6.
(29) Régis Antoine, *op. cit.*, p. 364.
(30) Lilyan Kesteloot, *Histoire de la littérature négro-africaine*, Paris, Karthala, 2001, p. 95.『正当防衛』に収録された主な論考の内容については、以下に詳しい要約がある。中村隆之、前掲書、一〇九－一一二頁。
(31) 一九三一年パリの植民地博覧会については、以下を参照。Didier Grandsart, *Paris 1931 revoir l'Exposition coloniale*, Paris, FVW, 2010. パトリシア・モルトン『パリ植民地博覧会――オリエンタリズムの欲望と表象』長谷川章訳、ブリュッケ、二〇〇二年。シュルレアリスム・グループが発行して拡散した反対声明は、以下に掲載されている。« Ne visitez pas l'Exposition Coloniale », Présentation et commentaires de José Pierre, *Tracts surréalistes et déclarations collectives*, t. I (1922/1939), Paris, Le terrain vague, 1980, pp. 194-195, 451-452.
(32) André Breton, *Œuvres complètes* II, Gallimard, 1992, p. 1453.
(33) Lilyan Kesteloot, *Les écrivains noirs de langue française: naissance d'une littérature*, *op. cit.*, pp. 91-92. サンゴールの発言は、一九六〇年二月のケストロート宛書簡による。
(34) « Conscience raciale et révolution sociale », *L'Étudiant noir*, journal de l'Association des étudiants martiniquais en France, n°3, mai-juin 1935, Aimé Césaire, *Écrits politiques* II 1935-1956, Jean-Michel Place, Paris, 2016, pp. 32-33.
(35) *Id.*, p.33.
(36) Lilyan Kesteloot, *Les écrivains noirs de langue française: naissance d'une littérature*, *op. cit.*, p. 92.
(37) *Id.*
(38) ケストロート自身同じところで、「しかしながらつけ加えておきたいのは、植民地化の意識化は一九三二年においてその端緒についたばかりだった。『正当防衛』にはいくつもの大きな問題に対して真っ先に取るべき一連の解決法を提起したという功績があった。その後継者たちがその先に行こうとするのは普通のことだった」と書いている（*Id.*）。
(39) この問題は以下でも触れた。永井敦子「「植民地博覧会に行くな」」、前掲論文。
(40) André Breton, « Un Grand poète noir » (1943), *Martinique Charmeuse de serpents*, *Œuvres complètes* III, *op. cit.*, pp. 400-

408. アンドレ・ブルトン「偉大なる黒人詩人」、『マルティニーク島 蛇使いの女』松本完治訳、エディション・イレーヌ、二〇一五年、七三－八八頁。

（41） *Id.*, p. 1262 ; Kora Véron, Thomas A. Hale, *Les Écrits d'Aimé Césaire*, Bibliographie commentée (1913-2008), Volume 1, Paris, Honoré Champion, 2013, pp. 29-30.『帰郷ノート』と当時のセゼールについては、翻訳のほか、以下にも詳しい記述がある。エメ・セゼール『帰郷ノート／植民地主義論』砂野幸稔訳、平凡社、二〇〇四年。

（42） « Avant-propos », René Ménil, *Pour l'émancipation et l'identité du peuple martiniquais*, Textes recueillis et annotés par Geneviève Sézille-Ménil, L'Harmattan, 2008, pp. 7-13.

（43） 「正当防衛」という名はブルトンのテクストから取られたのではなく、偶然の一致であったと彼女は書いている。*Id.*, p. 8.

（44） *Id.*

（45） *Id.*

（46） André Breton, « Un Grand poète noir », *op. cit.*, p. 401. アンドレ・ブルトン「偉大なる黒人詩人」、前掲書、七七－七八頁。

（47） 「アラゴン事件」については、たとえば以下を参照。Henri Béhar, *André Breton*, Paris, Calmann-Lévy, 1990, pp. 251-256. アンリ・ベアール『アンドレ・ブルトン伝』塚原史・谷昌親訳、思潮社、一九九七年、二七八－二八四頁。

（48） Georges Laffly, *op. cit.*, p. 13.

（49） 一九一二－九六。詩人。二十歳からシュルレアリスム・グループに関わる。戦後もグループで活動していたが、一九五一年にカトリックに共感を示すミシェル・カルージュを中傷したことに始まった、いわゆる「カルージュ事件」により除名された。

（50） *Id.*, p. 14.

（51） *Id.*, pp. 13-14.

（52） « Murderous Humanitarianism » (1932), *Tracts surréaliste et déclarations collectives (1922/1969)*, Tome II: (1940-1969),

Le terrain vague, 1982, pp. 441-444.

（53） Henri Béhar, *op. cit.*, p. 267. アンリ・ベアール、前掲書、二九六頁。

（54） « Murderous Humanitarianism » (1932), *op. cit.*, p. 443.

（55） *Tracts surréalistes et déclarations collectives (1922/1969)*, t. I (1922-1939), *op. cit.*, p. 238, p. 263.

（56） *Le Surréalisme au service de la révolution*, n°s 5-6, mai Pierre Yoyotte, « Théorie de la fontaine », pp. 2-3 ; Symone Monnerot, pp. 21-22; J.-M.Monnerot, « A Partir de quelques traits particuliers à la mentalité civilisée », p. 37 ; Étienne Léro, « Poèmes », p. 40 ; *Le Surréalisme au service de la révolution*, Préface de Jacqueline Leiner, Jean- Michel Place, 1976. そのほかブリュッセルで刊行された『ドキュマン34』（一九三四）には、レロとヨヨットが参加している。（*Documents 34*, nouvelle série, Bruxelles, 1934, Étienne Léro, « Poème », p. 85 ; Pierre Yoyotte, « Réflexions conduisant à préciser la signification antifasciste du surréalisme », pp. 86-91.）

（57） Réunis et présentés par Sandra Teroni et Wolfgang Klein, *Pour la défense de la culture : Les textes du Congrès international des écrivains Paris, juin 1935*, Editions Universitaires de Dijon, 2005, p. 423. A・ジッド／A・マルロー／L・アラゴン他『文化の擁護　一九三五年パリ国際作家大会』相磯佳正・五十嵐敏夫・石黒英男・高橋治男編訳、法政大学出版局、一九九七年、五二二－五二三頁。

（58） Henri Béhar, « Préface », *Inquisitions*, Fac-similé de la revue augmenté de documents inédits présenté par Henri Béhar, Paris, Éditions du CNRS, 1990, p. 12. 本節本文中の括弧内の算用数字は、本書の参照箇所の頁数を示す。

（59） Nicolas Calas, *Foyers d'incendie*, Paris, Denoël, 1938.

（60） François Buot, *TRISTAN TZARA ; L'homme qui inventa la révolution Dada*, Paris, Grasset & Fasquelle, 2002, p. 337 . フランソワ・ビュオ『トリスタン・ツァラ伝　ダダの革命を発明した男』塚原史・後藤美和子訳、思潮社、二〇一三年、二五一頁。

（61） 「コントル＝アタック」については、以下を参照。Georges Bataille, André Breton ; Préface, Michel Surya, « *Contre-Attaque* », Paris, Ypsilon, 2013.

（62）　Michel Surya, *Georges Bataille : La mort à l'œuvre*, (1987), Gallimard, 1992, p. 271. ミシェル・シュリヤ『G・バタイユ伝　上』西谷修・中沢新一・川竹英克訳、河出書房新社、一九九一年、二八〇頁。

（63）　Jules Monnerot, Annexe n° 4 « Le Collège de Sociologie ou le problème interrompu », *Sociologie du communisme* (1949; édition augmentée d'une préface, Gallimard, 1963); Nouvelle édition avec annexes et index, Paris, Éditions Libres-Hallier, p. 542.

（64）　バシュラールとシュルレアリスム、特に彼の『探求』誌への参加については、以下に詳しく論じられている。Jean-Luc Pouliquen, *Gaston Bachelard ou le rêve des origines*, L'Harmattan, 2007. 特に pp. 93-136.

（65）　Jules Monnerot, « Remarques sur le rapport de la poésie comme genre à la poésie comme fonction », *Inquisitions*, *op. cit.*, pp. 14-20.

第二章　「聖なるもの」をめぐって

（1）　Roger Caillois, *Approches de l'imaginaire*, Gallimard, 1974, pp. 57-58.

（2）　*Id.*, p. 58.

（3）　Georges Bataille, *à Roger Caillois 4 août 1935 – 4 février 1959*, présentées et annontées par Jean-Pierre Le Bouler, Préface de Francis Maramande, Romillé, Folle Avoine, 1987, p. 8.

（4）　*Id.*, p. 41.

（5）　*Id.*, p. 45.

（6）　Jules Monnerot, « Le Collège de Sociologie ou le problème interrompu », *op. cit.*, p. 541.

（7）　以下のリプリント版とその翻訳がある。*Acéphale 1936-1939*, Jean-Michel Place, 1980. ジョルジュ・バタイユ他『無頭人《アセファル》』兼子正勝・中沢信一・鈴木創士訳、現代思潮社、一九九九年。

（8）　Michel Surya, *Georges Bataille. La Mort à l'Œuvre*, Gallimard,1992, p. 288. ミシェル・シュリヤ『G・バタイユ伝　下 1936-1962』西谷修・中沢信一・川竹英克訳、河出書房新社、一九九一年、一八頁。

（9）　*Id.*, p. 289. 同書、二〇頁。

(10) Georges Bataille, « La Conjuration sacrée », *Acéphale*, n° 1, non paginé, *Acéphale 1936-1939*, *op. cit.* ジョルジュ・バタイユ「聖なる陰謀」、ジョルジュ・バタイユ他『無頭人《アセファル》』、前掲書、一二頁。

(11) Georges Bataille, « Constitution du "journal intérieur" », *L'Apprenti Sorcier*, Paris, la Différence, 1999, p. 339. ジョルジュ・バタイユ『聖なる陰謀　アセファル資料集』吉田裕他訳、筑摩書房（ちくま学芸文庫）、二〇〇六年、一一〇頁。

(12) Georges Bataille, « La Menace de guerre », *Acéphale*, n° 5, pp. 9-10, *Acéphale 1936-1939*, *op. cit.* ジョルジュ・バタイユ「戦争の脅威」、ジョルジュ・バタイユ他『無頭人《アセファル》』、前掲書、二一五－二一六頁。

(13) 一九三六年十一月四日のカイヨワ宛書簡からは、バタイユとカイヨワのあいだに問題はあったものの、バタイユはカイヨワとの交流に積極的であったことが感じられる（Georges Bataille, *Lettres à Roger Caillois*, *op. cit.*, p. 55.）。またすでにカイヨワは、『探求』にニーチェに関わる論考をふたつ発表していたので、バタイユが『アセファル』第二号「ニーチェとファシストたち、名誉回復」へのカイヨワの参加を期待したのも想像に難くない。しかし結局二号には、カイヨワは参加しなかった。

(14) Roger Caillois, *Approches de l'imaginaire*, *op. cit.*, p. 59.

(15) Jules Monnerot, « Le Collège de Sociologie ou le problème interrompu », *op. cit.*, pp. 542-543.

(16) 市川崇は社会学研究会において、バタイユが「ファシズムの心理構造」（一九三三）で用いていた「異質性」の代わりに「聖なるもの」という概念を用いていることに、「『より主観的』」、心理的事象、あるいは『神秘主義的な』解釈への関心が強まった」ゆえと同時に、「通時的な視点からの」、「唯物論」的視点の後退を指摘している（市川崇「神秘主義の失墜：社会学研究会の活動に見るバタイユの政治姿勢について」、『鷲見洋一教授退任記念論文集』、慶應義塾大学藝文学会、二〇〇六年、一一三－一一四頁。「異質性」をめぐっては、以下も参照。市川崇「異質なものとその運命――ジョルジュ・バタイユの『ファシズムの心理構造』に見る「異質性」の概念の起源とその射程について」、『藝文研究』八九号、慶應義塾大学藝文学会、二〇〇五年、一四二－一六九頁）。また「社会学研究会における講演の数々に共通したマルクス、及びマルクス主義の史的唯物論への言及の驚くほどの少なさは、人民戦線の頓挫を受けた左翼諸党派への失望と同時に、唯物論の保証する階級闘争とは異なった視点に立ち、既成秩序を転覆しつつより凝集力の高い社会形態を模索しようとする試みに対応している」と述べている（同論文、一一二頁）。市川が指摘するこうしたバタイユの「聖なるもの」への関心の高まりの同時代的背景と問題意識と、『正当防衛』から『革命に奉仕するシュルレアリスム』や「文化の擁護国際会議」への参加、さらに『探求』での活動を経てバタイユに接近したモヌロのそれには、並行関係を指摘することができよう。

（17） 市川は、『アセファル』におけるディオニュソスの形象への心酔の表明において、「三七年から三八年に至り、ジョルジュ・デュメジルの比較神話学において分析の対象となる神々が参照され」ており、ことにその「『ミトラとヴァルナ』は三四－三五年にかけて高等研究院において行われた講義がもとになっているが」、それにカイヨワが「熱心に出席していた」ことや、バタイユが当時デュメジルの論考から学んだことの、四十年以降まで続く重要性に注意を促している（同論文、一〇三頁）。カイヨワが、彼らのように「デュメジルを知る者は非常に少なかった当時、その熱狂的な生徒だった」ことは、後日モヌロも回想のなかで述べている（Jules Monnerot, « Le Collège de Sociologie ou le problème interrompu », *op. cit.*, pp. 542.）。

（18） Jules Monnerot, « Dionysos philosophe », *Acéphale*, nos 3-4, juillet 1937, *Acéphale 1936-1939*, *op. cit.*, p. 11. ジュール・モヌロ「哲学的ディオニュソス」、『アセファル』第三・四号、ジョルジュ・バタイユ他『無頭人《アセファル》』、一四〇頁。

（19） « Dionysos », *Id.*, p. 8.「ディオニュソス」、同書、一三四頁。

（20） ワルター・F・オットー『ディオニューソス――神話と祭儀』西澤龍生訳、論創社、一九九七年、七頁。タイトル表記変更。

（21） 同書、一七一頁。

（22） Georges Bataille, « Chronique nietzschéenne », *Acéphale 1936-1939*, nos 3-4, p. 17, *op. cit.* ジョルジュ・バタイユ「ニーチェ風時評」、ジョルジュ・バタイユ他『無頭人《アセファル》』、前掲書、一五三頁。

（23） *Id.*, p. 17. 同書、一五五頁。

（24） *Id.*, p. 18. 同書、一五六頁。訳語変更。

（25） *Id.*, p. 19. 同書、一五九頁。訳語変更。

(26) *Id.*, p. 19. 同書、一六〇頁。
(27) *Id.*, pp. 21-22. 同書、一六六頁。訳文変更。
(28) Jules Monnerot, « Dionysos philosophe », *op. cit.*, p. 12. ジュール・モヌロ「哲学的ディオニュソス」、前掲書、一四三頁。
(29) *Id.*, pp. 9-10. 同書、一三五–一三八頁。
(30) *Id.*, p. 10. 同書、一三八頁。
(31) *Id.*, p. 10. 同書、一三九頁。
(32) *Id.*, p. 12. 同書、一四三頁。訳文変更。
(33) *Id.*, p. 13. 同書、一四五頁。訳文変更。
(34) *Id.*, p. 14. 同書、一四六頁。
(35) ニーチェ『道徳の系譜学』中山元訳、古典新訳文庫、光文社、二〇〇九年、一三四頁。
(36) Jules Monnerot, « Dionysos Philosophe », *op. cit.*, p. 9. ジュール・モヌロ「哲学的ディオニュソス」、前掲書、一三六–一三七頁。
(37) « André Masson à Georges Bataille » (juin 1936), Notes, Georges Bataille, *L'Apprenti Sorcier*, *op. cit.*, pp. 305-306.「アンドレ・マッソンからジョルジュ・バタイユへ」(一九三六年六月)、ジョルジュ・バタイユ『聖なる陰謀　アセファル資料集』、前掲書、五六–五七頁。
(38) Georges Bataille, « Rencontre du 28 septembre 1938 », Deuxième partie, *Id.*, p. 494. ジョルジュ・バタイユ「一九三八年九月二八日の出会い」第二部、同書、二九七頁。
(39) J・G・フレイザー『金枝篇――呪術と宗教の研究1　呪術と王の起源(上)』神成利男訳、石塚正英監修、国書刊行会、二〇〇四年、三九頁。本節本文中の括弧内の漢数字は、本書の参照箇所の頁数を示す。
(40) ドゥニ・オリエやジャン＝ピエール・ル＝ブレは、バタイユと、彼が「至高性」と呼ぶ「用途なき否定性」とは折り合わない考えを展開していたカイヨワとの考えの相違を指摘し、もしどちらかをえらぶとしたらバタイユが

「悲劇の欲望」を、カイヨワは「権力の意志」を選んだだろうと指摘している（Denis Hollier, « À l'en-tête d'Acéphale », *Le Collège de sociologie*, Gallimard, 1979, p. 16. ドゥニ・オリエ編著、「編者序文」、『聖社会学』兼子正勝・中沢信一・西谷修訳、工作舎、一九八七年、一六頁 ; Jean-Pierre Le Bouler, « Préface », Georges Bataille, *Lettres à Roger Caillois, op. cit.*, p. 29）。このふたりの思考の分岐にモヌロを位置づければ、カイヨワの側になろう。

（41）　Marcel Mauss, *Sociologie et anthropologie*, Paris, Presses universitaires de France, (1950), 1973, p. 101. M・モース『社会学と人類学Ⅰ』有地亨・伊藤昌司・山口俊夫訳、弘文堂、一九七三年、一六八頁。

（42）　*Id.*, p. 112. 同書、一八二頁。訳語変更。

（43）　*Id.*, p. 115. 同書、一八五頁。

（44）　*Volontés*, Numéro Spécial de réponses à l'enquête: « Il y a toujours eu des directeurs de conscience en Occident... », Texte de l'Enquête et commentaires : Jules Monnerot, juin 1939.

（45）　Georges Laffly, *op. cit.*, p. 19.

（46）　*Id.*, p. 20.

（47）　« À Roger Caillois » [13 novembre 1939], Georges Bataille, *Choix de lettres 1917-1962*, Édition établie, présentée et annotée par Michel Surya, Gallimard, 1997, p. 174.

（48）　*Volontés*, Numéro Spécial de réponse à l'enquête: « Il y a toujours eu des directeurs de conscience en Occident... », *op. cit.*, pp. 215-216.

（49）　*Id.*, pp. 1-3.

（50）　Jules Monnerot, « Conclusion », *Id.*, pp. 234-236.

第三章　社会学者として

（１）　Jules Monnerot, *On meurt les yeux ouverts*, Gallimard, 1945.（一九四三年刊というデータも存在する。またラフリの『モヌロ』巻末の書誌では一九四六年刊とされている。）

（2）　タヴェルニエは一九七九年にフランス・ペンクラブの会長になり、八四年に国際ペンクラブの副会長になった。映画監督のベルトラン・タヴェルニエの父親としても知られる。

（3）　Georges Laffly, *op. cit.*, p. 23.

（4）　Georges Bataille, « À Raymond Queneau » [18 septembre 1943], *Choix de lettres 1917-1962*, *op. cit.*, p. 206.

（5）　Georges Laffly, *op. cit.*, p. 23.

（6）　Georges Bataille, « À Raymond Queneau » [18 septembre 1943], notes, *Choix de lettres 1917-1962*, *op. cit.*, p. 206.

（7）　Georges Bataille, « À Jean Lescure » [18 septembre 1943], *Id.*, p. 207.

（8）　Jules Monnerot, « Le Collège de Sociologie ou le problème interrompu », *op. cit.*, p. 545.

（9）　この問題については以下の論考でも言及した。永井敦子「絵画のポエジー——ヴァレリー、マルロー、バタイユ」、三浦信孝・塚本昌則編『ヴァレリーにおける詩と芸術』、水声社、二〇一八年、一八一－一九七頁。

（10）　たとえば次の詩論を参照。Tristan Tzara, « Essai sur la situation de la poésie »（1931, のち改変）, *Œuvres complètes* V., Paris, Flammarion, 1982, pp. 7-28. トリスタン・ツァラ「詩の現状詩論」、『詩の堰』宮原康太郎訳、書肆山田、一九八九年、一一三－四一頁。

（11）　サルトルによるこうしたシュルレアリスム批判については、たとえば以下を参照。Jean-Paul Sartre, *Qu'est-ce que la littérature?*, *Situations*, II, Gallimard, (1948, renouvelé en 1975), 1999, pp. 226-229. J－P・サルトル『文学とは何か』加藤周一・海老坂武・白井健三郎訳、人文書院、（一九五二）、一九九八年、二〇一－二〇四頁。

（12）　（「シュルレアリスムの偉大さは、そのかずかずの挫折と成功がいかなるものであれ、それらじたいには関係なく、本質的なるものへのこの連続する志向とおのれの努力の続行とにあるだろう。彼らの先行者であるドイツ・ロマン派あるいはフランスの第二ロマン主義と同様に、シュルレアリストたちは、この絶望的献身、つまり不確実性の根元そのものを養分とするこの不条理な希望のなかに、たしかに人間の尊厳が存在することを知っているのだ」（Albert Béguin, *L'Ame romantique et le rêve*, Paris, José Corti, 1939, p. 392. アルベール・ベガン『ロマン的魂と夢』小浜俊郎・後藤信幸訳、国文社、一九七二年、六四五－六四六頁。訳語変更。訳文中註削除）。

（13） Georges Bataille, « Le surréalisme en 1947 », *Œuvres complètes* XI, p. 261. ジョルジュ・バタイユ「詩と宗教」、『詩と聖性　作家論2』（ジョルジュ・バタイユ著作集）、山本功・古屋健三訳、二見書房、一九七一年、三七－三八頁。以下のような論考において、第二次世界大戦後のバタイユのシュレアリスム観が検討されている。Michael Richardson, « Introduction », Georges Bataille, *The Absence of Myth : writings on Surrealism*, London-New York, Verso, (1994), 2006, pp.1-27 ;『水声通信』三〇号、二〇〇九年五／六月合併号（特集ジョルジュ・バタイユ）。本号は前記序文の翻訳も掲載。マイケル・リチャードソン「バタイユにとってシュルレアリスムとは何か――ジョルジュ・バタイユ、『神話の不在　シュルレアリスム論集』への序文」長谷川晶子・鈴木雅雄訳、一六四－一九三頁 ; 石川学「文学と無力への意志――ジョルジュ・バタイユの第二次世界大戦以後の思索をめぐって」、『フランス語フランス文学研究』N° 109、日本フランス語フランス文学会、二〇一六年、一七三－一八六頁 ; 丸山真幸「非常事態にあるシュルレアリスム（あるいはバタイユによる詩の擁護）」、『津田塾大学紀要』第四九号、二〇一七年、一七七－一九五頁。

（14） *Entretiens 1913-1952, op. cit.*, p. 586. アンドレ・ブルトン『ブルトン、シュルレアリスムを語る』、前掲書、二六六頁。表記変更。

（15） Julien Gracq, *André Breton. Quelques aspects de l'écrivain*, José Corti, 1948. ジュリアン・グラック『アンドレ・ブルトン、作家の諸相』永井敦子訳、人文書院、一九九七年。

（16） Julien Gracq, « Le Surréalisme et la littérature contemporaine », *Œuvres complètes* I, Gallimard, 1989, pp. 1009-1033. グラック「シュルレアリスムと現代文学」中島昭和訳、『ユリイカ　臨時増刊　総特集シュルレアリスム』巖谷國士編集、一九七六年、二九－五九頁。

（17） Julien Gracq, « Pourquoi la littérature respire mal » (1960), *Id.*, pp. 857-881. ジュリアン・グラック「文学はなぜ息苦しいか」、『偏愛の文学』中島昭和訳、白水社、一九七八年、七五－一一〇頁。

（18） Antoine Compagnon, « 6. Julien Gracq entre André Breton et Jules Monnerot », *Les antimodernes : de Joseph de Maistre à Roland Barthes*, Gallimard, 2005, pp. 372-403. アントワーヌ・コンパニョン「第6章　ジュリアン・グラック――アンドレ・ブルトンとジュール・モヌロの間で」、『アンチモダン』松澤和宏監訳、名古屋大学出版会、二〇一二年、二九

二一三一四頁)。本節本文中の括弧内の算用／漢数字は、両書の参照箇所の頁数を示す。

(19) この点については、以下で論じた。Atsuko Nagaï, « La correspondance Gracq-Monnerot », sous la direction de Patrick Marot, *Julien Gracq et le sacré (Julien Gracq 8)*, Paris, Classiques Garnier, 2018, pp. 203-220.

(20) Jules Monnerot, *Les Faits sociaux ne sont pas des choses*, Gallimard, 1946.

(21) Jules Monnerot, « Petite remarque sur une page d'Emile Durkheim », *Volontés*, n° 17, mai 1939, pp. 29-32.

(22) Émile Durkheim, *Les Règles de la méthode sociologique*, Paris, Félix Alcan, 1919, p. 8. エミール・デュルケーム『社会学的方法の規準』菊谷和宏訳、講談社（講談社学術文庫）、二〇一八年、五三頁。

(23) *Id.*, p. 9. 同書、五四頁。

(24) 夏刈康男『デュルケムの社会学』、いなほ書房、二〇一六年、五〇頁。

(25) Émile Durkheim, *Les Régles de la méthode sociologique, op. cit.*, p. XI. エミール・デュルケーム『社会学的方法の規準』前掲書、二六頁。

(26) *Id.*, p. 55. 同書、一〇三頁。訳語変更。

(27) *Id.*, p. 56. 同書、一〇四頁。

(28) Jules Monnerot, *Les Faits sociaux ne sont pas des choses*, *op. cit.*, p. 65. 本節本項本文中の括弧内の算用数字は、本書の参照箇所の頁数を示す。

(29) 仲康「デュルケーム社会学における個と全の問題——J・モヌロとG・ギュルヴィチのデュルケーム批判を通じて」、『哲学』第四十二集、一九六二年六月、一七二頁。

(30) Georges Davy, « Sociologie générale et Morphologie sociale », *L'Année Sociologique*, Troisième série 1940-1948 Tome Premier, Paris, Presses Universitaires de France, 1949, p. 184.

(31) *Id.*, p. 185.

(32) *Id.*, p. 186.

(33) François Chazel, *Durkheim : les Règles de la méthode sociologique*, Paris, Hatier, 1975, p. 92. F・シャゼル『デュルケ

ム社会学の方法と対象』夏刈康男訳、いなほ書房、一九八六年、一四三頁。訳文変更。

（34） Nicolas Baverez, *Raymond Aron*, Flammarion, 1993, p. 300.

（35） Raymond Aron, *Les étapes de la pensée sociologique*, Gallimard, 1967, p. 345. レイモン・アロン『社会学的思考の流れII』北島隆吉他訳、法政大学出版局、一九八四年、五四頁。訳語変更。

（36） *Id.*, p. 390. 同書、一二〇頁。

（37） Monnerot, *Les Faits sociaux ne sont pas des choses*, *op. cit.*, pp. 77-78.

（38） Georges Gurvitch, *La Vocation actuelle de la sociologie : vers une sociologie différentielle*, Presses universitaires de France, 1950. ギュルヴィッチ『社会学の現代的課題』寿里茂訳、青木書店、一九七〇年。

（39） 仲康「デュルケーム社会学における個と全の問題――J・モヌロとG・ギュルヴィチのデュルケーム批判を通じて」、前掲論文、一六九頁。本節本項本文中の括弧内の漢数字は、本論文の参照箇所の頁数を示す。

（40） 『クリティック』誌は一九四六年六月にバタイユを責任者、ピエール・プレヴォー（一九一三－二〇〇三）を編集責任者として創刊し、編集委員会はモーリス・ブランショ、ピエール・ジョスラン、ジュール・モヌロ、アルベール・オリヴィエ、エリック・ヴェーユで構成されていた。そして翌四七年六－七月の第十三・十四合併号からはピエール・プレヴォーが編集長ではなく編集委員会のメンバーとなった他、レイモン・アロンが編集委員会に加わった。そしてこの体制が四十号となった一九四九年九月の休刊直前まで続いた。そして一九五〇年十月に第四十一号として再刊された際にはジャン・ピエルとエリック・ヴェーユが編集者となり、編集委員会のメンバーは二十六名に増員された。その際かつてのメンバーのうちモヌロほか、ピエール・ジョスラン（一八九八－一九七二）、アルベール・オリヴィエ（一九一五－六四）、ピエール・プレヴォーが委員会を去っている。

（41） Georges Bataille, « Le sens moral de la sociologie », *Critique*, juin 1946, *Œuvres complètes* XI, Gallimard, 1988, pp. 56-66. ジョルジュ・バタイユ、「社会学の倫理的意味」、『神秘／芸術／科学』山本功訳、二見書房、一九七三年、三一〇－三二六頁。本節本項本文中の括弧内の算用／漢数字は、両書の参照箇所の頁数を示す。

（42） 一九四八年一月九日付のアンドレ・マルロー宛の手紙からは、モヌロが自分が書いたマルローの『芸術の心理学』論をバタイユが『クリティック』誌に掲載してくれそうなのに、その話がなかなか具体化しないもどかしさが伝わってくる。Bibliothèque littéraire Jacques-Doucet, MLXC 1453 1/6.

第四章　共産主義批判の根拠

（1）　Jules Monnerot, *Sociologie du communisme*, Gallimard, 1949.

（2）　Jules Monnerot, *Sociologie du communisme*, Nouvelle édition revue et corrigée précédée de L'avenir du communisme en 1963 et d'un index analytique des sujets traités, Gallimard, 1963.

（3）　Jules Monnerot, *Sociologie du communisme. Échec d'une tentative religieuse au XXe siècle*, Paris, Nouvelle édition, Éditions Libres-Hallier, 1979.

（4）　Jules Monnerot, *Sociologie du communisme. Échec d'une tentative religieuse au XXe siècle*, Paris, Éditions du Trident, *L'« Islam » du XXe siècle, 2004 ; **Dialectique: Marx, Héraclite, Hegel, 2004 ; ***Les religions séculière et « L'Imperium Mundi » Tyrannie, Absolutisme, Totalitarisme, 2005.

（5）　Jules Monnerot, *Sociology and Psychology of Communism*, Translated by Jane Degras and Richard Rees, Boston, Beacon Press, 1953 ; Jules Monnerot, *Sociology of Communisme*, Translated by Jane Degras and Richard Rees, London, George Allen & Unwin LTD, 1953.

（6）　Jules Monnerot, *Sociologie des Kommunismus*, Deutsch von Max Bense, Hans Naumann, Elisabeth Walther, Köln/Berlin, Kiepenheuer & Witsch, 1952.

（7）　日本における本書の紹介としては以下がある。ジャック・ベジノー「コンミュニズムの社会学」、『ソフィア』、上智大学、一九五二年、第一号、九八－一〇〇頁。

（8）　Peter Baehr, *Hannah Arendt, Totalitarianism, and the social sciences*, Stanford, California, Stanford University Press, 2010, p. 97.

（9）　Marcel Mauss, « Socialisme et bochevisme », *Écrits politiques*, Paris, Fayard, 1997, p. 701.

(10) Georges Laffly, *op. cit.*, pp. 10-11.
(11) Peter Baehr, *op. cit.*, p. 93.
(12) エンツォ・トラヴェルソ『全体主義』柱本元彦訳、平凡社（平凡社新書）、二〇一〇年、一二一頁。訳語変更。
(13) 同書、八二頁。
(14) 同書、八五頁。
(15) 同書、八六頁。
(16) 同書、七〇頁。
(17) 同書、九四頁。
(18) 同書、一二〇頁。
(19) 同書、九九－一〇〇頁。
(20) David Caute, *Communism and the French Intellectuals 1914-1960*, London, Andre Deutsch, 1964, pp. 253-254. フランス語訳は David Caute, *Le Communisme et les intellectuels français 1914-1966*, traduit par Magdeleine Paz, Gallimard, 1967, pp. 311-312. ただし本訳書は、原書の内容と完全には一致していない。
(21) Jules Monnerot, *Sociologie du communisme*, Nouvelle édition, *op. cit.*, p. XXXII.
(22) *Id.*, pp. XXXII-XXXIII.
(23) M.R. [Maximilien Rubel], « Monnerot (J.) –*Sociologie du Communisme*. –Paris, Gallimard, 1949, 510p., in-8°.», *L'Année sociologique*, Troisième série (1949-1950), Presses Universitaiers de France, 1952, pp. 185-187.
(24) E.M. [Emmanuel Mounier], « Nouvelles manifestations du religieux. Jules Monnerot : *Sociologie du Communisme* (Gallimard) », *Esprit*, n°162, décembre 1949, pp. 843-848.
(25) 本誌については次章でも言及するが、その性格や寄稿者については、次の論文に詳しく論じられている。Jeanyves Guérin, « *Liberté de l'esprit*. Un mensuel gaulliste », *La Revue des revues*, n°57, janvier 2017, p. 79-95.
(26) Jules Monnerot, « Sociologie du communisme », *Liberté de l'esprit*, juin 1949, pp. 104-106.

(27) Jean-José Marchand, « La sociologie du communisme », *Liberté de l'esprit*, Décembre 1949, p. 171.

(28) Patrick Waldberg, « Entretien avec Jules Monnerot sur la "Sociologie du communisme" », *Paru*, n°58, mars 1950, pp. 51-56.

(29) モヌロはムーニエによる書評とともに、やはり新版の補遺として四九年八月三十日付のムーニエの手紙の全文を掲載している。Jules Monnerot, *Sociologie du communisme. Échec d'une tentative religieuse au XXe siècle*, Nouvelle édition, Éditions Libres-Hallier, *op. cit.*, pp. 525-530.)。この手紙のなかでムーニエは、ここに書かれているすべてに賛成ではないとしても、最後まで夢中になって読み、本質的な点には賛成であること、本書は今も解放のための努力を好む人たちには解放の書となるはずだと、全般的に好意的な意見を述べている。そして『エスプリ』にちゃんとした書評を書いてもらうために、デュフレンヌとイポリットのどちらに依頼するかで迷っているが、おそらくデュフレンヌが引き受けてくれるのではないかと思うと書いている。挙がっていたのは現象学的美学者のミケル・デュフレンヌ（一九一〇－一九五）と、ヘーゲルをはじめとする哲学研究で知られるジャン・イポリット（一九〇七－六八）だから、モヌロとしても満足だっただろう。モヌロがこの手紙を書評とともに掲載したのは、手紙と書評におけるムーニエの反応の落差を印象づけるためだったと思われる。確かに書評の内容は、書簡に見られる肯定的な反応とは重心の置き場所が異なっている。また書評者が候補者のどちらでもなく、結局編集長本人になっていたことも、モヌロの落胆を招いたかもしれない。

(30) アーレントの生涯については、以下の書物などを参照した。エリザベス・ヤング＝ブルーエル『ハンナ・アーレント伝』荒川幾男他訳、晶文社、一九九九年、太田哲男『ハンナ＝アーレント』、清水書院、二〇〇一年。

(31) Hannah Arendt, « Religion and Politics », *Confluence*, vol. 2, n° 3, september 1953, pp. 105-126. J・コーン編『アーレント政治思想集成2』斎藤純一他訳、みすず書房、二〇〇二年、一九九－二二八頁。［ジュール・モヌロの論評に対するアーレントの応答］も含む。

(32) 同、二一一－二一三頁。本節本文中の括弧内の漢数字は、本訳書の参照箇所の頁数を示す。

(33) Jules Monnerot, « Letters to the Editor », *Confluence*, vol. 2, n° 4, December 1953, pp. 131-134.

(34) Hannah Arendt, « Letters to the Editor », *Confluence*, vol. 3, n° 1, March 1954, pp. 118-120.

（35）　モヌロによる反論と、それに対するアーレントの応答については、Jules Monnerot/Hannah Arendt, « Le Communisme peut-il être pensé dans le registre de la Religion? », *Revue du Mauss*, « Qu'est-ce que le religieux? », n° 22, second semestre 2003, pp. 44-50. に簡単な紹介とフランス語訳が掲載されているので、モヌロによる反論の引用にはそちらの頁数を記す。

（36）　エンツォ・トラヴェルソ、前掲書、一一五頁。

（37）　Simone de Beauvoir, « La Pensée de droite, aujourd'hui », *Les Temps Modernes*, nos 112-113, Numéro spécial La Gauche, 1955, pp. 1539-1575 ; « La Pensée de droite, aujourd'hui (fin) », *Les Temps Modernes*, nos 114-115, Juin-Juillet 1955, pp. 2219-2261. など参照。同論では当時の「反共」、「右翼」知識人の布陣と、彼らが集った刊行物が広く紹介され、彼らの論点に批判が加えられている。また連載二回目では、さらに「右翼」知識人の系譜を過去から同時代まで歴史的に詳しく論じている。連載を通じてモヌロへの言及も複数回なされ、モヌロは「左翼の知識人はルサンチマンに突き動かされているというアロンの説明を踏襲している」（nos 112-113, p. 1558）というように、モヌロとアロンの類似点に言及した箇所もある。

（38）　Raymond Aron, « Le mythe léniniste de l'impérialisme »; Jules Monnerot, « Des Trotskystes staliniens », *Liberté de l'esprit*, n° 10, Mai 1950, pp. 65-68, 69-70.

（39）　Raymond Aron, *L'Opium des intellectuels*, Paris, Calmann-Lévy, 1955, p. 274. レイモン・アロン『レイモン・アロン選集３　知識人とマルキシズム』小谷秀二郎訳、荒地出版社、一九七〇年、二七九頁。訳語変更。

（40）　Raymond Aron, « The Diffusion of Ideologies », *Confluence*, vol. 2, n° 1, March 1953, pp. 3-12 ; « Totalitarianism and Freedom », *Confluence*, vol.2, n° 2, June 1953, pp. 3-20.

（41）　Henri Kissinger, « My teacher », Traduit de l'anglais par Franck Lessay, *Commentaire*, Février 1985, Vol. 8/Numéro 28-29. « Raymond Aron 1905-1983 Hitoire et Politique », *Commentaire*, Julliard, Paris, 1985, p. 129.

（42）　エリザベス・ヤング＝ブルーエル『ハンナ・アーレント伝』、前掲書、一六〇頁。

（43）　Raymond Aron, « Expansion du stalinisme », *Une histoire du XXe siècle Anthologie*, tome I, Paris, Perrin, 2012, p. 297. 初

出は、Raymond Aron, *Les Guerres en chaîne*, Gallimard, 1951, p. 159.

（44）　Peter Baehr, *op. cit.*, pp. 97-98.

（45）　Pierre Grémion, *Intelligence de l'anticommunisme*, Fayard, 1995, p. 280.

（46）　Raymond Aron, « L'Avenir des religions séculières », *Une histoire du XX*^{e} *siècle Anthologie*, tome I, *op. cit.*, pp. 235-267. 本節本文中の括弧内の算用数字は、本書の参照箇所の頁数を示す。初出は、*La France libre*, VIII, n° 45, 15 juillet 1944, pp. 210-217, et n° 46, 15 août 1944, pp. 269-277.

（47）　エンツォ・トラヴェルソ、前掲書、一二八頁。

（48）　同書、一五〇－一五一頁。

（49）　Jean Baubérot, « Monnerot (Jules), *Sociologie du communisme, échec d'une tentative religieuse au XX*^{e} *siècle* .», *Archives de sciences sociales des religions*, n° 52/2, 1981, pp. 266-267.

（50）　Peter Baehr, *op. cit.*, pp. 126-127.

第五章　在野の論客として

（1）　Georges Laffly, *op. cit.*, p. 24.

（2）　Jules Monnerot, *La Guerre en question*, Gallimard, 1951. 本節本文中の括弧内の算用数字は、本書の参照箇所の頁数を示す。

（3）　Georges Laffly, *op. cit.*, p. 85.

（4）　André Rousseaux, « *La guerre en question* de Jules Monnerot », *Le Figaro littéraire*, le 1er décembre, 1951, p. 2.

（5）　渡邊啓貴『シャルル・ドゴール――民主主義の中のリーダーシップへの苦闘』、慶應義塾大学出版会、二〇一三年、九五頁。

（6）　同書、一一一頁。

（7）　同書、一二二頁。

（８）　Jeanyves Guérin, *op. cit.*, p. 79.
（９）　*Id.*, p. 81.
（10）　Gaëtan Picon, « Malraux et la Psychologie de l'Art », *Liberté de l'esprit*, n° 1, Février 1949, pp. 19-23 ; n° 3, Avril 1949, pp. 66-67 ; n° 4, Mai 1949, pp. 89-90.
（11）　*Le Rassemblement ouvrier* ; *I.D.* (Service hebdomadaire d'Information et de Documentation).
（12）　Jules Monnerot, « Naissance du Gaullisme », *Liberté de l'esprit*, nos 11-12, Juin-Juillet 1950, pp. 115-118.
（13）　*Id.*, p. 116.
（14）　*Id.*, p. 118.
（15）　Jules Monnerot, *Pour un gouvernement en connaissance de cause –Quelques idées politiques et constitutionnelles*, Paris, Editions de La Nation Française, 1958.
（16）　Patrick Louis, *Histoire des royalistes : de la Libération à nos jours*, Paris, Jacques Grancher, 1994, pp. 81-82.
（17）　Jacques Julliard/Michel Winock, *Dictionnaire des Intellectuels français*, Nouvelle édition, Seuil, 2009, pp. 212-213. ほか参照。
（18）　*Patrick Louis, op. cit.*, p. 76.
（19）　Jacques Julliard/Michel Winock, *op. cit.*, pp. 212-213. ほか参照。
（20）　Patrick Louis, *op. cit.*, p. 80.
（21）　Jacques Julliard/Michel Winock, *op. cit.*, p. 96. ＯＡＳ（Organisation armée secrète）：秘密軍事組織は、一九六一－六三年にアルジェリアの独立に反対した右翼組織。
（22）　*Id.*
（23）　Jules Monnerot, « Avant tout statut de l'Algérie », *La Nation française*, n° 49, 12 septembre 1956, p. 1, 2.
（24）　Patrick Louis, *op. cit.*, pp. 106-107. 出典となった『ナシオン・フランセーズ』の号は閲覧できていない。
（25）　閲覧できたモヌロの記事はマイクロフィルムの状態が悪く完全には読めなかったが、読めた範囲ではブリュヌの論より現実的に見える。

(26) 以下本節に記したアルジェリア情勢については、渡邊啓貴、前掲書などを参照した。
(27) Jules Monnerot, « Sur l'appel au général de Gaulle », *La Nation française*, n° 136, 14 mai 1958, p. 1, 2.
(28) Pierre Boutang, « La Politique », *Id.*, p. 1, p. 2.
(29) 中世フランスで国王に任命されたパリ地区の支配者。パリが王都となりこの名は消えたが、十九世紀、七月革命後のオルレアン朝で復活。ここで問題になっているのはアンリ六世（一九〇八－九九）。
(30) Patrick Louis, *op. cit.*, pp. 112-113. 出典となった『ナシオン・フランセーズ』の号は閲覧できていない。
(31) 渡邊啓貴、前掲書、一五三頁。
(32) 同書、一七〇頁。
(33) 同書、一七二頁。
(34) 同書、一八三頁。
(35) 以下の冊子には、ヴァンセンヌ委員会のアルジェリア問題に対する議論がまとめられている。Jules Monnerot, *La guerre subversive en Algérie* et les articles de : Pierre André – Georges Bidault – Roger Duchet – Marc Lauriol – Philippe Marçais – Jacques Soustelle, *Les Cahiers du Comité de Vincennes*, n° 3- Décembre 1960, Paris, Editions du Comité de Vincennes.
(36) Jacques Julliard/Michel Winock, *op. cit.*, pp. 212-213.
(37) Patrick Louis, *op. cit.*, p. 121.
(38) *Id.*, pp. 121-122.
(39) Jules Monnerot, « EDITORIAL », *L'Esprit public*, n° 1, 17 décembre 1960, p. 1, 2.
(40) 渡邊啓貴、前掲書、一七八頁。
(41) Chantal Morelle, *Comment de Gaulle et le FLN ont mis fin à la guerre d'Algérie*, Paris, André Versaille, 2012, p. 98.
(42) *Id.*, p. 99.
(43) *Id.*, p. 100.
(44) *Id.*, p. 105.

(45) *Id.*

(46) Jules Monnerot, « EDITORIAL », *op. cit.*, p. 2.

(47) 渡邊啓貴、前掲書、一八一頁。

(48) 同書、一八二頁。

(49) 同書、一八四頁。

(50) 同書、一八五頁。

(51) Jules Monnerot, « De l'Algérie française à l'Europe politique », *L'Esprit public*, n°31, Juillet-Août 1962, pp. 8-10.

(52) 畑山敏夫『フランス極右の新展開』、国際書院、一九九七年、一六七頁。

(53) 本誌の歴史的展開については、次のサイトを参照。https://www.pinterest.jp/docesjlille/le-nouveau-candide/

(54) Jacques Julliard / Michel Winock, *op. cit.*, pp. 1059-1060.

(55) Jules Monnerot, « Les majorités opprimées », *Le Figaro*, le 28 mars 1979, p. 6.

(56) « Peine de mort : le débat reste ouvert, Points de vue, Jules Monnerot, « Le moindre mal », *Le Figaro*, le 2 juillet 1979, p. 5.

(57) Jules Monnerot, « Terre d'asile ou terre d'invasion », *Le Figaro*, le 29 août 1979, p. 6 ; « Culpabiliser les Français? », *Le Figaro* le 4 octobre 1979, p. 2.

(58) Jules Monnerot, « "Intelligentsia" et "mass media" », *Le Figaro*, le 8 août 1979, p. 1, p. 6.

(59) Jules Monnerot, « Robespierres de papier », *Le Figaro*, le 1er novembre 1979, p. 2.

(60) Georges Laffly, *op. cit.*, p. 98.

(61) *Id.*, p. 86.

(62) 畑山敏夫、前掲書、一一八頁。FNは国民戦線を指す。

(63) 同書、一五六頁。

(64) 同書、一五九－一六〇頁。

(65) Jules Monnerot, *Les Lois du tragique*, Presses Universitaires de France, 1969. 本節本項本文中の括弧内の算用数字は、

本書の参照箇所の頁数を示す。
(66) Jules Monnerot, *Sociologie de la révolution*, Paris, Fayard, 1969. 本節本項本文中の括弧内の算用数字は、本書の参照箇所の頁数を示す。
(67) Jules Monnerot, *La France intellectuelle*, Paris, Raymond Bourgine, 1970. 本節本項本文中の括弧内の算用数字は、本書の参照箇所の頁数を示す。
(68) Michel Jamet, *L'Alternative libérale : La droite paradoxale de Raymond Bourgine*, Paris, La Table ronde, 1986, p. 376.
(69) Jules Monnerot, *Inquisitions*, Paris, José Corti, 1974, p. 218.
(70) Jules Monnerot, *Démarxiser l'université*, Paris, La Table ronde, 1970. 本節本項本文中の括弧内の算用数字は、本書の参照箇所の頁数を示す。
(71) Julien Gracq, « Chronologie », *Œuvres complètes* I, *op. cit.*, p. LXIX.
(72) Jules Monnerot, *Inquisitions, op. cit.*, p. 219.
(73) *Id.*, p. 218. 初出論集は以下の通り。*Science et conscience de la société – Mélanges en l'honneur de Raymond Aron*, tome premier, t. II, Paris, Galmann-Lévy, 1971. モヌロの論文の掲載箇所は以下。Tome premier, pp. 377-412.
(74) Jacques Julliard/Michel Winock, *op. cit.*, pp. 1059-1060, p. 578.
(75) Jules Monnerot, *Intelligence de la politique*, tome 1 L'anti-providence, 1977 ; tome 2 Introduction à la doxanalyse : Pareto-Freud, 1978, Paris, Gauthier-Villars/Bordas. 本節本文中の括弧内の算用数字は、本書の参照箇所の頁数を示す。
(76) 畑山敏夫、前掲書、一六四－一七〇頁。
(77) 同書、一六三頁。
(78) Alain de Benoist, « Monnerot : celui qu'on « pille » depuis trente ans », *Le Figaro magazine*, le 24 mars 1979, pp. 68-69.
(79) 畑山敏夫、前掲書、一六一頁。一部表記変更。
(80) Jules Monnerot, « *Désintox* », Paris, Albatros, 1987. 本節本文中の括弧内の算用数字は、本書の参照箇所の頁数を示す。

（81） 畑山敏夫、前掲書、七一－七二頁。

（82） Georges Laffly, *op. cit.*, p. 109.

（83） 畑山敏夫、前掲書、一七九頁。

（84） J.M. [Jules Monnerot], « Sur la montée du Front national », *Le Figaro*, le 13 mars 1990, p. 2.

（85） Guy Birenbaum, *Le Front National en politique*, Suisse, Balland, 1992, pp. 182-183.

（86） Gilles Bresson, « Golfe : Le Pen canarde les Etats-Unis », *Libération*, le 27 août 1990, p. 15.

（87） Guy Birenbaum, *op. cit.*, p. 183.

（88） « Monnerot démissionne du FN », *Libération*, le 27 août 1990, p. 15.

（89） 畑山敏夫、前掲書、一二七頁。

（90） Georges Laffly, *op. cit.*, p. 109.

（91） Jules Monnerot, « Réflexion sur les parias », *Le Figaro*, le 13 avril 1992, p. 2.

（92） Michel Winock, *La France politique*, XIXe-XXe siècle, Seuil, 1999, p. 279.

（93） « Au Front de la science », *Le Quotidien de Paris*, le 9 mai 1990, p. 2.

（94） « Dans le “Quotidien de Paris” Les fausses déclarations de Jules Monnerot ; Les vrais déclarations de Monnerot », *Présent*, les 14-15 mai 1990, p. 5.

（95） « Lettre de Julien Gracq », Jules Monnerot, *Sociologie du communisme. Échec d'une tentative religieuse au XXe siècle*, Paris, Éditions du Trident, ***Les religions séculière et « L'Imperium Mundi » Tyrannie, Absolutisme, Totalitarisme, *op. cit.*, pp. 270-271.

（96） Nikolaj Lübecker, Community, *Myth and Recognition in Twentieth-Century French Literature and Thought*, London/New York, Arts & Humanities Research Council/Continuum International Publishing Group, 2009.

（97） Dan Stone, *The Holocaust, Fascism and Memory, Essays in the History of Ideas*, Palgrave Macmillan, 2013.

（98） Romain Ducoulombier, « Penser et combattre: Jules Monnerot face à la subversion des “sociétés ouvertes” », *Subversion, contre-subversion, antisubversion*, François Cochet et Olivier Dard dir., Paris, Riveneuve, 2009. pp. 45-61.

略年譜

1908
十一月二十八日、マルチニックの県都フォール＝ド＝フランスに生まれる。父方の祖先は内地からの移民。父ジュール（一八七四－一九四二）は弁護士で、マルチニック共産党の創設メンバーだった。

1926
フォール＝ド＝フランスの高等学校を経て、パリのルイ大王校の高等師範学校文科受験準備学級に進学。のち胸膜炎を発症し、マルチニックで療養。

1928
パリに戻り、アンリ四世校に入学。哲学者アランの生徒となる。同学年だった作家のジュリアン・グラック（一九一〇－二〇〇七）とは終生友人関係にあった。

1930
高等師範学校不合格。社会学の口頭試問でデュルケームを批判。聴講しながらの独学を続ける。

1932

この頃、シュルレアリスム・グループの会合に参加。『正当防衛』創刊号参加。雑誌は創刊号のみ。シュルレアリスムのビラ作成に協力。親戚で『正当防衛』同人でもあったシモーヌ・ヨヨットと結婚。一女レナをもうけたが、シモーヌはまもなく死亡。

1933

五月『革命に奉仕するシュルレアリスム』第五・六合併号に寄稿。

1935

六月パリで開催された「文化の擁護のための国際作家会議」において、フランス領アンチル諸島代表として宣言。

1936

六月刊行の『探求』誌（「人間現象学研究グループ」活動報告）をアラゴン、カイヨワ、ツァラとともに編集。自らも寄稿。雑誌は創刊号のみ。七月、おそらく雑誌『アセファル』第二号の準備会に参加。

1937

カイヨワとともに、ジョルジュ・バタイユが中心となった社会学研究会の創設準備に参加。しかし創設前に離脱。ジャーナリストのマルセル・ブノワと再婚。一女イヴリーヌと一男ティエリーをもうける。七月刊行『アセファル』第三・四号合併号に寄稿。

1939

月刊誌『ヴォロンテ』特別号を編集（六月刊行）。

1940

肺疾患により兵役免除。志願によりアルジェリア狙撃兵第二連隊教練教官となる。動員解除。秋頃からレジスタンス活動に参加。パリで潜伏活動。

1943

七月、レジスタンスの用務で南仏のルネ・シャールに会いに行く途中で、ヴェズレーのバタイユを訪ねる。バタイユはおそらく『現代詩と聖なるもの』の原稿を受け取り、これを賞賛する。

1944
一月、バタイユの仲介により、ナチスの諜報部の追及を逃れるためにバルチュスのアトリエに身を隠す。

1945
初の単著『現代詩と聖なるもの』と中編小説集『目を開けたまま死ぬ』をガリマール社から出版。人文系月刊誌『コンフリュアンス』の編集委員会メンバーとなる。四八年まで。

1946
『社会的事実は物ではない』出版。バタイユ創刊の月刊書評誌『クリティック』の編集委員となる（一九四九年九月の休刊まで）。

1947
シャルル・ドゴールが結成した国民連合に入党。ドゴールの相談役となる。

1949
主著『共産主義の社会学』出版。のち英語、ドイツ語などに翻訳される。

1951
『問われている戦争』出版。

1953
九月から翌年三月にアメリカの『コンフリュアンス』誌上でハンナ・アーレントとの往復書簡。

1958
五月十四日『ナシオン・フランセーズ』紙にドゴールの復帰を求める記事掲載。

1960
ジャック・スーステルが設立したヴァンセンヌ委員会のメンバーとなる。十二月十七日『公共精神』誌創刊号にドゴール批判の論説掲載。

1969
『悲劇の法則』、『革命の社会学』刊行。この時期から十年間、旺盛な執筆活動。

1970
『知識人のフランス』、『大学を非マルクス主義化する』出版。

1974
『研究集』出版。アカデミーフランセーズ・エッセー賞受賞。

1977
翌年にかけて『政治の知性』二巻本刊行。

1987
最後の単行本『解毒、思考力を奪われたフランスを救うために』出版。

1990
国民戦線の科学評議会議長を受諾。湾岸戦争をめぐる党首ルペンとの意見対立により、八月に国民戦線離党。

1995
十二月四日没。

2005
『共産主義の社会学』三冊組の新版刊行。

2012
妻マルセル没。

書誌

＊　主な文献を以下にまとめた。ジュール・モヌロの著作（A）については、初版にもとづき刊行年順とした。そのほか（B、C）については、著者名のアルファベット順とした。

A　ジュール・モヌロの著作

A-1　単著

La Poésie moderne et le sacré, Paris, Gallimard, 1945.（『シュルレアリスムと聖なるもの』有田忠郎訳、吉夏社、二〇〇〇年）

On meurt les yeux ouverts, Gallimard, 1945.

Les Faits sociaux ne sont pas des choses, Gallimard, 1946.

Sociologie du communisme, Gallimard, 1949 ; *Sociologie du communisme*, Nouvelle édition revue et corrigée précédée de L'avenir du communisme en 1963 et d'un index analytique des sujets traités, Gallimard, 1963 ; *Sociologie du communisme. Échec d'une tentative religieuse au* XXe *siècle*, Paris, Nouvelle édition, Éditions Libres-Hallier, 1979 ; *Sociologie du communisme. Échec d'une tentative religieuse au* XXe *siècle*, Paris, Éditions du Trident, *L'« Islam » du XXe siècle, 2004 ; **Dialectique: Marx,

Héraclite, Hegel, 2004 ; ***Les religions séculières et « L'Imperium Mundi » Tyrannie, Absolutisme, Totalitarisme, 2005.

La Guerre en question, Gallimard, 1951.

Pour un gouvernement en connaissance de cause – Quelques idées politiques et constitutionnelles, Paris, Editions de La Nation Française, 1958.

Les Lois du tragique, Paris, Presses Universitaires de France, 1969.

Sociologie de la révolution, Paris, Fayard, 1969.

La France intellectuelle, Paris, Raymond Bourgine, 1970.

Démarxiser l'université, Paris, La Table ronde, 1970.

Inquisitions, Paris, José Corti, 1974.

Intelligence de la politique, tome 1 L'anti-providence, 1977 ; tome 2 Introduction à la doxanalyse : Pareto-Freud, 1978, Paris, Gauthier-Villars/Bordas.

« *Désintox* », Paris, Albatros, 1987.

Ａ－２　共著

« Murderous Humanitarianism » (1932), *Tracts surréaliste et déclarations collectives (1922/1969)*, Tome I (1922/1939), Paris, Le terrain vague, 1980.

« Déclaration de la délégation des Antillais français », réunis et présenté par Sandra Teroni et Wolfgang Klein, *Pour la défense de la culture : Les textes du congrès international des écrivains Paris, juin 1935*, Editions Universitaires de Dijon, 2005.（「ジュール・M・モヌロ（フランス領アンティール諸島）」、A・ジッド／A・マルロー／L・アラゴン他『文化の擁護　一九三五年パリ国際作家大会』相磯佳正・五十嵐敏夫・石黒英男・高橋治男編訳、法政大学出版局、一九九七年）

« Dionysos Philosophe », *Acéphale*, n°s 3-4, juillet 1937, *Acéphale, 1936-1939*, Paris, Jean-Michel Place, 1980.（「哲学的ディオニュソス」、『アセファル』第三・四号、ジョルジュ・バタイユ他『無頭人《アセファル》』兼子正勝・中沢信一・鈴木創士訳、現代

思潮社、一九九九年)
« Contre la peur d'imaginer », *Le Surréalisme en 1947*, Exposition Internationale du Surréalisme présentée par André Breton et Marcel Duchamp, Paris, Marght Éditeur.
« Est-ce l'avènement du prolétariat? », sous la direction de Robert Aron, *De Marx au Marxisme (1848-1948)*, Paris, Éditions de Flore, 1948.
« Georges Sorel ou l'introduction aux mythes modernes », *Science et conscience de la société – Mélanges en l'honneur de Raymond Aron*, tome premier, Paris, Galmann-Lévy, 1971.
« La constitution du mythe "fascisme" en France et l'utilisation politique de ce mythe », Le Club de l'Horloge, *Socialisme et Fascisme : une même famille*, Paris, Albin Michel, 1984.

A－3　定期刊行物掲載

« Note touchant la bourgeoisie de couleur française », *Légitime Défense*, juin 1932, *Légitime Défense*, Préface par René Ménil, Jean-Michel Place, 1979.
[J.-M. Monnerot], « A Partir de quelques traits particuliers à la mentalité civilisée », *Le Surréalisme au service de la révolution*, n°s 5-6, mai 1933, *Le Surréalisme au service de la révolution*, Préface de Jacqueline Leiner, Jean-Michel Place, 1976.
« Remarques sur le rapport de la poésie comme genre à la poésie comme fonction », *Inquisitions*, n° 1, juin 1936, *Inquisitions*, Fac-similé de la revue augmenté de documents inédits présenté par Henri Béhar, Paris, Éditions du CNRS, 1990.
« Marx et le Romantisme », *Cahiers du Sud*, n° 194 (Numéro spécial), 1er Semestre 1937.
« Mesure de la tragédie », *Volontés*, n° 16, avril 1939.
« Petite remarque sur une page d'Emile Durkheim », *Volontés*, n° 17, mai 1939.
Volontés, Numéro Spécial de réponse à l'enquête : « Il y a toujours eu des directeurs de conscience en Occident... », Texte de l'Enquête et commentaires, Jules Monnerot, juin 1939.

« Bornes », *Volontés*, n° 19, juillet 1939.
« Nietzsche ou la contradiction », *Confluences*, n° 6, Août 1945.
« *Une Philosophie française originale* », *Critique*, nos 8-9, janvier-février 1947.
« Liquidation et justification », *La Nef*, n° 27, février 1947.
« *Amérique et Sociologie* », *Critique*, nos 13-14, juillet 1947.
« A propos du centenaire du “Manifeste Communiste” », *La Nef*, n° 32, juillet 1947.
« Réponse aux “Temps Modernes”», *La Nef*, n° 37, décembre 1947.
« Du mythe à l'obscurantisme : Réponse aux “Temps Modernes” (II) », *La Nef*, n° 39, février 1948.
« *Malraux et l'Art* », *Critique*, n° 22, mars 1948.
« Le totalitarisme : la droite et la gauche », *La Nef*, n° 41, avril 1948.
« Des Trotskystes staliniens », *Liberté de l'esprit*, n° 10, Mai 1950.
« Naissance du Gaullisme », *Liberté de l'esprit*, nos 11-12, juin-juillet 1950.
« Sur le déclin du socialisme », *Liberté de l'esprit*, n° 15, novembre 1950.
« Que faire? », *Liberté de l'esprit*, n° 24, octobre 1951.
« Vouloir mettre l'Art à l'école de la Science, c'est le rendre tributaire d'une mode intellectuelle », propos recueillis par André Parinaud, *Arts*, 17 au 23 avril 1952.
« De l'autocritique », *Preuves*, n° 24, février 1953.
« Pour un projet de statut de l'Union Française », *Liberté de l'esprit*, n° 40, mai 1953.
« Letters to the Editor », *Confluence*, vol.2, n° 4, December 1953; Jules Monnerot/Hannah Arendt, « Le Communisme peut-il être pensé dans le registre de la Religion? », *Revue du Mauss*, « Qu'est-ce que le religieux? », n° 22, second semestre 2003.
« Les questions sont les réponses », *Monde Nouveau*, n° 92, septembre 1955.
« Avant tout statut de l'Algérie », *La Nation française*, n° 49, 12 septembre 1956.

« Sur l'appel au général de Gaulle », *La Nation française*, n° 136, 14 mai 1958.

« Ce qui manque à ces Messieurs... », *Combat*, le 20 juin 1960.

« Messianisme français », *Combat*, le 24 juin 1960.

« Guerre politique », *Combat*, le 6 juillet 1960 ; le 7 juillet 1960.

« La guerre subversive en Algérie » et les articles de : Pierre André – Georges Bidault – Roger Duchet – Marc Lauriol – Philippe Marçais – Jacques Soustelle, *Les Cahiers du Comité de Vincennes*, n° 3- Décembre 1960, Paris, Editions du Comité de Vincennes.

« EDITORIAL », *L'Esprit public*, n° 1, 17 décembre 1960.

« Trois qui ébranlèrent De Gaulle », *Cahiers de l'Esprit public*, n° 1, 15 juin 1961.

« Analyse de situation », *L'Esprit public*, n° 29, avril-mai 1962.

« De l'Algérie française à l'Europe politique », *L'Esprit public*, n° 31, juillet-août 1962.

« Les majorités opprimées », *Le Figaro*, le 28 mars 1979.

« Le moindre mal », [Peine de mort : le débat reste ouvert, Points de vue], *Le Figaro*, le 2 juillet 1979.

« "Intelligentsia" et "mass media" », *Le Figaro*, le 8 août 1979.

« Terre d'asile ou terre d'invasion », *Le Figaro*, le 29 août 1979.

« Culpabiliser les Français? », *Le Figaro*, le 4 octobre 1979.

« Robespierres de papier », *Le Figaro*, le 1er novembre 1979.

« la montée du Front national », *Le Figaro*, le 13 mars 1990.

« Réflexion sur les parias », *Le Figaro*, le 13 avril 1992.

« Le dernier message de Jules Monnerot », *Présent*, 16 février 1996.

B　ジュール・モヌロに言及した著作

B－1　単著

Peter Baehr, *Hannah Arendt, Totalitarianism, and the social sciences*, Stanford, California, Stanford University Press, 2010.

Georges Bataille, *à Roger Caillois 4 août 1935 – 4 févrièr 1959*, présentées et annotées par Jean-Pierre Le Bouler, Romillé, Folle Avorine, 1981.

Guy Birenbaum, *Le Front National en politique*, Paris, Balland, 1992.

André Breton, « INTERVIEW DE RENÉ BÉLANCE (*Haïti-Journal*, Haïti, 12-13 décembre 1945) », *Entretiens 1913-1952*, Gallimard, 1952, *Œuvres complètes* III, Gallimard, 1999.（アンドレ・ブルトン『ブルトン、シュルレアリスムを語る』稲田三吉・佐山一訳、思潮社、一九九四年）

Antoine Compagnon, « 6. Julien Gracq entre André Breton et Jules Monnerot », *Les antimodernes : de Joseph de Maistre à Roland Barthes*, Gallimard, 2005, pp. 372-403.（アントワーヌ・コンパニョン「第6章　ジュリアン・グラック――アンドレ・ブルトンとジュール・モヌロの間で」、『アンチモダン』松澤和宏監訳、名古屋大学出版会、二〇一二年）

Romain Ducoulombier, « Penser et combattre : Jules Monnerot face à la subversion des "sociétés ouvertes" », *Subversion, contre-subversion, antisubversion*, François Cochet et Olivier Dard dir., Paris, Riveneuve, 2009.

Julien Gracq, *André Breton. Quelques aspects de l'écrivain* (1948), *Œuvres complètes* I, Gallimard, 1989.（ジュリアン・グラック『アンドレ・ブルトン、作家の諸相』永井敦子訳、人文書院、一九九七年）

———, « Le Surréalisme et la Littérature contemporaine », *Œuvres complètes* I, *op. cit.*（ジュリアン・グラック「シュルレアリスムと現代文学」中島昭和訳、『ユリイカ　臨時増刊　総特集シュルレアリスム』、巖谷國士編集、青土社、一九七六年）

———, « Pourquoi la littérature respire mal » (1960), *Préférences* (1961), *Œuvres complètes* I, *op. cit.*（ジュリアン・グラッ

ク「文学はなぜ息苦しいか」、『偏愛の文学』中島昭和訳、白水社、一九七八年）
Pierre Grémion, *Intelligence de l'anticommunisme*, Fayard, 1995.
Jean-Michel Heimonet, *Jules Monnerot ou La démission critique, 1932-1990 : Trajet d'un intellectuel vers le fascisme*, Paris, Kimé, 1993.
H.T., « Président du "conseil scientifique" du Front national M. Monnerot se démarque de M. Le Pen », *Le Monde*, 18 août 1990.
Georges Laffly, *Monnerot*, Paris, Pardès, 2005.
Nikolaj Lübecker, Community, *Myth and Recognition in Twentieth-Century French Literature and Thought*, London/New York, Arts & Humanities Research Council/Continuum International Publishing Group, 2009.
Michel Murat, *Le Surréalisme*, Paris, Librairie Générale Française, 2013.
中村隆之『カリブ－世界論』、人文書院、二〇一三年。
Dan Stone, *The Holocaust, Fascism and Memory, Essays in the History of Ideas*, Basingstoke, Palgrave Macmillan, 2013.

Ｂ－２　共著

Atsuko Nagaï, « La correspondance Gracq-Monnerot », sous la direction de Patrick Marot, *Julien Gracq et le sacré*, Paris, Classiques Garnier, 2018.
永井敦子「「植民地博覧会に行くな」――一九三〇年代から四〇年代のシュルレアリスムと植民地表象」、澤田直編『異貌のパリ　1919-1939――シュルレアリスム、黒人芸術、大衆文化』、水声社、二〇一七年。

Ｂ－３　定期刊行物掲載文献

Hannah Arendt, « Religion and Politics », *Confluence*, vol. 2, n° 3, september 1953.（Ｊ・コーン編『アーレント政治思想集成２』斎藤純一他訳、みすず書房、二〇〇二年）
――――, « Letters to the Editor », *Confluence*, vol. 3, n° 1, March 1954.

Georges Bataille, « Le sens moral de la sociologie », *Critique*, n° 1, juin 1946, *Œuvres complètes* XI, Gallimard, 1988.（ジョルジュ・バタイユ「社会学の倫理的意味」、『神秘／芸術／科学』山本功訳、二見書房、一九七三年）

Jean Baubérot, « Monnerot (Jules), *Sociologie du communisme, échec d'une tentative religieuse au XX*e *siècle.* », *Archives de sciences sociales des religions*, n° 52/2, 1981.

Simone de Beauvoir, « La Pensée de droite, aujourd'hui », *Les Temps Modernes*, nos 112-113, Numéro spécial La Gauche, 1955 ; « La Pensée de droite, aujourd'hui (fin) », *Les Temps Modernes*, nos 114-115, juin-juillet 1955.

Alain de Benoist, « Monnerot : celui qu'on "pille" depuis trente ans », *Le Figaro magazine*, le 24 mars 1979.

ジャック・ベジノー「コンミュニズムの社会学」、『ソフィア』、上智大学、一九五二年、第一号。

Georges Davy, « Sociologie générale et Morphologie sociale », *L'Année Sociologique*, Troisième série 1940-1948 Tome Premier, Paris, Presses Universitaires de France, 1949.

Jean-Michel Heimonet, « Le Collège de sociologie Un gigantesque malentendu », *Esprit*, n° 89, mai 1984.

Jean-José Marchand, « La sociologie du communisme », *Lilerté de l'esprit*, juin 1949,

E.M. [Emmanuel Mounier], « Nouvelles manifestations du religieux. Jules Monnerot : *Sociologie du Communisme* (Gallimard) », *Esprit*, n° 162, décembre 1949.

仲康「デュルケーム社会学における個と全の問題――J・モヌロとG・ギュルヴィチのデュルケーム批判を通じて――」、『哲学』第四十二集、一九六二年六月。

永井敦子「ジュール・モヌロの転成」、『現代詩手帖』二〇〇一年四月号。

André Rousseaux, « *La guerre en question* de Jules Monnerot », *Le Figaro littéraire*, le 1er décembre 1951.

M.R.[Maximilien Rubel], « Monnerot (J.) –*Sociologie du Communisme.* –Paris, Galllimard, 1949, 510p., in-8°. », *L'Année sociologique*, Troisième série (1949-1950), Presses Universitaiers de France, 1952.

Patrick Waldberg, « Entretien avec Jules Monnerot sur la "Sociologie du communisme" », *Paru*, n° 58, mars 1950.

« Dans le "Quotidien de Paris" Les fausses déclarations de Jules Monnerot ; Les vraies déclarations de Monnerot », *Présent*, les 14-

15 mai 1990.
« Monnerot démissionne du FN », *Libération*, le 27 août 1990.

C　そのほかの文献

Régis Antoine, *Les Écrivains français et les Antilles*, Paris, G.-P. Maisonneuve et Larose, 1978.
Philippe Ariès, *Le Présent quotidien 1955-1966*, Paris, Seuil, 1997.
Raymond Aron, *Les Guerres en chaîne*, Gallimard, 1951.
———, *L'Opium des intellectuels*, Paris, Calmann-Lévy, 1955.（レイモン・アロン『レイモン・アロン選集3　知識人とマルキシズム』小谷秀二郎訳、荒地出版社、一九七〇年）
———, *Les étapes de la pensée sociologique*, Gallimard, 1961.（レイモン・アロン『社会学的思考の流れII』北島隆吉他訳、法政大学出版局、一九八四年）
———, *Une histoire du XXe siècle Anthologie*, tome I, Paris, Perrin, 2012.
Georges Bataille, Michael Richardson, *The Absence of Myth : writings on Surrealism*, London-New York, Verso, (1994), 2006.
———, *L'Apprenti sorcier*, Paris, la Différence, 1999.（ジョルジュ・バタイユ『聖なる陰謀　アセファル資料集』吉田裕他訳、筑摩書房（ちくま学芸文庫）、二〇〇六年）
———, André Breton; Préface, Michel Surya, « *Contre-Attaque* », Paris, Ypsilon, 2013.
Nicolas Baverez, *Raymond Aron*, Paris, Flammarion, 1993.
Jean-Louis Bédouin, *Vingt ans de Surréalisme 1939-1959*, Paris, Denoël, 1961.（ジャン＝ルイ・ベドゥアン『シュルレアリスムの20年——1939-1959』三好郁朗訳、法政大学出版局、一九七一年）
André Breton, « Un Grand poète noir » (1943), *Martinique Charmeuse de serpents*, *Œuvres complètes* III, Gallimard, 1999.（アンドレ・ブルトン「偉大なる黒人詩人」、『マルティニーク島　蛇使いの女』松本完治訳、エディション・イレーヌ、

二〇一五年）

François Buot, *TRISTAN TZARA; L'homme qui inventa la révolution Dada*, Paris, Grasset & Fasquelle, 2002.（フランソワ・ビュオ『トリスタン・ツァラ伝　ダダの革命を発明した男』塚原史・後藤美和子訳、思潮社、二〇一三年）

Roger Caillois, *Approches de l'imaginaire,* Gallimard, 1974.

David Caute, *Communism and the French Intellectuals 1914-1960,* London, Andre Deutsch, 1964. (David Caute, *Le Communisme et les intellectuels français 1914-1966*, traduit par Magdeleine Paz, Gallimard, 1967.)

Aimé Césaire, *Écrits politiques* Tome II (1935-1956), Jean-Michel Place, 2016.

Anne-Marie Duranton-Crabol, *Visages de la Nouvelle Droite : Le G.R.E.C.E. et son Histoire*, Paris, Presses de la Fondation nationale des Sciences politiques, 1988.

Émile Durkheim, *Les Règles de la méthode sociologique*, Paris, Félix Alcan, 1919.（エミール・デュルケーム『社会学的方法の規準』菊谷和宏訳、講談社（講談社学術文庫）、二〇一八年）

Jeanyves Guérin, « *Liberté de l'esprit*. Un mensuel gaulliste », *La Revue des revues*, n° 57, janvier 2017.

畑山敏夫『フランス極右の新展開』、国際書院、一九九七年。

Denis Hollier, « À l'en-tête d'Acéphale », *Le Collège de sociologie*, Gallimard, 1979.（ドゥニ・オリエ編著「編者序文」、『聖社会学』兼子正勝・中沢信一・西谷修訳、工作舎、一九八七年）

————, « Aux fins du Collège de Sociologie », *Gradhiva*, n° 13. 1993.

Michel Jamet, *L'Alternative libérale : La droite paradoxale de Raymond Bourgine*, Paris, La Table ronde, 1986.

Jacques Julliard / Michel Winock, *Dictionnaire des Intellectuels français*, Nouvelle édition, Seuil, 2009.

Lilyan Kesteloot, *Les écrivains noirs de langue française : naissance d'une littérature*, Quatrième édition, Éditions de l'Institut de Sociologie, Université Libre de Bruxelles, 1971.

Edith Kovats-Beaudoux, *Les Blancs créoles de la Martinique*, Paris, L'Harmattan, 2002.

Erwan Lecœur, *Dictionnaire de l'extrême droite*, Paris, Larousse, 2007.

Patrick Louis, *Histoire des royalistes : de la Libération à nos jours*, Paris, Jacques Grancher, 1994.

Alfred Martineau et L.-P$_{H}$.May, *Trois siècles d'Histoire antillaise : Martinique et Guadeloupe de 1635 à nos jours*, Paris, Leroux, 1935.

René Ménil, *Pour l'émancipation et l'identité du peuple martiniquais*, Textes recueillis et annotés par Geneviève Sézille-Ménil, L'Harmattan, 2008.

Maurice Nadeau, *Histoire du surréalisme*, Seuil, 1945.（モーリス・ナドー『シュールレアリスムの歴史』稲田三吉・大沢寛三訳、思潮社、一九六六年）

夏刈康男『デュルケムの社会学』、いなほ書房、二〇一六年。

Armand Nicolas, *Histoire de la Martinique de 1848 à 1939*, Tome 2, L'Harmattan, 1996.

Jean-Luc Pouliquen, *Gaston Bachelard ou le rêve des origines*, L'Harmattan, 2007.

Jean-Paul Sartre, *Qu'est-ce que la littérature?*, *Situations*, II, Gallimard, (1948, renouvelé en 1975), 1999.（J－P・サルトル『文学とは何か』加藤周一・海老坂武・白井健三郎訳、人文書院（一九五二）、一九九八年）

Juliette Sméralda, Philibert Duféal, *Militant communiste et syndicaliste martiniquais*, L'Harmattan, 2012.

Michel Surya, *Georges Bataille : La mort à l'œuvre*, (1987), Gallimard, 1992.（ミシェル・シュリヤ『G・バタイユ伝』上下、西谷修・中沢信一・川竹英克訳、河出書房新社、一九九一年）

エンツォ・トラヴェルソ『全体主義』、平凡社（平凡社新書）、二〇一〇年。

Kora Véron, Thomas A.Hale, *Les Écrits d'Aimé Césaire*, Bibliographie commentée (1913-2008), Volume 1, Paris, Honoré Champion, 2013.

渡邊啓貴『シャルル・ドゴール――民主主義の中のリーダーシップへの苦闘』、慶應義塾大学出版会、二〇一三年。

Michel Winock, *La France politique*, XIXe-XXe siècle, Seuil, 1999 ; édition revue et augmenté 2003.

Dictionnaire encyclopédique désormeaux, (Dictionnaire encyclopédique des Antilles et de la Guyane), Fort-de-France, Désormeaux, 1992-1993.

Tropiques 1941-1945 Collection complète, Jean-Michel Place, 1978.

あとがき

ジュール・モヌロのことが気になってから、三十年以上が経った。

ジュリアン・グラックやシュルレアリスムについて調べるなかで、『現代詩と聖なるもの』を求めてパリのガリマール書店や古書店に行ったときに、店員さんや古書店主から返された「ありません」の、ただの在庫切れとは違う、「あるはずない」といった強い負の反応に対する違和感は、その後も結石のように、私の意識のなかに残り続けた。

その後モヌロについて何か書こうという気はないまま、バタイユやシュルレアリスム関連の文献を集めるなかで彼の著書や論文も見つければ集め、それを通して彼がシュルレアリスムに関係の深い複数の刊行物に関わっていたこと、社会学研究会の創設メンバーで、第二次世界大戦後は雑誌『クリティック』の編集委員をしていたことなどを知った。そして先の店員さんや古書店主の彼に対する拒否感を含んだ反応は、おそらくそうした過去を持つ彼が老いたる「極右」の思想家として、執筆や発言を続けていたせいだということも理解した。

その後もイモネによる酷評をのぞけば、講演会や新刊の書籍のなかでモヌロの著作への言及を見聞することはなかったが、私の経験では唯一アントワーヌ・コンパニョンが、コロンビア大学で教職についていた一九九〇年代初頭から、グラックの批評作品におけるモヌロの存在の重要性を示唆していた。

文学を専攻し、バタイユやブルトンに関心を持つ者ならば、モヌロについても一九三〇年代から四〇年代半ばまでの著作に関心が集中する。しかし客観的に見れば彼の研究成果の中心は、戦後の社会学関係の著作にある。その点に目を向けさせてくれたのは、学生時代からモヌロの友人だったグラックだった。晩年、翻訳中の著書に関する質問にうかがうなかで、モヌロの『共産主義の社会学』は今でも熟読に値する名著であると何度か話され、パリ郊外のル・ヴェジネに住むモヌロの夫人に会いに行くよう、勧めてくださった。モヌロが諸々の新聞に掲載した記事を収集できたのは、その多くが、マルセルさんが準備されていた亡き夫の書誌を見せてくださったおかげだ。

バタイユと行動をともにし、その著書がブルトンにも評価されたモヌロが、「国民戦線」に協力した「極右」の思想家として生涯を終えたこと。本書を書いたのは、バタイユやシュルレアリスム研究者に比較的共有されているこのモヌロ観を反証するためではない。シュルレアリスムやバタイユ・グループに接近するまでの彼の道のりを把握し、さらに「社会学研究会」や『現代詩と聖なるもの』の時代と、「国民戦線」に参加した晩年とのあいだの半世紀に、彼が何を意図し、何を書いてそれぞれの時期を生きたのかを、なるべく客観的にたどってみたいと思ったからだ。そして共和国フランスへの同化という選択や、その理想が裏切られた内的・外的な要因、またアカデミックな世界でのいくつもの屈辱的な経験を経て彼が選び取った考えや行動と、選ばなかった態度とを明らかにし、「シュルレアリスムの歴史」といった大きな物語が編み上げられ、書店に並んでゆく過程で、その物語からはじき出されたものが体現した時代の断片を、わずかでも浮かび上がらせたいと思ったからだ。それが、グラックやシュルレアリスムに出会い、それらに魅力と恩義を感じると同時に、そうした現象とともに生まれたモヌロという結石のような存在も意識のなかに取りこんでしまった自分の役目なのではないかと、思ったからだ。

膨大なモヌロの著作の理解、特にその社会学的、社会思想史的な理解において、不十分な点は多く残っていると思う。それらについては、ご指摘いただければ幸いである。

本書の上梓にあたっては、多くのかたのお世話になった。モヌロの『現代詩と聖なるもの』の翻訳者で、筆者の質問にも快くお答えくださった有田忠郎氏、『現代詩と聖なるもの』の原書を貸してくださった、アンジェ大学における指導教授のジョルジュ・セブロン教授、モヌロの著作との対峙を後押ししてくださったジュリアン・グラック氏、幾度となくご自宅に迎え入れてくださったマルセル・モヌロ氏、母上の没後、引き続き親切にしてくださったイヴリーヌ・モヌロ氏とティエリー・モヌロ氏、本書執筆の機会を与えてくれた、コレクション〈シュルレアリスムの25時〉提案者の鈴木雅雄氏、大変遅くなった本書の執筆を待ち、適切なアドバイスを沢山くださった水声社編集部の廣瀬覚氏、励ましてくれた研究仲間、今は亡くなられた方々を含め、皆さんに心から、感謝の気持ちを伝えたい。

二〇一九年九月

永井敦子

著者について——

永井敦子（ながいあつこ）　一九六一年生、東京都生まれ。アンジェ大学博士課程修了（文学博士）。現在、上智大学教授。専攻、二十世紀フランス文学。主な著書に、『クロード・カーアン』（水声社、二〇一〇年）、訳書に、J・グラック『ひとつの町のかたち』（書肆心水、二〇〇四年）、『街道手帖』（風濤社、二〇一四年）などがある。

装幀――宗利淳一

ジュール・モヌロ　ルサンチマンからの解放

二〇一九年一二月二〇日第一版第一刷印刷　二〇二〇年一月一〇日第一版第一刷発行

著者――永井敦子

発行者――鈴木宏

発行所――株式会社水声社

東京都文京区小石川二―七―五　郵便番号一一二―〇〇〇二
電話〇三―三八一八―六〇四〇　FAX〇三―三八一八―二四三七
［編集部］横浜市港北区新吉田東一―七七―一七　郵便番号二二三―〇〇五八
電話〇四五―七一七―五三五六　FAX〇四五―七一七―五三五七
郵便振替〇〇一八〇―四―六五四一〇〇
URL：http://www.suiseisha.net

印刷・製本――精興社

ISBN978-4-8010-0307-1

乱丁・落丁本はお取り替えいたします。